黴爛

tokuda shūsei
徳田秋声

講談社文芸文庫

目次

黴《かび》

笹村が妻の入籍を済したのは、二人のなかに産れた幼児の出産届と、漸く同時くらいであった。

家を持つということが唯習慣的にしか考えられなかった笹村も、其頃半年弱《たらず》の西の方の旅から帰って来ると、是迄長いあいだ厭々《いやいや》執著していた下宿生活の荒《さび》れたさまが、一層明かに振顧《ふりかえ》られた。彼方此方行李を持廻って旅してる間、笹村の充血したような目に強く映ったのは、若い妻などを連れて船へ入込んで来る男であった。九州の温泉宿では又無聊に苦しんだ挙句、湯に浸りすぎて熱病を患ったが、時々枕頭《まくらもと》へ遊びに来る大阪下りの芸者と口を利くほか、一人も話相手がなかった。

「どう云うのが好いんのや。私が気に入りそうなのを見立てて上げるよって……東京ものは蓮葉で世帯持が下手やと言うやないか。」笹村が湯に中《あた》って蒼い顔をして一先大阪の兄のところへ引揚げて来たとき、留守の間に襟垢のこびりついた小袖や、袖口の切れかかった襦袢などをきちんと仕立直しておいてくれた嫂は斯う言って、早く世帯を持つように勧めた。

笹村はもう道頓堀にも飽いていた。齷齪《せせっこま》しい大阪の町も厭わしいようで、直に帰支度をしようとしたが、長く離れていた東京の土を久振で踏むのが楽しいようでもあり、何だか不安のようでもあった。帰路立寄った京都では、旧友がその愛した女と結婚して持った楽しげな家庭振をも見せられた。

「我々の仲間では、君一人が取残されているばかりじゃないか。」

友達は長煙管に煙草をつめながら、静かに綺麗な二階の書斎で、温かそうな大振《おおぶり》な厚い蒲団のうえに坐って、何やら蒔絵をしてある自分持の莨盆を引寄せた。そこからは紫だったような東山の円っこい背が見られた。

「京の舞妓だけは一見しておきたまえ。」友はそれから、新樹の蔭に一片二片《ひとひらふたひら》ずつ残った桜の散るのを眺めながら、言いかけたが、笹村の余裕のない心には、京都と云うものの匂を嗅いでいる隙すらなかった。それで二人一緒に家へ還ると、妻君が敷いてくれた寝所へ入って、酔のさめた寂しい頭を枕に就けた。

東京で家を持つまで、笹村は三四年住古した旧の下宿にいた。下宿では古机や本箱がまた物置部屋から取出されて、口金の錆びたようなランプが、また毎晩彼の目の前に置かれた。坐りつけた二階のその窓先には楓の青葉が初夏の風に戦《そよ》いでいた。

笹村は行きがかり上、これ迄係《たずさわ》っていた仕事を、漸く真面目に考えるような心持になっていた。机のうえには、新しい外国の作が置かれ、新刊の雑誌なども散らかっていた。彼は買いつけの或大きな紙屋の前に立って暫く忘られていた原稿紙を買うと、また新しくその匂をかぎしめた。

けれど、ざらざらするような下宿の部屋に落著いていられなかった笹村は、晩飯の膳を運ぶ女中の草履の音が、廊下にばたばたする頃になるといらいらするような心持で、ふらりと下宿を出て行った。笹村は、大抵これまで行きつけたような場所へ向いて行ったが、何処へ行っても、以前のような興味を見出さなかった。始終遊びつけた家では、相手の女が二月も以前に其処を出て、根岸の方に世帯を持っていた。笹村はがらんとした其楼《そのうち》の段梯子を踏むのが慵《ものう》げであった。他の女が占めている其部屋へ入って、長火鉢の傍へ坐ってみても、可懐《なつか》しいような気もしないのに失望した。聞きなれたこの里の唄や、廊下を歩く女の草履の音を聞いても、心に何の響も与えられなかった。

「山田君が今度建てた家の一つへ、是非君に入って頂きたいんだがね。」と友達に勧められた時、笹村は悦んで承諾した。

二

その家は、笹村が少年時代の学友であって、頭が悪いのでその頃までも大学に籍をおいていたK―が、国から少し纏った金を取寄せて、東京で永遠の計を立てるつもりで建てた貸家の一つであった。切拓いた地面に二棟四軒の小体な家が、漸く壁が乾きかかったばかりで、裏には鉋屑などが雨に湿れて、石炭殻を敷いた湿々《じめじめ》する地面に粘著《へばりつ》いていた。

笹村は旅から帰ったばかりで、家を持つについて何の用意も出来なかった。笹村は出京当時世話になったことのある年上の友達が、高等文官試験を受けるとき、その試験料を拵えてやった代りに、遠国へ赴任すると云って置いて行った少し許りのガラクタが、其男の親類の家に預けてあった事を想出して、それを一時凌ぎに使うことにした。開ける時キイキイ厭な音のする安簞笥、そんなものは、うんと溜っていた古足袋や、垢のついた著物を捻込んで、まだ土の匂のする六畳の押入へ、上と下と別々にして押込んだ。摺減った当《あた》棒《ぼう》、縁のささくれ立った目笊、絵具の赤々した丼などあった。

長い間胃弱に苦しんでいた笹村は、旅から持って帰った衣類を何処かで金に換えると、医療機械屋で電気器械を一台買って、その剰余《あまり》で、こまこました色々のものを、時々提げて帰って来た。

机を据えたのは、玄関横の往来に面した陰気な四畳半であった。向うには、この新開の町へ来て此頃開いた小さい酒屋、塩煎餅屋などがあった。筋向いには古くからやっている機械鍛冶もあった。鍛冶屋からは、終日機械をまわす音が、切断《ひっきり》なしに聞えて来たが、笹村はそれを煩いとも思わなかった。

下谷の方から来ていた、よいよいの爺さんは、使歩行《つかいあるき》をさせるのも惨めなようで、直に罷《や》めてしまった。

「あの書生達は、自分達は、一日ごろごろ寝転んでいて、この体の不自由な老人を不断《ふだん》に使いやがって為様がない。」

爺さんは破けた股引をはいてよちよち使あるきに出ながら、肴屋の店へ寄って愚痴をこぼしはじめた。

「あの爺さん為様がないんですよ。それに小汚くて為様がありませんや。」肴屋の若衆《わかいしゅ》は後で台所口へ来て、その事を話した。

笹村は黙って苦笑していた。

友達の知合の家から、直に婆さんが一人世話をしに来てくれた。

友達の伯母さんが、その女をつれて来たとき、笹村は四畳半でぽかんとしていた。外はもう夏の気勢《けはい》で、手拭を肩にぶら下げて近所の湯屋から帰って来る、顔の赤いいなせな頭《かしら》などが突かけ下駄で通って行くのが窓の格子にかけた青簾越しに見えた。

婆さんを紹介されると、笹村は、「どうぞよろしく。」と丁寧に会釈をした。

武骨らしい其婆さんは、余り東京慣れた風もなかったが、直に荒れていた台所へ出て、其処らをきちんと取片著けた。そして友達の伯母さんと一緒に、糠味噌などを拵えてくれた。

晩飯には、青豆などの煮たのが、丼に盛られて餉台《ちゃぶだい》のうえに置かれ、几帳面に掃除されたランプの灯も、不断より明るいように思われた。

ここに寝泊をしていた友達と、笹村はぼつぼつ話をしながら、箸を取っていた。始終胃を気にしていた彼は燻んだような顔をしながら、食べるあとから腹工合を気遣っていた。

直に婆さんに被せる夜の物などが心配になって来た。友達は著ていた蒲団を押入から引出して、

「これを著てお寝みなさい。」と二畳の方へ顔を出した。

婆さんは落著のない風で、鉄板落《ぶりきおと》しの汚い長火鉢の傍に坐って、いつまでも茶を呑んでいた。

「いいえ私は一枚で沢山でござんす、もう暑うござんすで……。」

三

笹村の甥が一人、田舎から出て来た頃には家が狭いので、一緒にいた深山《みやま》と云う友人は同じ長屋の別の家に住むことになった。如何なる場合にも離れることの出来なかった深山には、笹村の旅行中別に新しい友人などが出来ていた。生活上の心配をしてくれる或先輩とも往来していた。帰京してからの笹村は深山と一緒に住っていても、何処か相手の心に奥底が出来たように思った。可也な収入もあって、暮に旅へ立つとき、深山の生活状態は酷く切迫しているようであったが、笹村の心は、曾て漂浪生活を送ったことのある大阪の

土地や、そこで久振で逢える兄の方へ飛んでいて、それを顧みる余裕がなかった。深山が荷造の手伝などしてくれるのを、当然のことのように考えていた。今度帰って来ても、矢張それを気附かずにいた。けれど深山が、自分にばかり調子を合していないことが少しずつ解って来た。

「笹村には僕も随分努めているつもりなんだ。今度の家だって、あの男が寂しいから居てやるんだ。」

こんなことが、ちょいちょい此処へ来て飯を食ったり、徹夜話《よどおし》に耽ったりして行く、或男を通して、笹村の耳へも入った。笹村には甥の来たのが、丁度二人が別々になるのに好い機会のように考えられた。笹村には思っていることを余り顔に出さないような深山の胸に横わっている力強い或ものに打突《ぶっつ》かったような気がしていた。笹村が時々憤懣《ぶりぶり》して、深山に衝突《ぶっつ》かるような事は稀《めずら》しくもなかった。

深山は古い笹村の一閑張の机などを持って、別の家へ入って行った。そこへ、此家を周旋した笹村の友達のT―氏も、駒込の方の下宿から荷物を持込んで、共同生活をすることになった。そして、二人は飯を食いに、三度々々笹村の方へやって来た。

甥が著いたその晩に、家主のK―やT―、深山も一緒に来て、多勢持寄ったものを出合って、滅多汁《めったじる》のようなものを拵えた。

台所には、総てに無器用な婆さんを助に、その娘のお銀という若い女も来て、買物をしたり、お汁の加減を見たりした。

「私《わし》あ甘うて……」と、可愛らしい顔を赧くして、甥が眉根を顰めた。

「笹村君は、これでもう何年になるいな。」と、健啖家のT―は、肺病を患ってから、背中の丸くなった背を一層丸くして、止度もなく椀を替えながら苦笑した。彼は肺のために大学を休んでから、もう幾年にもなった。その時は、丁度色々な調査書類などを鞄につめて、一二年視学をしていた小笠原島から帰ったばかりであった。

「作かね。」

笹村も擽ったいような笑方をした。而して長いあいだの習慣になっている食後の胃の薬を、四畳半の机の抽斗から持って来て、茶碗の湯で嚥下した。それが少し落著くと、曇ったような顔をして、後の窓際へ倚りかかって、パイレートを舌の痛くなるほど続けて吸った。

衆《みんな》は食飽きて気懈《けだる》くなったような体を、窓の方へ持って行って、夕方の涼しい風に当った。

やがてお銀が、そこらに散らかったものを引取って行った。

お銀が初めてここへ来たのは、つい此頃であった。ある日の午後、何処かの帰りに、笹村が硝子製の菓子器やコップのようなものを買って、袂へ入れて帰って来ると、茶の室《ま》の長火鉢のところに、素人とも茶屋女ともつかぬ若い女と、細面の痩形の、どこか小僧気《こぞうけ》の取れぬ商人風の少《わか》い男とが、駢《なら》んでいた、揉上の心持長い女の顔はぽきぽきしていた。銀杏返の頭髪に、白い櫛を挿して、黒繻子の帯をしめていたのが、笹村のそこへ突立った姿を見ると、笑顔で少し前《すす》み出て丁寧に両手を支《つ》いた。

「……母がお世話さまになりまして。」

四

近所の表へ水を撒《ま》く時分に、二人は挨拶をして帰って行った。

「ちょっと好い女じゃないか。」

笹村が四畳半の方で、其時また一緒に居た深山に話しかけると、深山は、「むむ。」と口のうちで言った。

「あの男は。」

「あれは情夫《いろ》さ。」深山は恍《とぼ》けて然う言った。

「そうかね。」

飯のとき笹村は笑いながら婆さんに、「婆さん好い子供がありますね。」と言うと、婆さんは、「ええ。」と言って嬉しそうに嫣然《にっこり》していた。

それから娘だけ二三度も来た。

「あれも縁づいておりましたったけれど、些《ちっ》と都合があってそこを逃げて来とりますもんで、閑《ひま》だから、つい……。」

　婆さんは娘が帰って行くと、然う言っていた。

　娘は時々バケツを提げて、母親に水など汲んで来てやった。台所をきちんと片著けて行くこともあった。娘が拵えてくれた小鯵の煮びたしは誰の口にも美《うま》かった。

「これア美い。お婆さんより余程手際が好い。」笹村は台所の方へ言いかけた。

「これは焼いて煮たんだね。」

「私は何だか一向不調法ですが……娘の方はいくらか優《まし》でござんす。」

　母親はそこへ来て愛想笑いをしたが娘は余り顔出をしなかった。

　使あるきの出来ない母親の代りに、安くて新しい野菜物を、通《とおり》からうんと買込んで来た娘が、傘をさして木戸口から入る姿が、四畳半に坐っている笹村の目にも入った。見なれると、この女の窄《つぼ》まった額の出ていることなどが目についた。

　この女が、深山の若い叔父の細君と友達であったことが直に解って来た。この女が一緒になる筈であった田舎の或肥料問屋の子息《むすこ》であった書生をその叔父の細君であった年増の女が、横間《よこあい》から褫《うば》って行ったものだと云うような事も、解って来た。

「あの女のことなら、僕も聞いて知っている。」と、深山は此女のことを余り好くも言わなかった。

「深山さんのことなら、私もお鈴さんから聞いて知ってますよ。」女も笹村から其話の出たとき、思当ったように言出した。

「へえ、深山さんというのは、あの方ですか。あの方の内輪《うちわ》のことならお鈴さんから、もう度々聞されましたよ。」

母親も閾際《しきいぎわ》のところに坐って、その頃のことを少しずつ話しはじめた。

「それでお鈴という女は、貴女《あんた》のその男と一緒ですかね。」笹村は壁に倚りかかりながら、立てた両脛を両手で抱えていた。

「いいえ、それはもう直《すぐ》別れました、そんな一人を守っているような女じゃないんです。深山さんの叔父さんと云う方も、私能《よ》く存じております。この方も直に後が出来たでしょう。」

娘は低い鼻頭のところを、おりおり手で掩うようにして、二十二にしては大人びたような口の利方《ききかた》をした。

「随分面白いお話なんです。」

笹村はそんな話に大した興味を持たなかった。相手もその事は深く話したそうにもなかった。

「ほんとに不思議ですね。」娘は少し膝を崩して、俛《うつむ》いていた。

五

幼年学校とかの試験を受けに来た甥が、脚気の気味で、一時国へ帰る前に、婆さんはその弟の臨終を見届けに、田舎へ帰らなければならなかった。

その弟が、色々の失敗に続いて、傷《いた》しい肺病に罹り、一年程前から田舎へ引込んでいたことを、婆さんは立つ前に笹村に話した。

「私が帰って来るまで、娘をおいて行っても可《よ》うござんすが、若いものの事だで如何《どう》でござんすか。それさえ御承知なら、娘も当分親類の家にぶらぶらして居りますもんだで……。」と、婆さんは立つ前に、重苦しい調子でこんな話を切出した。

お銀がその頃、夕方になると、派手な浴衣などを著て、こっそり顔を塗っているのを、笹村は見て見ぬ振をしていた。

「困るね、あんな風をされるようでは、君から能く言ってくれたまえ。近所でも変に思うから。」笹村は蔭で深山に其事を話した。それでも此女の時々助《すけ》に来ると云うことは、其様《そんな》に厭《いと》わしいことでもなかった。お銀が来るようになってから、一々自身で台所へ出て肴の選択をする必要もなくなったし、三度々々のお菜《かず》も材料が豊になった。是迄に味ったことのない新漬や、可也複雑な味の煮物などが何時も餉台のうえに絶えなかった。長いあいだ情味に渇《かわ》いた生活を続けて来た笹村には、其《それ》が其日々々の色彩《いろどり》でもあった。

「それでは娘はお預けして行きますで……。」と、婆さんは無口で陰気な笹村なら、安心して娘をおいて行けると云った口吻《くちぶり》であった。

家は直に甥とお銀と三人の暮しになった。お銀は用がすむと、晩方からおりおり湯島の親類の方へ遊びに行った。そして夜更けて帰ることもあった。笹村が、書斎で本など読んでいると、甥と二人で茶の室で夏蜜柑など剝《む》いていることもあった。

「真実《ほんとう》に新ちゃんは好い男ですね。」お銀は甥の留守の時笹村に話しかけた。甥は笹村の異腹《はらちがい》の姉の子であった。

「叔父甥と云っても、些ともお話なんぞなさいませんね。見ていても飽気《あっけ》ないようですね。その癖新ちゃんは、私には色々のことを話しますよ。来るとき汽車のなかで綺麗な女学生が、菓子や夏蜜柑を買ってくれたなんて……。」

「然《そ》うかね。」笹村は苦笑していた。

甥の脚気の出たとき、笹村はお銀に吩咐《いいつ》けて、小豆などを煮させ、医者の薬も飲ませたが、脚が段々脹《むく》むばかりであった。

「医者が転地した方が可いと言うんですよ。大分苦しそうですよ。それで、叔父さんに旅費を貰ってくれないかって、私に然う言うんですがね。田舎へ帰してお上げなすったら如何です。」

間もなく笹村は甥を帰国の途に就かせた。通まで一緒に送って行って、鳥打の代りに麦藁を買って被せたり、足袋に麻裏草履なども穿せた。

「どうも贅沢を言って困った。」

笹村は帰って来ると、台所を片著けているお銀に話しかけた。

「安いもので押著けようとしたって、なかなか承知しない。」

甥のいなくなった家を見廻すと、其処らがせいせいするほど綺麗に拭掃除がされてあった。裏の物干には、笹村が押入に束《つく》ねておいた夏襯衣《なつシャツ》や半帕《ハンケチ》、寝衣などが、片端から洗われて、風のない静かな朝の日光に曝されていた。

「どうも然《そ》う何でも彼《か》でも引張出されちゃ困るね。」

笹村は水口で渇いた口を嗽ぎながら言った。

「そうですか。」

女は鬢の素毛《ほつれげ》を掻き揚げながら振顧った。

「でも私、癇性ですから。」

六

笹村は机の前に飽きると、莨を袂へ入れて、深山の方へ能《よ》く話しに行った。T―は前の方の四畳半に、旅行持の敷物を敷いて、そこに寝転んでいた。T―は長いあいだ無駄に月謝を納めている大学の方を愈罷めて好きな絵の研究を公然遣出そうかと云うような事を、毎日考え込んでいた。父兄の財産によらずに、如何《どう》かして洋行するだけの金の儲けようはないものかなどと思続けていた。島へ行ってから聖書などに親しみ、政治や戦争などを厭がるようになっていた。思想の毛色も以前より大分変っていた。

「僕は今小説を一つ書きかけているところなんだ。」と、鼻の高い、骨張った顔の相を崩しながら、横に半身を起して、くうくうっと笑った。

机のうえには、半紙に何やら書きかけたものがあった。T—の頭には、小笠原島で見た漁夫や、漂流の西班牙人《スペイン》や、多勢の雑種《あいのこ》に就いて、小説にして見たいと思うようなものが沢山あった。笹村のガラクタの中から拾出しに行った「海の労働者」の古本などが側にあった。

二人は此頃T—の処へ届いた枝ごとのバナナを手断《ちぎ》りながら、色々の話に耽った。薄暗い六畳から台所の横の二畳の方を透して見ると、そこに深山が莨の煙のなかに、これも原稿紙に向っている。傍にパインナップルの鑵や、びしょびしょ茶の零《こぼ》れている新聞紙などが散らかっていた。そして蟻が気味わるく其処らまで這上っていた。

「あの女が島田などに結うのは目障《めざわり》だね。」笹村は是迄能く深山に女の苦情を言った。夜家を明けて、女が朝夙く木戸をこじ明けて入って来ることも、笹村の気にくわなかった。お銀は時々湯島の親類の家で、つい花を引きながら夜更しをする事があった。

「近所へ体裁が悪いから、朝木戸をこじあけて入って来るなどは不可《いけな》いよ。」

笹村は一度女にも直《じか》に言聞かしたが、負けず嫌いのお銀は余り好い返辞をしなかった。

「肴屋などは、あれを細君が来たのだと思っていやがる。女がそんな態度をするだろうか。」

「矢張若い女なぞは不可いんだ。」深山は女の事に就いて、余り口を利かなかった。

Ｔ―は傍で、くすりくすり笑っていた。

笹村が裏から帰って来ると、お銀は二畳の茶の室で、不乱次《ふしだら》な姿で、べったり畳に粘《ねば》著《つ》いて眠っていた。障子には三時頃の明るい日が射して、お銀の顔は上気しているように見えた。と、跫音に目がさめて、嫣然《にっこり》ともしないで、起きあがって足を崩したまま坐った。それを、ちらりと見た笹村の目には、世に棄腐れている女のように思えた。笹村は黙ってその側を通って行った。

二三日降続いた雨があがると、蚊が一時にむれて来た。それでなくともお銀は暑くて眠られないような晩が多かった。そして蚊帳が一張《ひとはり》しかなかったので、夜おそく迄、蠟燭の火で壁や襖の蚊を焼き焼きしていた。そんな事をして、夜を明すこともあった。

「私も四谷の方から取って来れば二張《ふたはり》もあるんですがね。」

お銀は肉づいた足にべたつくような蚊を、平手で敲きながら、寝衣姿で蒲団のうえに何時までも起上っていた。

翌日笹村は独寝の小さい蚊帳を通で買って、新聞紙に包んで抱えて帰った。そして其をお銀に渡した。

「こんな小さい蚊帳ですか。」お銀は拡げて見てげらげら笑出した。そして鼠の暴れる台所の方を避けて、其をわざと玄関の方へ吊った。土間から通しに障子を開けておくと、茶の室よりか其処の方が多少涼しくもあった。

「こんなに狭くちゃ、ほんとに寝苦しくて……。」大柄な浴衣を著たお銀は、手足の支《つか》えるる蚊帳のなかに起きあがって、唸るように呟いた。

笹村は、六畳の方で、窓を明払って寝ていた。窓からは、すやすやした夜風が流込んで、軽い綿蚊帳が、隣の廂間から射す空の薄明に戦《そよ》いでいた。

ばたばたと団扇を使いながら、何時までも寝つかれずにいるお銀の淡白《うすしろ》い顔や手が、暗いなかに動いて見えた。

七

「……厭なもんですよ。終《しまい》に別れられなくなりますから。」

お銀は或晩、六畳へ蚊帳を吊っていながら真面目に然う言った。

互に顔を突合すのを避けるようにして過ぎた日の事を、振顧って話合うように二人は接近して来た。

お銀は机の傍へ来て、お鈴に褫《うば》われた男の事を、ぽつぽつ話出した。

「どんな男です。」笹村もそれを聞きたがった。

お銀は括《くく》られているような其顎を突出して、秩序もなく前後の事を話した。

「晩方になると、私家を脱出《ぬけだ》して、お鈴の部屋借をしていた家の前へ立っていたんですよ。すると二人の声がするもんですから、何時迄もじっと聴いているんでしょう。私莫迦だったんですね。自分から騒いで、反って不可くしたようなもんですの。」

お銀はそれから、親類の若い男と一緒にそこへ捻込んで行ったことなどを話した。

「男も莫迦なんですよ。それから私の嫁《かた》づいている先へ、ちょいちょい手紙を寄越したり、訪ねて来たりするんです。其処は些《ちょっ》とした料理屋だったもんですから、お客のような風をして上って来るんでしょう。洋服なんぞ著込んで、伯父さんの金鎖など垂《ぶら》さげて……私帳場にいて、ふっとその顔を見ると、もう胸が一杯になって……。」お銀は目のあたりを紅くしながら笑出した。

「それで大変悪いことをした。お蔭で今度は学校の試験を失敗《しくじ》ったなんて……それも可いんですけれど、如何《どう》でしょう飲食《のみくい》した勘定が足りないんでしょう。磯谷はそれア変な男なんです。宛然《まるで》芝居のようなんです。」

お銀は黒い壁に喰著いている蚊を、ぴたぴた叩きはじめた。

「よく貴方は、こんな蚊が気にならないんですね。」

「僕は蚊帳なしに、夏を送ったこともあるからね。」笹村は頭の萎えたような時に呑む鉄剤をやった後なので、脂の入染《にじみ》出たような顔に血の色が出ていた。ランプの灯に、目がちかちかするくらい頭も興奮していた。

　お銀は笹村の蒲団の汚いことを言出して笑った。

「初めての蒲団を敷いたとき、喫驚しましたよ。食物や外のことはそんなでもないのに、一体どうしたんでしょうと思って……敷いてから何だか悪いような気がして、又押入れへ仕舞込んだり何かして。」

「その家は如何いう家なんだ。」笹村はまた訊いた。

「そこの家ですか。それがまた大変に込入った家なんです。阿母さんと云うのが、継母で、もと品川に芸者をしていたとか云うんですがね、栄と云うその子息《むすこ》と折合がつかなくて、私の行った時分には、余所へ出て居《お》ったんですがね、それをお爺さんが入れるとか入れないとか云って、始終ごたごたしていましたっけがね。子息も面白くないもんですから、矢張お金を使ったり何かするんですね。栄は些とした男でしたけれどね、私初めから何だか厭で厭で、居る気はしなかったんです。」

　逃げて来てからも、その男に附纏われた事などを附加えて話した。

「それに、ずうずうしい奴なんです。」お銀は火照《ほて》ったような顔をして、そこへ嫁《かた》づいた晩の事を話した。

「深山は、お前がまだ磯谷と一緒になるんだろうなんて言っていた。」

「いいえ、然うは行きません。」お銀は笑いながら言った。

「その方は、もう悉皆《すっかり》駄目なんです。」

八

時々大徳寺などに立籠っていたことのあるT—が、ぶらりと京都に立って行ってからは、深山と笹村との間の以前からのこだわりが、お銀のことなどで一層妙になって来たので、深山は余所にいた出戻りの妹などと、世帯道具を買込んで、別に食事をすることになった。笹村よりか寧ろ一歩先に作を公にしたことなどもあり、自負心の高い深山が、一端《いっぱし》働き出そうとしている様子がありあり笹村の目に見えた。色々の人がそこに集っている様子なども、笹村の神経に触れた。

女同士のことで、深山の妹とお銀とは、裏で互に往来していた。妹が茶の室《ま》へ来て、お鈴や磯谷のことでも話しているらしいこともあったし、お銀から髱《かもじ》を借りに行ったり、洋傘《かさ》を借りに行くようなこともあった。懇意ずくで新漬を提出《さげだ》すこともあった。

「煩いな。」笹村は憤々《ぷりぷり》した。

「お前はまた如何して深山の処へなんぞ行くんだ。」と極《き》めつけると、お銀は笑って黙っていた。

それでなくとも、心持の能く激変する笹村は、ふっとお銀の気もつかずに言ったことが、癪に触って怒出した。

「帰ってくれ。お前に用はない。」

女は上眼遣に人の顔をじろじろ見ながら、低い腰窓の下に体を崩して、じっとしていた。そこへ腰かけている笹村は、膝で女を小突いた。

「貴方私を足蹴にしましたね。」お銀は険しいような目色をした。

然う云う女の太《ふ》てたような言草が、笹村の心を愈荒立たしめた。女は顔の汗を拭きながら、台所へ立って行った。伯父が失敗してから愚な母親と弱い弟を扶けて今日迄やって来たお銀は、そんな事を自然に見覚えて来た。然うしなければ生きられないような場合も多かった。

静かな夏の真昼の空気に、機械鍛冶で廻す運転機の音が、苦しい眠から覚めた笹村の頭に重く響いて来た。家のなかを見廻すと誰もいなかった。台所には、青い枝豆の束が、射込んで来る日に炙《あぶ》られたまま、竈の傍においてあった。風が裏手の広い笹原をざわざわと吹渡っている。笹村は物を探るような目容《めつき》で、深山の家へ入って行った。

六畳の窓のところに坐っている深山は何時もの通り、大きい体をきちんと机の前に坐って俛《うつむ》いていた。お銀が一畳ばかり離れて、玄関の閾際に、足を崩して坐っていた。意味を読もうとするような笹村の目が、ちろりと女の顔に落ちた。

「家を開けちゃ困るじゃないか。」笹村は独語のように言って、直ぐに出て行った。お銀も間もなくそこを起って来た。

「何も言ってやしませんわ。お鈴さんのことで話していたんですわ。」

お銀は深山が同情しているお鈴との一件のことで、自分が深山に悪く思われるのも厭であった。笹村は左に右《とかく》、お鈴を通して自分の以前のことを知っている筈の深山に、然う変な顔も出来ないと云うような心持もあった。機嫌の取りにくい笹村の性質に就いても、深山の話に道理があるとも考えた。

「ほんとうに酷いことをしますよ。」

お銀は晩に通まで散歩に行った時、伴《つれ》の妹に話しかけた。

「私の手紫色……。」お銀は誇大に然うも言った。帰りに家の前で、「遊びにお出でなさいな。もし兄さんがいなかったら。」と、妹が声かけて別れて行くのを、笹村は暗い窓口から聞いていた。怜悧な深山が、何時かお銀の相談相手になっているように思えた。

九

笹村との間隔《へだたり》が、段々遠くなってから深山は遠くへ越して行った。其頃は一時潤うていた深山の生活状態がまた寂しくなっていたので、家主のK―へ遣るべきものも一時其儘残して行くことになった。後から笹村の処へ掛合に来る商人も一人二人あった。

「お鈴さんから聞いてはいたけれど、随分希《めずら》しい人ですね。」と、お銀が言っていたが、笹村も初めのように推奨する代りに、総てを悪い方へ解釈したかった。深山に聯絡している周囲が、女のことについて、色々に自分を批評し合っている其声が始終耳に蔽被《おっかぶ》さっているようで、暗い影が頭に絡《まつわ》り附いていた。

「貴方の遣方が拙いんですもの、深山さんと間《なか》たがいなどしなくたって可かったのに……。」と、女は笹村の一刻なのに飽足りなかった。

「いっそ潔く結婚しようか。」

お銀は支度の事を、何彼と言出した。笹村もノートに一々書きつけて、費用などの計算までして見た。

「叔父さんが丈夫で東京にいると可かったんですがね。小説なんか好きで能く読んでましたがね。……遊んでいる時分は、随分乱暴でしたけれど、病気になってからは、気が弱くなって、好きな小清《こせい》の『御殿』なぞ聞いて、ほろりとして居ましたっけ。」

「東京で多少成功すると、誰でも必然《きっと》踏込む径路さ。」

「それでも、自分はまだ盛返す心算《つもり》でいますよ。今頃は死んだかも知れませんわ。途中で宿屋へ担込まれた位ですもの。」お銀は叔父の死よりも、亡した自分の著物を惜まれた。

「私横浜の叔母の処へ行けば、少しは相談に乗ってくれますよ。」お銀は燥《はしゃ》いだような調子で、披露の事などを色々に考えていた。

笹村は、旅行中羽織など新調して、湯治場へ貽《おく》ってくれた大阪の嫂に土産にする心算で、九州にいるその嫂の叔母から譲受けて来て、其まま鞄の底に潜めて来た珊瑚珠の入ったサックを、机の抽斗から出してお銀にやった。

「如何して貴方が斯様な物を持っているんです。」お銀は珠を捻繰《ひねく》りながら、不思議そうに笑出した。

「唯安いから買っておかないかと、叔母さんから勧められたから……。」

「でも誰か、的《あて》がなくちゃ……可笑しいわ。幾許《いくら》に買ったの此を……私簪屋で踏ましてみるわ。」

結婚するとなると、笹村はまた様々の事が考え出された。

「僕に世話すると云っていた人は一体如何なったんだ。」笹村は笑いながら言った。

「好い女ですがね。」お銀は窓の外を瞶めながら薄笑をしていた。

暗くなると、二人は別々に家を出て行った。そして明るい店屋のある通を避けて、裏を行き行きした。暗い雲の垂下った雨催いの宵であった。片側町の寂しい広場を歩いていると、歩行《あるき》べたのお銀は、蹌《よろ》けそうになっては、故意《わざ》とらしい声を立てて笹村の手に摑った。笹村の小さい冷い手には、大きい女の手が生温かった。

寄席の二階で、電気に照されている女の顔には、けばけばしいほど白粉が塗られてあった。唇には青く紅も光っていた。笹村の目には暗い影が閃いた。

「そんな……。」女は俛《うつむ》いて顔を赧くした。

お銀の話で此処へ磯谷と能く一緒に来たと云う事が、笹村の目にも甘い追憶のように浮んだ。

「ちょっとああ云ったようなね、頸つきでしたの。」女は下の人込の中から、形《なり》の好い五分刈頭を見つけ出して、目をしおしおさせた。笹村もこそばゆいような体を前へ乗出して見下した。

十

母親が果物の鑵詰などを持って、田舎から帰って来てからも、お銀は始終笹村の部屋へばかり入込んでいた。笹村は女が自分を愛しているとも思わなかったし、自分も女に愛情があるとも思い得なかったが、身の周《まわり》の用事で女のしてくれることは、痒い処へ手の届くようであった。男の時々の心持は鋭敏に嗅ぎつけることも出来た。気象もきびきびした方で、不断調子の好い時は、能く駄洒落などを言って人を笑わせた。緊《しまり》のない肉附の好い体、輪廓の素直さと品位とを闕《か》いている、どこか崩れたような顔にも、心を惹きつけられるような処があった。笹村の頭には、結婚するつもりで近頃先方の写真だけ見たことのある女や、以前大阪で知っていた女などの事が、時々思い出されていたが、不意に何処から か舞込んで来た恁《こ》うした種類の女と、爛合ったような心持で暮していることを、然程《さほど》悔ゆべき事とも思わなかった。

「深山がいさえしなければ、僕だってお前を放抛《うっちゃ》っておくんだった。」笹村は時々そんな事を言った。磯谷と女との以前の関係も、笹村の心を喫る幻影の一つであった。そして其時の話が出る度に、色々の新しい事実が附加えられて行った。

「……それがお前の幾歳の時だね。」

「私が十八で、先が二十四……。」

「それから何年間になる。」

「何年間と云った処で、一緒にいたのは、真《ほん》の時々ですよ。加之《それに》私は其頃まだ何にも知らなかったんですから。」

笹村はお銀が其頃、四谷の方の親類の家から持って来た写真の入った函を顚覆《ひっくらかえ》して、そのうちからその男の撮影を見出そうとしたが、一枚もないらしかった。中にはお銀が十六七の時分、伯母と一緒に写した写真などがあった。顥が括《くく》れて一癖ありそうな顔も体も不恰好に肥っていた。笹村はそれを高く持ちあげて笑出した。

母親から帰京の報知の葉書が来た。その葉書は、父親の手蹟であるらしかった。お銀は是迄余り故郷の事を話さなかったが、父親に対しては余り好い感情を有《も》っていないようであった。

「私達も、田舎へ来いって、能く然う言ってよこしますけれど、田舎へ行けば、いずれお百姓の家へ嫁《かた》づかなくちゃなりませんからね。如何に困ったたって、私田舎こそ厭ですよ。その位なら、何処へ行ったたって、自分一人くらい何をしたって食べて行きますわ。」

お銀は田舎へ流込んで行っている叔父の旧《もと》の情婦《いろおんな》の事を想出しながら、如何かすると、檻へ入れられたような、此処の家から放たれて行きたいような心持もしていた。磯谷との間が破れて以来、お銀の心持は、動《と》もすると頽《くず》れかかろうとしていた。笹村は荒んだお銀の心持を、優しい愛情で慰るような男ではなかった。お銀を妻とするに就いても、女を好い方へ導こうとか、自分の生涯を慮《おも》うとか云うような心持は、大して持たなかった。

「私が此処を出るにしても、貴方のことなど誰にも言やしませんよ。」

女は別れる前に、ある晩笹村と外で飲食をした帰りに、暗い草原の小逕を歩きながら言った。女は口に楊枝を銜えて、両手で裾をまくしあげていた。

「田舎へも、暫くは居所を知らさないでおきましょうよ。」

笹村は叢のなかに跪坐《しゃが》んで、惘《あき》れたように女の様子を眺めていた。

「そんなに行詰っているのかね。」

「だけど、もう何だか面倒くさいんですから……。」女は棄鉢のような言方をした。

二三日暴れていた笹村の頭も、其時はもう鎮まりかけていた。自分が女に向って為しているることを静かに考えて見ることも出来た。

十一

母親と顔を突合す前に、どうにか体の始末をしようとしていたお銀は、母親が帰って来ても、如何《どう》もならずに居た。出て行く支度までして、心細くなって又考え直すこともあった。此の新開町の入口の寺の迹だと云う処に、田舎の街道にでもありそうな松が、埃を被って立っていた。賑かな処ばかりにいたお銀は、夜その下を通る度に、歩を迅める癖があったが、或日暮方に、笹村に逐出《おんだ》されるようにして、そこまで来て彷徨《ぶらぶら》していたこともあった。しかし矢張帰って来ずには居られなかった。

「失敗《しま》ったね。私阿母さんに来ないように一枚葉書を出しておけば可かった。」

母親が帰って来そうな朝、お銀は六畳の寝床に蚊帳をはずしかけたまま、ぐったり坐り込んで思案していた。部屋の隅には疲れたような蚊の鳴声が聞えた。笹村もその傍に寝転んでいた。

帰って来た母親は、著替もしずに、笹村の傍へ来て堅苦しく坐りながら挨拶をした。そして田舎の水に中てられて、病気をした為に、帰りの遅くなった分疏《いいわけ》などをしながら、世のなかに唯一つの力であった一人の弟の死んで行った話などをした。

「親戚は田舎に沢山ござんすが、私の実家《さと》は、これでまア綺麗に死絶えて了ったようなものだで……。」

笹村は擽ったいような心持で、それに応答《うけごたえ》をしていた。そして母親の土産に持って来た果物の鑵詰を開けて試みなどしていた。

二三日お銀は、余り笹村の側へ寄らないようにしていたが、何時迄も其を続ける訳に行かなかった。

「言いました私……。」

　お銀は或時笑いながら笹村に話した。

「阿母さんの方でも大抵解ったんでしょう。」

　笹村も待設けた事のような気もしたが、矢張今それを言ってしまって欲しくないようにもあった。

　仕事の方は、忘れたようになっていた。笹村の頭は、甥が出直して来た時分、また蘇ったようになって来た。甥は暫くのまに滅切大人びていた。肩揚も卸したり、背幅もついて来た。著いた日から、一緒に来た友達を二人も引張って来て、飯を食わしたり泊らせたりして田舎語《いなかことば》の高声で巫山戯《ふざけ》あっていた。ちょいちょい外から訊ねて来る仲間も、その当分は多かった。

「何を言っているんだか、あの方達の言うことは薩張解りませんよ。」と、お銀はその真似をして、転って笑った。

「それにお米のまア入ること。全然《まるで》御飯のない国から来た人のようなの。」

　甥が照りつける裏の井戸端で、或日運動シャツなどを洗濯していた。その時分には、連中も落著場所を見つけて、夫々散らばっていた。お銀は手拭を姉さん冠りにして、暫く不精していた台所の棚のなかなぞを雑巾がけしていた。

「洗濯ぐらいしてやったら如何だ。」仕事に疲れたような笹村は裏へ出て見るとお銀を詰問するように言った。

「え、だから為《し》てあげますからって、然う言ったんですけれど。」お銀はそんなことぐらいと云うような顔をして笹村を見あげた。

食物などのことで、女のすることに表裏がありはしないかと、始終そんな事を気にしていた笹村は、その時もそれとなく厭味を言った。

「そうですかね。私其様な事はちっとも気がつきませんでした。」女は意外のように、そこへべったり坐って額に手を当てて考え込んだ。

「そんな事をして、私何の得があるか考えてみて下さい。」お銀は息をはずませながら争った。母親も釈物《ほどきもの》をしていた手を休めて、喙《くち》を容《い》れた。

そこへ甥と前後して、出京していた家主のK―が裏から入って来た。K―は、外の三軒が容易に塞がらないので、帰省して出て来ると、自分で尽頭《はずれ》の一軒を占めることにした。その日もお銀に冬物を行李から出させて、日に干させなどしていた。そして母親が、その世話をすることになっていた。

片耳遠いK―は、立ったまま首を傾けて二人の顔を見比べていた。

十二

K―は、郷里では名門の子息で、稚い時分、笹村も学校帰りに、その広い邸へ遊びに行ったことなどが、朧げに記憶に残っていた。其後久しく懸離れていたが、或夏熊本の高等中学から、郷里の高等中学へ戻って来たK―のでくでくした、貴公子風の姿を、学校の廊下に認めてから間もなく、笹村は学校を罷めてしまった。偶然に此処で一つ鍋の飯を食うことになっても、双方話が合うと云うほどではなかった。

笹村は友人思いの京都のT―から、自分等二人の其後の動静を探るようにK―へ言ってよこしたので、それでK―が貸家監理かたがた此処へ来ることになった……と然うも考えたが、K―自身は、其事について一言も言出さなかった。

「如何だい、男の機嫌を取るのはなかなか骨が折れるだろう。」K―は、二人の中へ割込むように火鉢の傍へ来て坐込んだ。

それでその話は腰を折られて、笹村も笑って、引込んで行った。

夜笹村は、かんかんしたランプに向って、その頃書始めていた作物の一つに頭を集中しようとしていた。機械鍛冶の響はもう罷んで、向の酒屋でも店を閉めてしまった。此町のずッと奥の方に、近頃出来た石鹸工場の職工らしい酔漢《よっぱらい》が、呂律の怪しい咽喉で、唄を謳って通った。空車を挽いて帰る懈《だる》い音などもした。

K―は、茶の室《ま》でお銀達を相手に、ちびちび何時までも飲続けていた。しんみりしたような話声が時々聞えるかと思うと、お銀の笑声などが漏れて来た。甥は真中の六畳の隅の方で、もう深い眠に沈んでいた。

夜になると、分明《はっきり》して来る笹村の頭は、痛いほど興奮していた。筆を執るには、目がちかちかし過るほど、神経が冴えていた。

「酒と云うものは陽気で好うござんすね。」客商売の家にいたりしたことのあるお銀が、先刻酒好きなK―に媚びるように言っていたことなどが想出された。

然う云うお銀は、笹村の客が帰ったあとで、麦酒などの残りをコップに注いで時々飲んでいた。酒が顔へ出て来ると、締のない膝を少し崩しかけて、猥らなような充血した目をして人を見た。齲歯の見える口元も弛んで、浮いた調子の駄洒落などを言って独で笑いこけていた。お銀の体には、酒を飲むと気の浮いて来る父親の血が流れているらしかった。

「女の酒は厭味でいけない。」

時々顔を顰める笹村も、飲むと何処か色ッぽくなる女を酔わすために自分でわざと飲みはじめることもあった。

外が鎮まると、奥の話声が一層耳について来た。女が台所へ出て、酒の下物《さかな》を拵えている気勢もした。

厠へ立つとき、笹村は苦笑しながらそこを通った。女は俛いて、畳翳を炙っていたが、白い顔には酒の気があるようにも見えなかった。

「K―さんにお自惚《のろけ》を聴かされている処なんですの。如何してお安くないんですよ。」お銀は沈んだような調子で言った。

痛い頭を萎《なや》そうとして、笹村は机を離れてふと外へ出て見た。そして裏の空地を彷徨《ぶらぶら》して、また明るい部屋へ戻って見た。K―はまだちびりちびり飲続けていた。そのうちに女は裏の木戸を開けて、ざくざくした石炭殻の路地口から駒下駄の音をさせて外へ出て行った。向の酒屋へ酒を買いに行くらしかった。

「おい、少し静かにしないか。」

大分たってから、堪りかねたように、笹村が奥へ大声で叫んだ。

茶の室は関《ひっそり》して了った。

十三

「そんなにお耳に障ったんですか。だってK―さんが折角お酒を召食《めしあが》っていらっしゃるのに、厭な顔も出来ないもんですから。」

心持のゆったりしたようなK―が、間もなく黙って帰って行ってから、お銀は何気なげに遠くの方で言った。後で気のついたことだが、ちびりちびり酒を飲みながら、自惚まじりのK―の話のうちには、女を友達から引離そうとするような意味も含まれてあった。それが今の場合K―自身として、笹村を救う道だと考えていたらしかった。以前下宿をしていた家の軍人の未亡人だと云う女主と出来合っていたK―は、外にも干繫《かかりあい》の女が一人二人あった。その晩もK―は、子まで出来た間を別れてしまった女のことを虚実取混ぜて話していた。同じような心の痛みのまだ何処かに残っている女は、しみじみした淡い妬みの絡りついたような心持でそれに聴惚れていた。笹村の胸にも、それが感ぜられた。

笹村は深山から聞いていた、お銀の以前のことなどを言出した。

「それはあの方が、能く私達のことを知らないからですわ。」お銀は口惜しそうに言った。

「今こそ恁うしてまごついちゃ居りますけれど、田舎じゃ押しも押されもしねえ、是でも家柄はそんな悪いもんでもござんしねえに。」母親も傍へ来て弁解した。

「家柄が何だ。そんなことを今言ってるんじゃないんだ。」笹村は憎々しいような言方をした。

「貴方から見れば、それは然うでもござんしょうが、田舎には親類もござんすで、娘がまた斯様なことでまごつくようなことじゃ、私が寔《まこと》に辛うござんすで……。」

暴れたような不愉快な気分が、明日《あした》も一日続いた。

晩方K—が、ぶらりと入って来た頃には、甥と一緒に、外を彷徨《ふらつ》いて帰って来た笹村が、薄暗い部屋の壁に倚りかかって、茫然《ぼんやり》していた。茶の室では母親とお銀とが、声を潜めて時々何やらぼそぼそと話していた。

「おいおい、酒を持って来んか。」

笹村はK—と話しているうちに、ふと奥の方へ声かけた。

「昨夜の今夜ですから、酒はお罷しなすった方が可うござんすらに。」

大分経ってから、母親がそこへ顔を出した。

「可いじゃないか。僕が飲むと言ったら。」笹村は吐出すように言った。

暫くすると、出し渋っていた酒が、そこへ運ばれて、鰹節を掻く音などが台所から聞えて来た。

「お銀に来て酌をしろって……。」

笹村が言って笑うと、K―も顔を見合せて無意味にニタリと笑った。

「おい酌をしろ。」笹村の声が又突走る。

夕化粧をして著物を著換えたお銀が、そこへ出て坐ると、おどおどしたような様子をして、銚子を取りあげた。睡眠不足の顔に著しく窶れが見えて、赤い目も弛み脣も乾いていた。K―は蟠りのない顔をして何時飲んでも美《うま》そうに続けて二三杯飲んだ。

「お前行く処がなくなったら、今夜―からK―さんの処へ行ってると可い。」笹村はとげとげした口の利方をした。

「うむそれが可い。己が当分引取ってやろう。今のところ双方のために其が一番可さそうだぜ。」

K―は光のない丸い目を睜って二人の顔を見比べた。

おどおどしたような目を伏せて、俛《うつむ》いて黙っていたお銀は、銚子が一本あくと、直に起って茶の室の方へ出て行った。そしていくら呼んでも其限《それきり》顔を見せなかった。

何も彼も忘れるくらいに酔って、笹村は寝床の上にぐったり横わっていた。目を開いてみると、傍へ来て坐っている女の蒼白い顔が、薄暗いランプの灯影に寂しく見えた。

「……ほんとに済みませんでした。是から気をつけますから、どうか堪忍して下さい。」

お銀の呟く声が、時々耳元に聞えた。

笹村は冷い濡手拭でどきどきする心臓を冷していた。

十四

四谷の親類に預けてあった蒲団や鏡台のようなものを、お銀が腕車《くるま》に積んで持込んで来たのは、もう袷に羽織を著る頃であった。町には其方此方《そっちこっち》に安普請の貸家が立並んで、俄仕立の蕎麦屋や天麩羅屋なども出来ていた。

お銀は萌黄の大きな風呂敷包を夜六畳の方へ持込むと、四谷で聞いて来たといって、先に縁づいていた家の、其後の紛擾《ごたごた》などを話して蒼くなっていた。お銀が逃げて来てからも、始終跡を追っかけまわしていた其処の子息が、此頃刀で、とかく折合の悪い継母を斬りつけたとか云う話であった。

その話には笹村も驚きの耳を欹《そばだ》てた。

「係合にでもなると不可ないから、うっかり此処へ来ちゃ不可ないなんてね、お蝶さんに私逐出《おんだ》されるようにして来たんですよ。」

「へえ。」と、笹村は呆れた目をして女の顔を眺めていた。

「私可怕《おっかな》いから、もう外へも出ないでおこう。此間暗い晩に菊坂で摺違ったのは、慥《たしか》に栄ですよ。」

傍で母親は、包のなかから、お銀の不断著などを取出して見ていた。外はざあざあ雨が降って、家のなかもじめじめしていた。

「私は顔色が大変悪いって、爾《そ》うですか。」と、お銀は気にして訊出した。

お銀は此月へ入ってから、時々腹を抑えて独で考えているのであった。そして、「私姙娠ですよ。」と笑いながら言っていたが、暫くすると、また其を打消して、「冷性ですから、私には如何したって子供の出来る気遣はないんです。安心して在らっしゃい。」

しかし如何しても姙娠としかおもわれない処があった。食物の工合も変って来たし、飯を食べると、後から嘔吐《はきけ》を催すことも間々あった。母親に糺してみると、母親も孰《どちら》とも決しかねて、首を傾げていた。

「今のうちなら、如何かならんこともなさそうだがね。」

また一苦労増して来た笹村は、まだ十分それを信ずる気になれなかった。弱い自分の体で、子が出来るなどと云うことは幾《ほとん》ど不思議なようであった。

「そんな訳はないがな。もし然うだったとしても、己は知らない。」などと言って笑っていた。女の操行を疑うような、口吻も時々洩れた。

「私はこんながらがらした性分ですけれど、そんな浮気じゃありませんよ。そんな事があってごらんなさい、いくら私がずうずうしいたって一日も此家にいられるもんじゃありませんよ。」お銀も半分真面目で言った。

「お前の兄さん兄さんと云っている、其親類の医者に診てもらったら如何だ。」

「そんな事が出来るもんですか。あすこのお婆さんと来たら、それこそ口喧《くちやかま》しいんですから。」

お銀は三人の子供を、夫々医師に仕揚げた其老人の噂を為《し》はじめた。

こんな話が、二人顔を突合わすと、火鉢の側で繰返された。火鉢には新しい藁灰などが入れられて、机の端には猪口や蓋物がおかれてあった。笹村は夜が更けると、真《ほん》の三四杯だけれど、時々酒を飲みたくなるのが癖であった。

「そんなに気にしなくとも、愈妊娠となれば、私が巧く私《そっ》と産んじまいますよ。知った人もありますから、そこの二階でも借りて……。」お銀は言い出した。

「叔父さんが世話をした人ですから、事情《わけ》を言って話せば、引受けてくれないことはないと思います。貴方からお鳥目《あし》さえ少し頂ければね。」

「そんな処があるなら、今のうちそこへ行っているんだね。」

お銀は京橋にいる其人の事を、色々話して聞かした。叔父が盛に切って廻していた頃のことが、それに連れて又言出された。

「その時分、貴方は何処に何をしていたでしょう。」

お銀は自分の十六七の頃を追憶しながら、水々した目でランプを瞶めていた。

「真実《ほんと》に不思議なようなもんですね。」お銀は笹村の指先を揉みながら、呟いた。

十五

朝寒の頃に、K—が能く糸織の褞袍《どてら》などを著込んで、火鉢の傍へ来て飯を食っていると、お銀が台所の方で甲斐々々しく弁当を詰めている、それが如何かして朝起をすることのある笹村の目にも触れた。お銀の話に、商業学校へ通っていた磯谷の弁当を持って行ってやったり、雨が降ると傘を持って行って、能く学校の傍で出て来るのを待っていたと云うその時の女の心持が二人の様子にも思合された。笹村と通へ買物などに出かけると、お銀は翌朝の弁当の菜を、通りがかりの煮物屋などで見繕っていた。そのK—も貸家の差配を例の若い後家さんに託して、自分は谷中の旧居《もとい》た下宿へ引移って行ってからは、貸家にも色々の人が出入したが空いている時の方が多かった。

甥は、その空家の一軒へ入込んで寝起をしていた。時には友達を大勢引張込んで、叔父の方から色々の物を持運んで、飲食をしていた。笹村が渡す月謝や本の代が、その頃甥の捲込まれていた不良少年の仲間の飲食のために浪費されるらしい形迹が、少しずつ笹村に解って来た。

「新ちゃんは、何時のまにか私の莨入を持って行《ある》いてますよ。」

お銀は、笑いながら笹村に言告《いいつ》けた。月極にしてある莨屋の内儀さんが甥の持って行く莨の多いのを不思議がって、注意してくれたことなどもあった。

机の抽斗を開けてみると、学校のノートらしいものは一つもなかった。その代りに手帳に吉原の楼《うち》の名や娼妓の名が列記されてあった。妾――仲居――などと楽書してあるのは、此場合お銀のこととしか思えなかった。

「ああ云う団体のなかに捲込まれちゃ、それこそ終だぞ。呼出をかけられても、今後決して外出しない方が可い。」

笹村は甥を呼びつけて吩咐《いいつ》けたが、甥は癇性の目を伏せているばかりで、身にしみて聞いても居なかった。そして表で口笛の呼出がかかると、直にずるりと脱けて行ってしまった。

「いつかの朝、顔を瘤だらけにして帰って来たでしょう、あの時吉原で、袋叩に逢ったんですって……言ってくれるなと言ったから言いませんでしたがね。」お銀は笹村に言告《いいつ》けた。

「その時も、あの連中につれられて行ったようですよ。あの中には、髭の生えた人なんか居るんですもの。それに新ちゃんは乱暴も乱暴なんです。喧嘩ッぱやいと来たら大変なもんですよ。国で、気に喰わない先生を取って投げたなんて言ってますよ。」

お銀は甥が、この近所で近頃評判になっていることを詳しく話した。

「だけど、何しろ友達が悪いんですからね。貴方も余り厳しく言うのはお休《よ》しなさいよ。可怕《おっかな》いから。」

笹村の小さい心臓は、この異腹《はらちがい》の姉の愛児のことについても、少からず悩まされた。

「僕も余り好い事はして見せていないからね。」笹村は苦笑した。

「だって、十六や其処《そこ》いらで、色気のある気遣はないんですからね。」

笹村は暫く打絶えていた俳友の一人から、或夕方ふと手紙を受取った。少しお話したいこともあるから、手隙《てすき》のおり来てくれないかと云う親展書であった。

お銀は、体の工合が一層悪くなっていた。目が始終曇《うる》んで、手足も気懈そうであった。その晩も、近所の婦人科の医者へ行って診てもらう筈であったが、それすら臆劫がって出遅れをしていた。

「私のこと……。」

お銀は手紙を読んでいる笹村の顔色で、直にそれと察した。

「きっと然うでしょう。」

十六

笹村は、寒い雨のぼそぼそ降る中を、腕車《くるま》で谷中へ出かけて行った。此日頃、交友を自ら避けるようにして来た笹村は、あの窪ッためにある暗い穴のような家を、滅多に出ることがなかった。是迄人の前で俛いて物を言わなければならぬような事の無かった笹村は、八方から遠寄せに押寄せているような圧迫の決潰口とも見られる友人が、如何な風に此事を切出すか、それが不安でならなかった。深山と気脈の通じているらしく思える此俳友B―に対する軽い反抗心も、腕車《くるま》に揺られる息苦しいような胸に微に波うっていた。

閴《ひっそり》した二階の一室に通ると、B―は口元をにこにこしながら、直《じき》に深山との事を言出した。

暫くB―は笹村の話に耳傾けていた。

二人の間には、チリの鍋などが火鉢にかけられて、B―は時々笹村に酌をしながら喙《くち》を挿んでいた。

「……左《と》に右《かく》深山のことは余り言わんようにして居たまえ。然うしないと反って君自身を傷つけるようなもんだからね。」B―は戒めるように言った。

笹村は深山との長い間の交遊に就いて、胸はぶすぶす燻っているような余憤があったが、其を言えば言うだけ、自分が小さくなるように思えるのが浅猿《あさま》しかった。

「……僕はいっそ公然と結婚しようと思う。」

女の話が出たとき、笹村は張詰めたような心持で言出した。

「その方が潔いと思う。」

「それ迄にする必要はないよ。」B――は微笑を目元に浮べて、「君の考えているほど、難しい問題じゃあるまいと思うがね。女さえ処分してしまえば、後は見易いよ。人の噂も七十五日というからね。」

「奈何《どう》だね、やるなら今のうちだよ。僕不及ながら心配してみようじゃないか。」B――は促すように言った。

笹村はこれ迄誰にも守っていた沈黙の苦痛が、いくらか弛んで来たような気がした。そして何時にない安易を感じた。それで話が女の体の異常なことにまで及ぶと、そんな事を案外平気で打明けられるのが、不思議なようでもあり、惨《いたま》しい恥辱のようでもあった。

「へえ、爾うかね。」

B――は目を瞬ったが、口へは出さなかった。そして暫く考えていた。

「それなら其で、話は自然身軽になってからのことにしなければならんがね。然し可《い》いよ方法は幾多《いくら》もあるよ。」

粛《しめや》かな話が、少時《しばらく》続いていた。動物園で猛獣の唸る声などが、時々聞えて、雨の小歇《こや》んだ外は静に更けていた。

「僕はまた君が、そんな事はないと言って怒るかと思って、実は心配していたんだよ。打明けてくれて僕も嬉しい。」

帰りがけに、Bーは然う言って又一銚子階下へ吩咐けた。

幌を弾ねた笹村の腕車が、泥濘《ぬかるみ》の深い町の入口を行悩んでいた。空には暗く雨雲が垂下って、屋並《やなみ》の低い町筋には、湯帰りの職人の姿などが見られた。

「今帰ったんですか。」

腕車《くるま》と摺違に声をかけたのは、青ッぽい双子の著物を著たお銀であった。

「如何でした。」

「医者へ行ったかね。」

「え、行きました。そしたら、矢張そうなんですって。」

腕車の上と下とで、こんな話が気忙しそうに取交された。

笹村が腕車から降りると、お銀もやがて後から入って来て、火鉢の方へ集った。

十七

「医者は如何いうんだね。」

笹村は少し離れたような心持で、女に訊出した。笹村は先ずそれを確めたかった。

「お医者はいきなり体を見ると、もう判ったようです。これが病気なものか、確に妊娠だって笑っているんですもの。加之《それに》少し体に毒があるそうですよ。その薬をくれるそうですから……。」

「幾月だって……。」

「四月だそうです。」

「四月。厭になっちまうな。」

笹村は太息《といき》を吐いた。そして可恐《おそろ》しいような気持で、心のうちに二三度月を繰って見た。

その晩は一時頃まで、三人で相談に耽っていた。笹村は出来るだけ穏かに、女から身を退いてもらうような話を進めた。その話は二人にも能く受入れられた。

「貴方の身が立たんと仰しゃれば、如何も為方のない事と諦めるより外はござんしねえ。御心配なさるのを見ていても、何だかお気の毒のようで……。」母親は縫物を前に置きながら言った。

「どうせ娘のことは、体さえ軽くなれば如何にでもなって行きますで。」

そう決ると笹村は一刻も速く、この重荷を卸してしまいたかった。そして軽卒《かるはずみ》のような可恐しい相談が、如何かすると三人の間に囁かれるのであった。笹村の興奮したような目が、異様に輝いて来た。

「そうなれば、私がまた如何にでも始末をします。――その位のことは私がしますで。」

そう言う母親の目も冴々して来た。

「だけど、迂闊《うっかり》したことは出来ませんよ。」お銀は不安らしく考え込んでいた。

「なアに、滅多に案じることはない。」

明朝目がさめると、昨夜張詰めて居たような笹村の気持が、又だらけたようになってい
た。頭も一層重苦しく淀んでいた。昨夜逸《はず》んだような心持で母親の言出したことを、考え
出すと可笑しいようでもあった。

笹村は何も手につかなかった。そして究《つま》るところは、矢張昨夜話したようにするより外
なさそうに考えられた。

「産れて来る子供の顔が、平気で見て居られそうもないからね。」

笹村は、冴々した声でいつに変らず裏で地主の大工の内儀さんと話していたお銀が入っ
て来ると、直に捉えて其問題を担出した。

「そうやって置けば、一日ましに形が出来て行くばかりじゃないか。」

「え、そうですけれど……。」

お銀は唯笑っていた。

「今朝は何だかこう動くような気がしますの。」

お銀は腹へ手を当てて、揶揄うような目をした。

「だけど、然う一時に思究めなくても可いじゃありませんか。貴方は然うなんですね。」

お銀は不思議そうに笹村の顔を見ていた。

気が快々《くさくさ》して来ると、お銀は下谷の親類の家へ遊びに行った。

「今日は一つ小遣を儲けて来よう。」と言って化粧などして出て行った。

親類のうちでは、何時でも二三人の花の相手が集った。「兄さん」のお袋に友達、近所に囲われている商売人あがりの妾などがいた。お銀はその人達のなかへ交って、浮々した調子で花を引いた。そこで磯谷の噂なども、ちょいちょいと耳に挟んだ。

「お前も何だぞえ、そう何時もぶらぶらしていないで、また前のように失錯《まちがい》のないうちに田舎へでも行って体を固めた方がいいぞえ。」

そこのお婆さんは顔さえ見ると言っていたが、お銀は何処へ転んでも親戚の厄介になぞなりたくないと思っていた。どんなに困っても家のない田舎へなぞ行こうと思わなかった。

十八

暮に産をする間の隠場所を取決めに、京橋の知合の方へ出かけて行ったお銀は、年が変っても矢張笹村の家に閉籠っていた。

笹村にせつかれて、菓子折などを持って出かけて行く迄には、お銀は幾度も躊躇した。丸薬なども買わせられて、笹村の目の前で飲むことを勧められたが、お銀は売薬に信用がおけなかった。

「其うち飲みますよ。」と、其まま火鉢のなかに仕舞っておいた。薬好な笹村は、始終色々な薬を机の抽斗に絶さなかった。知合の医者から無理に拵えて貰ったのもあるし、その時々の体の状態を自分自身で考えて、其に応じて薬種屋から買って来たのもある。それにお銀の体に毒気があると云うことを聞いてからは、一層自分の体に不安が増して来た。血色は薄いが、皮膚はまだ綺麗であったお銀の顔に、此頃時々自分と同じような、ぼつりとしたものが出来るのも不思議であった。明るかった額から目のあたりも一体に曇《うる》んで来た。そして何か考え込みながら、窓から外を眺めている時の横顔などが、その気分と相応《そぐ》わないほど淋しく見られることがあった。

「お産をすると毒は皆おりて了うそうですよ。」

病気を究めようともしないお銀は、大して気にもかけぬらしかったが、何処へ如何なって行くとしても、産れる子に負うべき責任だけは笹村も感じない訳には行かなかった。

「其じゃ貴方は、自分にそんな覚えでもあるんですか。」お銀は笹村に反問した。

笹村は学校を罷めて、検束のない放浪生活をしている二十時分に、ふとしたことから負わされた小さな傷以来、体中に波うっていた若い血が避《にわか》に頓挫《しくじ》ったような気が、始終為していた。頭も頽れて来たし、懈い体も次第に蝕まれて行くようであった。酒、女、莨、放肆な生活、それらの所為《せい》とばかりも思えなかった。其様なものを追おうとする興味すら、即《やが》てそこから漂って来る影に溺れ酔おうとする心に過ぎなかった。太陽の光色彩に対する感じ——食物の味さえ年一年荒れた舌に失われて行くようであった。

頭脳が解くなって来ると、笹村は手も足も出なかった。然う云う時には、かかりつけの按摩に頭臚《あたま》の砕けるほど締めつけて貰うより外なかった。

「それは此方の気の所為ですよ。」

お銀は顔に出来たものを気にしながら、医者からくれた薬すら碌々飲まなかった。

「……逢って話してみましたらばね。」お銀は京橋から帰って来た時、待ちかねていた笹村に話しだした。

「そんなことなら二階があいてるから、何時でも来ても可いって、然う言ってくれるんですがね。――だけど女ばかりで、そんな事をして、後で莫迦を見るようなことでも困るから、能く考えてからにした方が可いって言うんですの。正直な人ですから、矢張心配するでしょうよ。」

「…………。」

「その人の子息は新聞社へ出ているんですって。」お銀は思出したように附加えた。

「へえ。それは記者だろうか、職工だろうか。」

「何ですか、そう言ってましたよ。」

笹村は余り好い気持がしなかった。

「それで、その二階は極狭いんですの。天井も低くって厭な処なんです。お産の時には貴方も来て下さらないと、あんな処で私心細い。」

笹村は黙っていた。お銀も張合がなさそうに口を噤んだ。

正月に著るものを、お銀はその後また四谷から運んで来た行李の中から引張出して、時々母親と一緒に、茶の室で針を持っていた。此の前に片附くまでに、少し許り有ったものも皆亡くして行李を開けて見ても、ちぐはぐの物ばかりで心淋しかった。

気がつまって来ると、煙草の煙の籠ったなかに、筆を執っている笹村の傍へ来て、往来向きの窓を開けて外を眺めた。門々にはもう笹たけが立って、向の酒屋では積樽などをして景気を添えていた。兜をきめている労働者の姿なども、暮らしく見られた。熊谷在から嫁入って来たと云う、鬼のような顔をしたそこの内儀さんも、大きな腹をして、帳場へ来ては坐込んでいた。

十九

笹村は、少し手に入った金で、手詰りのおりにお銀が余所から借りて来てくれた金を返さしたり、質物を幾口か整理して貰ったりして、残った金で蒲団皮を買いに、お銀と一緒に家を出た。

「私達のは綿が硬くて、迚《とて》も駄目ですから、今度お金が入ったら、払の方は少しぐらい延ばしても蒲団を拵えてお置きなさいよ。」と、笹村は能くお銀に言われた。

「十年もあんな蒲団に包まっているなんて、痩ッぽちの癖に能く辛抱が出来たもんですね。」

初めて汚い笹村の寝床を延べた時のことが、また言出された。

「僕は余りふかふかした蒲団は気味がわるい。」

笹村は笑っていたが、それを言われる度に、自分では気もつかずに過して来た、長いあいだ満足に足腰を伸したこともない、行成な生活が追想された、そして矢張その蒲団は可懐しみが残っていた。安机、古火鉢、それにも其時々の忘れがたい思出が刻まれてあった。そのべとべとになった蒲団も、今は此人達の手に引剝されて、襤褸屑のなかへ突込まれることになった。

通まで来ると、雨がぽつりぽつり落ちて来た。何か話して歩いているうちに、ふと笹村の気が渝《かわ》って来た。

「お前は先へお帰り。」

笹村はずんずん行出した。

「それじゃ蒲団地は買わなくてもいいの。」

女は惘《あき》れて立っていた。

笹村は些《ちょっ》とした女の言草に、自分の気持を頓挫《しくじ》ると、暫く萎されている女に対する劇しい憎悪の念が、一時に勃々活復《むくむくいきかえ》って来た。

お銀は一二町ついて来たが、旋《やが》て悄々《すごすご》と引返して行った。

その晩笹村は帰らなかった。

朝家へ入って来ると、女は興奮したような顔をして火鉢の前に坐っていた。甥も傍へ来て火に当っていた。

書斎へ引込んでいると、女は嶮しい笑顔をして入って来た。

「随分ひどいわね。私やたら腹が立ったから、新ちゃんに皆話して了った。貴方は余り新ちゃんのことも言えませんよ。」

「莫迦。少《わか》いものには少し気をつけて物を言え。」

「新ちゃんだって叔父さんは今夜帰らないって、然う言っていましたわ。昨夜はお友達も来ていましたからね。三人で花を引いて、いつまで待っていたか知れやしない。――私ぐんぐん蹤いて行ってやれば可かった。どんな顔して遊んでいるんだか、それが見たくて……。」

「煩い。」笹村は顔じゅう顰めた。笑うにも笑えなかった。

日が暮れかかって来ると、鍛冶屋の機械の音が途絶えて、坐っていても頼ないようであった。お銀は惑わしいことがあると、能く御籤を取りに行く近間の稲荷へ出かけて行った。通の賑かなのに、ここは広々した境内がシンとして、遠い木隠れに金燈籠の光がぼんやり光っていた。鈴を引くと、じゃらんじゃらんと云う音が、四辺に響いて、奥の方から小僧が出て来た。

「貴方のも取って来ましたよ。」と、お銀は笹村のを拡げて机の端に置いた。笹村は心《しん》を細めにしたランプを置いて、火鉢の蔭に丸くなって、臥《ね》そべっていた。

「私は今宙に引懸っているような身の上なんですってね。家があってないような……居るところに苦労しているんですって。」

笹村は黙って其文章に読惚れていた。

「私京橋へ行こうか行くまいか、如何しようかしら。」

お銀はB―さんと云う後楯のついている笹村と、迂闊《うっかり》した相談も出来ないと思った。

「B―君の阿母さんの説では、一緒になった方が可いと言うんだそうだけど……。」と言う笹村は、其の後もB―と一二度逢っていた。

晩に笹村は、賑かな暮の町へ出て見た。そしてふと思いついて、女のために肩掛を一つ買って戻った。

お銀は嬉しそうに其を拡げて見ると笑出した。

「私前に持っていたのは、もっと大きくて光沢《つや》がありましたよ。それにコートだって持ってたんですけれど……叔父さんが病気してから、皆亡《い》してしまいましたわ。」

「そうかい。お前贅沢を言っちゃいかんよ。入らなけア田舎へ送ろう。」

笹村は気色をかえた。

二十

春になってから笹村は時々思立っては引移るべき貸家を見て行《ある》いた。お銀の体をおくのに、此家の間取の不適当なことも一つの原因であった。茶の室から通うようになっている厠へ客の起つ毎に、お銀は物蔭へ隠れていなければならぬ場合が度々あった。その頃お銀は京橋の家へ行くことを悉皆思止っていた。二階は危いと云うのも一つの口実であったが、此処を離れてしまえば、後は奈何なって行くかと云う不安が、日増に初めの決心を鈍らせた。

「……それに私だって、余所へ出るとなれば手廻の世帯道具くらい少しは用意しなけァ厭ですもの。いくら何でも余り見すぼらしいことしてお産をするのは心細うござんすから。」

お銀の此頃の心には、そこへ身のうえの相談に行ったことすら、軽挙《かるはずみ》のように思われて来た。

「あんな窮屈な二階住居で、お産が軽ければ可うござんすけれど、何しろ初産のことですから、どんな間違がないとも限りませんもの。」

「此ばかりは重いにも軽いにも限《きり》がないんですからね。」と母親も傍から口を利いた。

笹村は黙って火鉢に倚りかかりながら、まじまじと煙草を喫《ふか》していた。麻の葉の白くぬかれた赤いメリンスの前掛の紐を結えているお銀の腹の滅切大きくなって来たのが目についた。水気をもった様な顔も、白蠟のように透徹って見えた。

「妄《むやみ》なことをして、万一のことでもあっては、田舎にいるこれの父親や親類のものに私が分疏《いいわけ》がないような訳でござんすでね。」

そんなことから、笹村は家を捜すことに決めさせられた。

笹村はずっと奥まった方を捜しに出て行った。その辺には可也手広な空家がぼつぼつ目に著いたが、周《まわり》が汚かったり、間取が思わしくなかったりして、どれも気に向かなかった。

然うして歩いていると、二枚小袖に羽織は重いくらい、陽気が暖かくなって来た。垣根の多い静かな町には、柳の芽がすいすい伸出して、梅の咲いている処などもあった。空も深々と碧《あお》み渡っていた。笹村は然うした小石川の奥の方を一わたり見て歩いたが、友人の家を出て、普通の貸家へ移る時の生活の不安を考えると、矢張居昵《いなじ》んだ場所を離れたくないような気もしていた。

「今日はたしか先生の入院する日だ。」

笹村は或日の午後、家を捜しに出て、途中からふと思出したように引返して来た。その日は薄曇のした気の重い日であった。青木堂でラヘルを二函紙に包んでもらって、大学病院の方へ入って行くと、蕾の固い桜の片側に植った人道に、薄日が照ったり消えたりしていた。笹村は自分のことにかまけて、暫くM—先生の閾もまたがずに居た。先生と笹村との間には、時々隔りの出来ることがあった。

M―先生は、笹村の胃が漸く恢復しかけて来る頃から、同じ病気に悩まされるようになった。

「今の若さで、そう薬ばっかり飲んでいるようじゃ心細いね。美《うま》いものも歯で嚼んで食うようじゃ、迚も駄目だよ。」

茶一つ口にしないで、始終曇った顔をしている笹村に、先生は元気らしく言って、生効《いきがい》のない病軀を嘲っていたが、先生の唯一の幸福であった口腹の慾も、その頃から、少しずつ裏切られて来た。

定められた病室へ入って、大分待っていると、旋《やが》て扉を開けて長い廊下を覗く笹村の目に、丈の高い先生の姿が入口の方から見えた。O―氏とI―氏とが、その後から手廻の道具や包のようなものを提げて入って来た。

先生の目には深い不安の色が潜んでいるようであったが、思いがけない笹村の姿を此処に見つけたのは、心嬉しそうであった。

二十一

腕車《くるま》から直に雪沓《せったばき》穿で上って来たM―先生は、浅い味噌濾帽子を冠ったまま、疲れた体を壁に倚りかかって暫く椅子に腰かけてみたり、真中の寝台に肱を持たせなどして、初めて自分が意想外の運命で、入るように定められた冷い病室の厭わしさを紛らそうとしているように見えた。

「謂わば客を入れるんですから、病室ももっと如何かしたら可さそうに思いますんですがな。」

Ｏ—氏が言出すと、

「うむ……堪らんさ。」と、先生も部屋を見廻して軽く頷いたが、眉のあたりが始終曇っていた。それでも斯様な日に衆《みんな》が聚って来ていると云うことが、大いなる満足であった。そして何時もより調子が低く、気分に思屈《おもいくつ》したような処はあったが、話は不相変はずんだ、力のない微笑と一緒に軽い洒落も出た。

「ここを推してごらん。」

先生は病気の話が出たとき、痩せた下腹のあたりを露わして、瘤《しこり》のある処を手で示した。

「痛《いと》ござんしょう。」

「いや介意《かま》わんよ。」

「成程大分大きうござんすですな。」

Ｍ—先生は瘤《しこり》の何であるかを診察させる為に、二週間ここに居なければならなかった。先生が此瘤を気に為出したのは、余程以前から素地《したじ》のあった胃病が、大分嵩じて来てからであった。先生はその頃から、筆を執るのが臆劫らしく見受けられた。

「それは然し誰か好い医師に診ておもらいになった方が可うござんしょう。」

笹村も痼《しこり》に不審を抱いて、一二度勧めたことがあった。

「お前の胃はこの頃奈何かね。」

先生は時々笹村に尋ねた。其顔には、少しずつ躙《にじ》られて行くような気の衰えが見えた。

笹村は新に入った社の方の懸賞俳句の投稿などが、山のように机の上に積んであるのを見受けた。今では道楽であった句選が、此頃先生の大切な職務の一つとなったのが、惨しいアイロニイのように笹村の目に閃いた。

「己は病気になるような悪いことをしていやしない。周囲が己を斃すのだ。」

先生は激したような調子で言った。其声には此二三年以来の忙しい仕事や煩いの多い社交、冷かな世間の批評に対して、始終鼻張の強かった先生の心からの溜息も聞かれるようであった。

あの胃腸病院へ診察を求めに行った頃は、そこの院長もまだ分明《はっきり》した診断を下しかねていた。するうちに痼《しこり》の部分に痛みさえ加わって来た。

その日は、日暮方に衆《みんな》と一緒に、病室を引揚げた。

笹村が、或晩二度目に尋ねて行った時には、広い部屋は色々の物が持込まれてあった。見慣れぬ美しい椅子があったり、綺麗な盆栽が飾られてあったりしてあった。火鉢、鍋、茶碗、棚、飲料、果物、匙やナイフさえ幾色か、ごちゃごちゃ持込まれてあった。新刊の書物、本の意匠の下図、其様なものも妄《むやみ》に散らかっていた。船艙の底にでもいるように、敷詰めた敷物の上に胡坐を掻いて、今一人来客と、食味の話に耽っている先生の調子は、前よりも一層元気が好かった。

「朝目のさめた時なんざ、こんなものでも枕頭にあると、ちょいと好いものさ。」

先生は其処にあった鉢植の菫の話が出ると、花を瞶めていながら呟いた。先生は是迄花などに趣味を有っていたことはなかった。

痼《しこり》の胃癌であることが確められた日に、O—氏とI—氏とが、夜分打連れて笹村を訪ねた。笹村は友人の医者に勧められて、初めて試みた注射の後、丁度気慵《けだる》い体を出来たての蒲団に横えて、うつらうつらして居た。

お銀は狼狽えて、裏の方へ出て行った。

二十二

「それで問題は、切開するか為ないかと云うことなんだがね。J—さんなどは、如何せ其儘にしておいて不可ないものなら、思断《おもいき》って手術した方が可いと云うことを言っているんだ。」

「然うすれば確に効果があるのかね。」

「それが解らないんだそうだ。体も随分衰弱しているし、反って死を早める危険がないとも限らんと云うのだからね。」

「それに切開と云うことは如何もね……先生もそれを望んでは在らっしゃらないようだ。」

ひそひそした話声が暫く続いた。やがて二人は略《ほぼ》笹村の意嚮をも確めて帰って行った。

「へえ……お気の毒ですね。」

お銀は客の帰った部屋へ入って来て、火鉢の傍へ坐った。

「三十七と云う年は、よくよく悪いんだと見えますね。私の叔父が矢張そうでしたよ。」

笹村は憫い頭の髪毛《かみのけ》を撫でながら、蒲団のうちに仰向いて考え込んでいた。注射をした部分の筋肉に時々しくしく痛みを覚えた。

「……伝通院前の易者に見ておもらいなすったら如何です。それは能く判りますよ。」お銀はまた易者のことを言出した。

笹村は翌日早く、その易者を訪ねたが、その日は生憎休みであった。帰りに伝通院の横手にある大黒の小さい祠へ入って、そこへ出ている或法師《ぼうず》について観てもらうことにした。法師は綺羅美やかに著飾った四十近くの立派な男であった。在から来たらしい屈託そうな顔をした婆さんに低い声で何やら言って聞していたが、髪の蓬々した陰気そうな笹村の顔を時々じろじろと見ていた。指環や時計をぴかぴかさした貴婦人が一人、手提袋をさげて、腕車《くるま》から降りて入って来ると、法師は笑交すようにしおしおした目をした。女はそのまま奥へ入って行った。

「これア辿も……。」

法師は水晶の珠数の玉を指頭で繰ると、本を開けて見ながら笹村に言いかけた。

「もう病気が悉皆根を張っている。」

「手術の効はないですか。」

「とても……。」と反りかえって、詳しく見る必要はないと云う顔をした。

笹村は金の包を三宝に投込むようにしてそこから出た。

その日M―先生を訪ねると、仕事場のようであった先生の部屋は綺麗に取片著いていた。先生は髪などもきちんと分けて、顔に入院前のような暗い影が見えなかった。傍には他の人も来ていた。

「今朝も××が来て、この際何か書けるなら、出来るだけのことはするとか言ってくれたがね、まあ病気でも癒ってから願おうと言っておいた。己はこんなに迄なって書こうとは思わん。」と先生は其の吝《しみ》ッたれを嗤うように苦笑した。何もこの病人に書かさなくたって好意があるなら……と云う意味も聴取れた。

「それに己は病気して裕福になったよ。△△が昨日も来てハンドレッドばかり置いて行ってくれるし、何なら些と御用立しましょうかね。」と言って笑った。

笹村は、M―先生の或大きな仕事を引受けることになってから、牛込の下宿へ独で引移った。その前には、家族と一緒に先生の行っていた海岸の方へも一度訪ねて行って、二三日をそこで遊んで過ごした。海岸はまだ風が寒く、浪も毎日荒れつづいて、分明《はっきり》した日とてはなかった。笹村は丁度また注射の後の血が溷濁《こんだく》したようになって、頭が始終重く慵かった。酒も禁じられていた。

牛込のその下宿は、棟が幾個にも分れて、綺麗な庭などがあったが、下宿人は二人ばかりの紳士と、支那人が一人居る限であった。笹村は、机とランプと置時計だけ腕車《くるま》に載せて、或日の午後そこへ移って行った。そして立木の影の多い庭向の窓際に机を据えた。

二十三

下宿は昼間もシンとしていた。笹村は机の置場などを幾度も替えて見たり、家を持つまで長いあいだ此近傍の他の下宿に居た頃行きつけた湯へ入りなどして、気を落著けようとしたが、旅にいるような心持で、何も手に著かなかった。それで寝転んだり起きたりしていると、もう午になって、顔の蒼白い三十ばかりの女中が、膳を運んで来て、黙ってそこらに散らかったものを片著けなどする。膳に向っても、水にでも浸っていたように頭がぼーッとしていて、持ちつけぬ竹の塗箸さえ心持が悪かった。病気を虞れるお銀の心著《こころづけ》で、机のなかには箸箱に箸もあったし、飯食茶碗も紙に包んで持って来たのであったが、其ままにして置いた。

加之《それに》生死の境にあるM—先生の手助であるから、仕事をしても報酬が得られるか否かと云うことも疑問であった。妙な廻合せで、上草履一つ買えずにいる笹村は、旧下宿にいた時のように気儘に挙動うことすら出来なかった。

飯がすむと、袋に多量《どっさり》貯えおきの胃の薬を飲んで、広い二階へ上って見た。二階には見晴の好い独立の部屋が幾個もあったが、孰《いずれ》も明いていた。病身らしい頬骨と鼻が隆く、目の落窪んだ、五十三四の主《あるじ》の高い姿が、庭の植込の間に見られた。官吏あがりでもあるらしい其主の声を、笹村は一度も聞いたことがなかった。細君らしい女が二人もあって、時々厚化粧にけばけばしい扮装《なり》をして、客の用事を聞きに来ることのある十八九の高島田は、孰《どちら》の子だか解らなかった。

飲食店にでもいたことのあるらしい若い女中が、他に二人もいた。そして拭掃除がすんで了うと、手摺にもたれて、お互に髪を讃合《ほめあ》ったり、櫛や簪の話をしていた。

「客もいないのに、三人も女がいるなんて、可笑しいね。」笹村は其処らをぶらぶらしながら笑った。

「それア然うですけど、家は一晩二晩の泊客がちょいちょいありますから……。」

笹村は階下へ降りて来て、また机の前に坐った。大きな西洋紙に書いた原稿の初めの方が二三冊机の上にあった。笹村は錘《おもり》のかかったような気を引立てて、ぽつぽつ筆を加えはじめた。遣始めると惰力で仕事が左《と》に右《かく》暫くの間は進行した。時とすると、原書を繙《まく》って照合しなどしていた。ふと筆をおいて、疲れた体を後へ引っくら反ると、頭がまた色々の考えに捉えられて、何時迄も打切ることが出来なかった。

気が餒《う》えきって来ると、笹村は私と遁《そっ》げるように宿の門を出た。足は自然に家の方へ向いた。

お銀は寂しい下宿の膳のうえに載せるようなものを台所で煮ていた。

「私今車夫に持たしてやろうと思って……。」

お銀は暑そうに額の汗を拭きながら七輪の側を離れた。

火鉢の傍に坐っていると、ゴーゴー云う鍛冶屋の機械の音が、いつも聞馴れたように耳に響いた。此音響のない世界へ行くと、笹村は反って頭が散漫になるような気がした。

夜おそく笹村は蓋物を提げて下宿へ還って行った。そして部屋へ入ってランプを点けると、机の上の灰皿のなかに、赤い印肉で雅号を捺したM―先生の小形の名刺が入れてあった。笹村は、暫く机に坐ってみたが、直《じき》に火を細くして寝床へ入った。

上総の方の郷里へ引込んでいる知合の詩人が、旅鞄をさげて、ぶらりと出て来たのはその頃であった。そして泊りつけの日本橋の宿屋の代りに、此処の二階に居る事になってから、笹村は三度々々の不美い飯も多少舌に昵《なじ》んで来た。

中央文壇の情勢を探るために出て来た其詩人は、其時家庭の切迫した或事情の下にあった。自分自分の問題に苦しんでいる二人の間には、話が時々行違った。

二十四

その詩人が、五日許りで帰って了うと、その時齎して来た結婚談が、笹村の胸に薄い痕迹を留めた限で、下宿はまた旧の寂しさに復った。

その結婚談は、詩人と同郷の可也有福な或家の娘であった。臥そべっていながら、その話を聞いていた笹村の胸は、息苦しいようであった。

話の最中に其時希《めずら》しく、笹村へ電話がかかって来た。かけ手は、笹村が一二度余所で行合せた限で、深く話合ったこともない或画家であったが、用事は笹村が家を持った当座、九州の旅先で懇意になった兄の親類筋に当る医学生が持って来て、少し運んだところで先方から寝返を打たれた結婚談を復活しないかと云う相談であった。お銀の舞込んで来たのは、丁度写真などを返して、それに絶望した笹村の頭脳が、まだ全く平調に復り切らない頃であった。

「今日は不思議な日だね。」好い加減に電話を切って座に復って来た笹村の顔には、興奮の色が見えた。

笹村は破れた其結婚談から、お銀に移るまでの心持の経過を話しながら恁うも言った。

「それに、僕は生理的に結婚する資格があるかと云うことも、久しく疑問であったしね……。」

詩人は不幸な友達の話を聞きながら、笑っていた。

六月の初頃には、M―先生は床に就いていたが、就きッ限と云うほどでもなかった。そして寝ながら本の意匠を考えたり、或人が持って来てくれた外国の新刊物などに目を通していた。中にはオストオロフキイなどと云う人の「ストルム」や、ハウプトマンの二三の作などがあった。

「△△が是非読んでみろと云うから、目を通して見たけれど、是なら然程《さほど》に言うほどのものでもない。」

日本一の大家と云う抱負は、病に臥してから一層先生の頭脳に確められて来たようであった。「人生の疑義」と云う飜訳書が、暫く先生の枕頭にあった。

「これを読んでごらん。文章もそんなに拙くはないよ。」

是迄人生問題に没入したことのなかった先生は、処々朱で傍線を引いた其書物を笹村に勧めた。

断片的の話は、おりおり哲学にも触れて行った。周囲の世話を焼くのも、唯一片の意気からしていた先生は、時々博愛と云うような語も口に上せた。我の強かった是迄の奮闘生活が先生の弱い此頃の心に省みられるように思えた。

「己もう一度思う存分人の世話がしてみたい。」先生は深い目色をしながら呟いた。

病気に好いと云う白屈菜と云う草が、障子を開払《あけはら》った檐頭《のきさき》に、吊されてあった。衆は毎日暑さを冒して、遠い郊外まで採りに出かけた。知らぬ遠国の人から送って来るのも沢山あった。先生は寝ていながら、干してある其草の風に戦《そよ》ぐのを、心地よげに眺めていた。

「私は先生に、何か大きなものを一つ書いて頂きたいんですが……。」

是迄そんなものを余り重んじなかった笹村は、汐を見て頼んで見た。

先生は軽く頷いて、「そうさな、秋にでもなって茶漬でも食えるようになったら書こう。」

笹村は黙って俛いて了った。

二三の人が寄って来ると、先生は何時までも話に耽った。

「お前は此頃何を食っている。」

先生は思出したように訊ねた。

「然うでござんすな。格別此と云うものもありませんですからな。私ア塩辛ばかり嘗めていますんです。」

O―氏は揶揄うように言った。

「笹村は野菜は好きか。」

「慈姑《くわい》なら美《うま》いと思います。」

「そうさな、慈姑はちと美すぎる。」先生は呟いた。

笹村は持って行った金の問題を言い出す折がなくて其まま引退った。

二十五

出産の時期が迫って来ると、笹村は何となく気になって時々家へ帰って見た。暫く脚気の気味で、足に水気を有《も》っていたお銀は、気懈そうに台所の框に腰かけて、裾を捲って裏から来る涼風に当ったり、低い窓の腰に体を持たせたりして、可恐《おそろ》しい初産の日の来るのを考えていた。興奮したような顔が小さく見えて、水々した落著のない目の底に、一種の光があった。

笹村はいくら努力しても、尨大な其原稿の未だ手を入れない部分の少しも減って行かないのを見ると、筆を持つ腕が思わず渋った。下宿の窓の直下には、黝い青木の葉が、埃を被って重なり合っていた。乾いたことのない地面からは、土の匂が鼻に通った。笹村は視力が萎えて来ると、アアと胸で太息《といき》を吐いて、畳のうえに直《ぴた》りと骨ばった背を延した。そこから廊下を二三段階段を降りると、更に離房《はなれ》が二間あった。笹村はそこへ入って行って、寝転んで空を見ていることもあった。空には夏らしい乳色の雲が軽く動いていた。差当った生活の欠陥を埋合すために何か自分のものを書く心算《つもり》で、其材料を考えようとしたが、其様な気分になれそうもなかった。

往来に水を撒く時分、笹村は迎えに寄越した腕車《くるま》で、西日に照りつけられながら、家の方へ帰って行った。窪みにある静かな町へ入ると、笹村はもだもだした胸の悩みが何時も吸取られるようであった。

まだ灯も点さない家のなかは、空気が冷々《ひやひや》して薄暗かった。お銀は丁度茶の室《ちゃのま》の隅の方に坐って、腹を抑えていた。台所には母親が釜の下にちろちろ火を炊《た》きつけていた。

「今夜らしいんですよ。」

お銀は眉を歪めて、絞出すように言った。

「なかなか其様な事じゃ出る案じはないと思うが、でも産婆だけは呼んでおかないとね……。」

母親は強いて不安を押えているような、落著いた調子であった。

「それじゃ使を出そうか。」

笹村は其処に突立っていながら、押出すような声音で言った。

「そうですね。知れるでしょうか。……それよりか貴方お鳥目《あし》が……。」と、お銀は笹村の顔を見上げた。

「私拵えに行こうと、然う思っていたんですけれど、まだ斯様に急じゃないと思って……。」

笹村は、不安そうに部屋を其方此方動いて居た。無事に此一夜が経過するか否《どう》かが気遣われた。稚い時分から、始終劣敗の地位に虐げられて来た、総ての点に不完全な自分の生《おい》立《たち》が、まざまざと胸に浮んだ。それより一層退化されて此世へ出て来る、赤児の事を考えるのも厭であった。

お銀も、子供の話が出る度に、能く其を言い言いした。

「どんな子が産れるでしょうね。私余り悪い子は産みたくない。」

「瓜の蔓に茄子は成らない。だけど、どうせ、育てるんじゃないんだから。」笹村も言っていた。

お銀は一時《ひとしきり》苦々していた腹の痛みも薄らいで来ると、自分で起ってランプを点したり、膳拵えをしたりした。

「何だか私、このお産は重いような気がして……。」

飯を食べていたお銀は、暫くするとまた箸を措いて体を屈めた。

笹村も箸を措いたまま、お銀の顔を眺めた。その目の底には、胎児に対する一種の後悔の影が閃いていた。

慌忙しいような夕飯が済むと、笹村は何やら持出して家を出た。母親もそれと前後して、産婆を呼びに行った。

二十六

少し許りの金を袂の底に押込んで、笹村は町をぶらぶら歩いていた。出産が気にかかりながら、其場に居合したくないような心持もしていたので、少時顔を出さなかった代診の処へ寄って見た。笹村は好い加減に翫弄《おもちゃ》にされているように思って、三四月頃注射を五本ばかり試みた限罷《きりや》めていたが、矢張それが不安であった。

「此頃は些とは快いかね。」

医師はビールに酔った顔を団扇で煽ぎながら云った。

笹村は今夜生れる子供を、直引《じき》取ってもらえるような家はあるまいかと、其相談を持出した。稚い時分近所同士であった此男には、笹村は何事も打明けることを憚らなかった。

「ないことはない。けど後で後悔するぞ。」と、医師は或女とのなかに出来た、自分の子を里にやっておいた経験などを話して聞かした。

「後のことなど、今考えていられないんだからね。」

笹村は其心当りの家の様子が詳しく知りたかった。七人目で、後妻の腹から産れた子を、或在方《ざいかた》へくれる話を取決めて、先方の親爺がほくほく引取に来た時、尫弱《ひよわ》そうな乳呑児を手放しかねて涙脆い父親が泣いたと云うことを、母親から嘗て聞かされて、余り好い気持がしなかった、それをふと笹村は思い浮べた。

「まア産れてからにする方が可い。」

医師は相当に楽に暮している先方の老人夫婦の身のうえを話してから言った。

笹村は丸薬を少し貰って、そこを出た。

家へ帰ると、小さい家のなかは闃《ひっそり》していた。母親は暗い片蔭で、お産襤褸を出して見ていたが、傍にお銀も脱脂綿や油紙のようなものを整えていた。

可恐しい高い畳つきの下駄を穿いて、産婆が間もなく遣って来た。笹村は四畳半の方に引込んで寝転んでいた。

「大丈夫大船に乗った気でおいでなさい。私は是迄何千人と手を掛けているけれど、一人でも失敗《しくじ》ったと云う例《ためし》があったら、お目にかかりません。安心してお在でなさいよ。」産婆は喋々と自分の腕前を矜《ほこ》った。

お産は空家《あきや》の方で為ることにした。母親は一人で蒲団を運んだり、産婆の食べるようなものを見繕ったりして、裏から出たり入ったりしていた。笹村も一二度傍へ行って見た。

産気が次第について来た。お銀は充血したような目に涙をためて、顔を顰めながら、笹村の仮した手に取著いていきんだ。その度に顔が真赤に充血して、額から脂汗が入染み出た。いきみ罷《や》むと、せいせい肩で息をして、術なげに手をもじもじさせて居た。そして時々頭を擡げて、当がわれた金盥にねとねとしたものを吐出した。宵に食べたものなども其まま出た。

九時十時と不安な時が過ぎて行ったが、産婦は産婆に励されて、徒らにいきむばかりであった、体の疲れるのが目に見えるようであった。

「ああ苦しい……。」

お銀は硬い母親の手に縋りついて、宙を見詰めていた。

「如何いうもんだかね。」

十二時過に母親は家の方へ来ると、首を傾げながら笹村に話しかけた。

「難産の方かね。」

火鉢の傍に番をしていた笹村は問いかけた。

「まァ余り軽い方じゃ無さそうですね。」

「医者を呼ぶようなことはないだろうか。」

「さあ……産婆がああ言って引受けているから、間違はあるまいと思いますけれどね。」

そのうちに笹村は疲れて寝た。魘《うな》されていたような心持で、明朝《あした》目のさめたのは、七時頃であった。茶《ちゃ》の室《ま》へ出てみると、母親は台所でこちゃこちゃ働いていた。

お銀はまだ悩み続けていた。

二十七

産婆が赤い背《せなか》の丸々しい産児を、両手で束《つか》ねるようにして、次の室《ま》の湯を張ってある盥の傍へ持って行ったのは、もう十時近くであった。産児は初めて風に触れた時、二声三声《こ》啼立てたが、其時はもうぐったりしたように成っていた。笹村は産室の隅の方から可怕々々《わごわ》それを眺めていたが、啼声を立てそうにすると体が縮《すく》むようであった。此処では少し遠く聞える機械鍛冶の音がするばかりで、四辺は静かであった。長いあいだの苦痛の脱けた産婦は、「こんな大きな男の子ですもの。」と云う産婆の声が耳に入ると、漸く蘇ったような心持で、涙を一杯ためた目元に嫣然《にっこり》していたが、直に眠に沈んで行った。汗や涙を拭取った顔からは血の気が一時に退いて、微弱な脈搏が辛うじて通っていた。

産婆は慣れた手つきで、幼毛の軟かい赤児の体を洗って了うと、続いて汚れものの始末をした。部屋には然う云うものから来る一種の匂が漂うて、涼しい風が疲れた産婦の顔に、心地よげに当った。笹村の胸にも差当り軽い歓喜《よろこび》の情が動いていた。

「随分骨が折れましたね。」

産婆は漸と坐って莨を吸った。

「この位長くなりますと、産婆も体が耐りませんよ。私もちょっと考えたけれど、でも頭さえ出ればもう此方のものですからね。」

「そんなだったですか。」と云うように笹村は産婆の顔を見ていた。

頭が出たきりで肩が閊《つか》えていた時、「それ、もう一つ……。」と産婆に声をかけられて、死力を出していた産婦の醜い努力が、思出すと可笑しいようであった。

「もっと自然に出ると云うことに行かんもんですかね。」

「そんな人もありますよ。けど何しろ此位の赤ちゃんが出るんですもの。」と産婆は笑った。笹村は当てつけられているような気がして、苦笑していた。

汚い聴診器で産婦の体を見てから、産後の心著などを話して引揚げて行くと、部屋は一層静かになった。

母親は黙って、そこらを片著けていたが、笹村も風通しの好い窓に腰かけて、何時恢復するとも見えぬ眠に陥ちている産婦の蒼い顔を眺めていたが、時々傍へ寄って赤子の顔を覗いて見た。

その日は産を気遣って尋ねてくれた医師と一緒に、笹村は次の室《ま》で酒など飲んで暮した。産婦は目がさめると、傍に寝かされた赤児の顔を眺めて淋しい笑顔を見せていたが、母親に扶けられて厠へ立って行く姿は、見違えるほど痩せてもいたし、老けてもいた。赤児は時々、じめじめしたような声を立てて啼いた。笹村は、牛乳を薄く延して丸めたガーゼに浸して、自分で飲ませなどした。

翌朝《あした》谷中の俳友が訪ねて来た時、笹村は産婦の枕頭《まくらもと》に坐っていた。

「そう、それは可かった。」

装卸《たちおろし》の夏羽織を著た俳友は、産室の次の室へ入って来ると、何時もの調子でお愛《め》でたを述べた。沈んだ家のなかの空気が、遽《にわか》に陽気らしく見えた。

「どうだね、それで……。」と、俳友は色々の話を聴取ってから、此場合笹村の手元の苦しいことを気遣った。

「少し位なら如何にかしよう。」

「そうだね、若し出来たら然う願いたいんだが……。」笹村はその事も頼んだ。

二人の前には、産婦が産前に好んで食べた苺が皿に盛られてあった。

二十八

産婦は長くも寝ていられなかった。足や腰に少し力がつくと、起出して何かして見たくなった。大きな厄難から首尾よく脱れた喜悦《よろこび》もあったり、産れた男の子が、人並すぐれて醜いと云うほどでもなかったので、何がなし一人前の女になったような心持もしていた。

七夜には自身で水口へ出て来て、肴を見繕ったり、その肴屋と医者とが祝ってくれた鯉の入れてある盥の前に跪坐《しゃが》んで見たり、俳友が持って来てくれた、派手な浴衣地を取りあげて見たりしていた。産婆は自分の世話をするお終《しまい》の湯をつかわせて、涼風の吹く窓先に赤児を据え、剃刀で臍の緒を切って、米粒と一緒に其を紙に包んで、其処におくと、「ここへ赤ちゃんの名と生年月日時間をお書きになって仕舞っておいて下さい。」と、笹村に言った。

「貴方何か好い名をつけて下さいよ。」

産婦は用意してあった膳部や、包金のようなものを色々盆に載せて、産婆の前においた。

「初めてのお子さんに男が出来たんだから、貴女は鼻が高い。」と、無愛想な産婆もお愛想笑いをして猪口に口をつけた。

　笹村は苦笑いをしていたが、時々子供を抱取って、窓先の明るい方へ持出しなどした。赤児は時々鼠の子のような目を微に明いて、口を窄めていたが、顔が日によって変った。酷く整った輪廓を見せることもあるし、その輪廓が皆悉頽れてしまうこともあった。

「目の辺が貴方に似てますよ。だけど此子はお父さんよりか好い児になりますよ。」

　お銀はその顔を覗込みながら言った。

　七夜過ぎると、笹村は赤児を抱いて、私《そっ》と裏へ出て見た。そして板囲のなかを彼方此方歩いて見たり、杜松などの植った廂合の狭い処へ入って、青いものの影を見せたりした。赤児はぽっかり目を開いて口を動かしていた。目には木影が青く映っていた。その顔を見ていると、笹村は淡い憐憫の情と哀愁とを禁じ得なかった。そして何時までも其処に跪坐んでいた。

「早く遣ろうじゃないか。今のうちなら私生児にしなくても済む。」

　笹村は乳房を銜《ふく》んでいる赤児の顔を見ながら、時々想出したように母親の決心を促した。

「私育てますよ。貴方の厄介にならずに育てますよ。乳だって斯様に沢山あるんですもの。」

　お銀は終に余所々々しいような口を利いたが、自分一人で育てて行けるだけの自信も決心もまだ無かった。

笹村は暫く忘れていた仕事の方へ、また心が向いた。別れることに就いて、一日評議をした挙句、晩方ふいと家を出て、下宿の方へ行って見た。夏の初めにお銀と一緒に通へ出て買って来た質地《じみ》な柄の一枚しかないネルの単衣の、肩のあたりがもう日焼のしたのが、体に厚ぼったく感ぜられて見すぼらしかった。手や足にも汗が入染《にじ》み出て、下宿の部屋へ入って行った時には、睡眠不足の目が昏むようであった。笹村は著物を脱いで、築山の側にある井戸の傍へ行くと、冷い水に手拭を絞って体を拭いた。石で組んだ井筒には青苔がじめじめしていた。傍に花魁草などが丈高く茂っていた。

部屋はもう薄暗かった。机のうえも二三日前に一寸来て見たとおりであったが、そこにカチカチ言っている筈の時計が見えなかった。笹村は何だか物足りないような気持がした。押入や違棚のあたりを捜して見たが、矢張見当らなかった。机の抽斗を開けて見ると、そこには小銭を少し入れておいた紙入が失くなっていた。

二十九

女中に聞くと、時計は日暮方から見えなかった。多分横手の垣根を乗越えて、小偸窃《こぬすと》が入って持って行ったのであろうと云うことであった。その垣根は北側の羽目に沿うて、隣の広い地内との境を作っていた。人気のない地内には大きな古屋敷の左右に、荒れた小家が二三軒あったが、立木が多く、草が茂っていた。奥深い母屋の垠《はずれ》にある笹村の部屋は、垣根を乗越すと、そこが直離房《はなれ》と向合って机の据えてある窓であった。

「何分此処までは目が届かないものですから。」と女中は乗越した垣根から此方へ降りる足場などに就いて説明していたが、竹の朽ちた建仁寺垣に、そんな形跡も認められなかった。

笹村は部屋に音響のないのが手頼なかった。そして此十四五日許り煩の多かった頭を落著けようとして、机の前に坐って見たが、此処へ来て見ると、家で忘れていたことが、色々に思出されて来た。M—先生から折々せつかれる仕事のことも然うであったが、自分が暫く何も書かずにいることも不安であった。国にいる年老《としよ》った母親から来る手紙に、下宿へ出る前後から、まだ一度も返辞を書かなかったことなども、時々笹村の心を曇らした。笹村は先刻抽斗を開けた時も、月の初めに家で受取って、そのまま袂へ入れて持って来ると、封も切らずに仕舞っておいた手紙が一通目についた。笹村は長いあいだ、貧しく暮している母親に、送るべきものも送れずに居た。

其処らが薄暗くなっているのに気がつくと、笹村はマッチを摺ってランプを点けて見たが、余熱《ほとぼり》のまだ冷めない部屋は、息苦しいほど暑かった。急にまた先生の方の事が気になって、下宿を出ると、足が自然に其方へ向いた。笹村は是迄にも些とした反抗心から、長く先生に背いていると、何かしら一種の心寂しさと不安を感ずることが度々あった。

先生は丁度按摩を取って寝ていた。七月に入ってから、先生の体は一層衰弱して来た。腰を懈《だる》がって、寄って行く人に時々揉まさせなどしていた。唯一の頼みにしていた白屈菜を、或薬剤の大家に製薬させて服んでいたが、大してそれの効験のないことも判って来た。

笹村は玄関から茶の室《ちゃま》へ顔を出して、夫人《おくさん》に先生の容態を尋ねなどした。

「先刻も著物を著替えるとき、ああ悉皆瘦せてしまった、斯様にしても快くならないようじゃ迚も望がないんだろうって、じれじれしているんですよ、しかし笹村も癒ったくらいだから、涼気でも立ったら、些とは好い方へ向くか知らんなんて然う言っていますの。」

先生のじれている様子を想像しながら、笹村は玄関を出た。

そこから遠くもないI―氏を訪ねると、丁度二階に来客があった。笹村はいつも入りつけている階下の部屋へ入ると、そこには綺麗な簾のかかった縁の檐《のき》に、岐阜提灯などが点されて、青い竹の垣根際には萩の軟かい枝が、友染模様のように撓《たわ》んでいた。暫く来ぬまに、庭の花園も悉皆手入をされてあった。机のうえに堆く積んである校正刷も、I―氏の作物が近頃世間で一層気受の好いことを思わせた。

三十

客が帰って了うと、瀟洒な浴衣に薄鼠の兵児帯をぐるぐる巻にして主が降りて来たが、何となく顔が冴々していた。昔の作者を思わせるような此人の扮装の好みや部屋の装飾《つくり》は、周囲の空気と懸離れた其心持に相応したものであった。笹村は此処へ来る度に、お門違の世界へでも踏込むような気がしていた。

奥には媚《なまめ》いた女の声などが聞えていた。草双紙の絵にでもありそうな花園に灯影が青白く映って、夜風がしめやかに動いていた。

「一日これにかかり切っているんです。彼方へ植えて見たり、此方へ移して見たりね。もう弄りだすと際限がない。秋になるとまた虫が鳴きやす。」と、I―氏は刻萵を撮《つま》みながら、健かな呼吸《いき》の音をさせて吸っていた。緊張した其調子にも創作の気分が張切っているようで、話していると笹村は自分の空虚を感じずにはいられなかった。

そこを出て、O―氏と一緒に歩いている笹村の姿が、人足のようやく減って来た、縁日の神楽坂に見えたのは、大分たってからであった。O―氏は去年迎えた細君と、少し奥まったところに家《うち》を持っていた。I―氏の家を出た笹村は足がまた自然に其方へ向いて行った。O―氏は二階の手摺際へ籐椅子を持出して、午後からの創作に疲れた頭を安めていたが、本をぎっしり詰込んだ大きな書棚や、古い装飾品のこてこて飾られた部屋が、入りつけている笹村の目には、寂しい自分の書斎よりも一層懐しかった。机のうえに心を細くしたランプがおかれて消や書入の多い原稿が其前にあった。

二人はO―氏の庭に植えるような草花を見て歩いたが、笹村は始終いらいらしたような心持でいながら、書生をつれたO―氏に矢張ついて歩いたが、坂の下で、これも草花を猟《あさ》りに出て来たI氏に行逢った。植木の並んだ坂の下は人影が疎であった。そこでO―氏は台湾葭のようなものを見つけると、それを二株ばかり買って、書生に持たせて帰した。I―氏は花物の鉢を提げて帰って行った。

O―氏は残った小銭で、ビーヤホールへ咽喉の渇を癒しに入ったが、笹村も一緒にそこへ入って行った。二人は奥まった部屋で、ハムなどを突つきながら、暫く話してから外へ出た。

往来の雑沓は大分鎮っていた。O―氏に別れた笹村は暗い横町からぬけて、人気のない宿へ帰って来た。

「僕の宿へ来てみないかね。」

別れる時笹村はO―氏を誘って見た。

「いや休《よ》そう。君の下宿もつまらんでね。」

下宿では衆が寝静っていた。長い廊下を伝うて、自分の部屋へ入ると、戸を閉切った室内には、まだ晩方の余熱《ほとぼり》が籠っていた。笹村は高い方の小窓をすかして、暫く風を入れていたが、するうち疲れた体を蒲団のうえに横えた。

二三日笹村は、朝の涼しいうちから仕事に取りかかった。前の離房《はなれ》の二室へは、急に下町の商家の内儀らしい、四十前後の女が、息をぬきに来たと云う風で入って来た。何処か体に悪い所のあるような其女は、毎日枕を出して臥そべっていた。時々三十許りの女が小さい娘をつれて訪ねて来ると、水菓子などを食べて、気楽そうに半日喋舌って遊んで行った。宿の娘から借りた琴が、主人公の方の懈い唄の声につれて掻鳴らされた。

「騒々しくて為方がない。」

笹村は給仕している女中に顔を顰めたが、部屋を移ろうともしなかった。

三十一

二つに岐れた経済が持切れなくなって、笹村が程なく下宿を引払ったのは、谷中の友人の尽力でお銀の体の極《きまり》が漸く著いてからであった。その頃には、甥もその姉婿につれられて、田舎へ帰っていた。

甥は益々悪い方へ傾いていた。夜おそく浅草の方から車夫を引張って帰ったり、多勢の仲間をつれ込んで来て、叔父を威嚇するようなことも為かねなかった。同勢は空家へ寄って来て恣《ほしいまま》に酒を呷ったり、四辺憚らぬ高声で流行唄を謳ったりした。

「どうか漬物を少し。」などと、腕まくりした年嵩の青年が、裏口から酔ぱらって来てお銀に強請《ねだ》った。

「新を呼んでおいで。」と、笹村は顔色を変えていた。

「放擲《うっちゃ》ってお置きなさいよ。可怖《おっかな》くて迚も寄つけませんから。」

お銀は裏から覗いて来ては、その様子を笹村に話した。

同勢は近所の酒屋や、天麩羅屋などを脅《おどか》した。

「叔父さんが何か言や、殺してしまうなんて言ってますよ。」

笹村はお銀から斯様《こん》な事も一二度聞いた。

「おい、お前は己を殺すとか言ってるそうだが……。」

笹村は日暮方に外から帰って来た甥の顔を見ると、いきなり詰った。

酒気を帯びて居た甥は坐りもしなかった。そして、「殺してやろう。」と嶮しい目をしながら、台所の方へ刃物を取りに行った。

「貴方々々お逃げなさいよ。」

お銀が消魂《けたたま》しく叫ぶまもなく、出刃を持った甥が、後からお銀に支えられながら入って来た。

台所で水甕の顚覆《ひっくらかえ》る音などを聞きつけて、隣に借家していた大学生が裏口へ飛出して来てくれた。

外へ逃出した笹村が、家へ入って来た頃には、甥の姿はもう其処には見えなかった。

「あんな優しい顔していて随分乱暴なことをするじゃありませんか。」

お銀は一晩気味悪がっていたが、笹村も余り好い気持がしていなかった。そして甥が行李の底に収っていた白鞘の短刀を捜したが、それは見つからなくて、代りに笹村が大切に保存していた或人の手蹟を留《とど》めた唐扇などが出て来た。

笹村の従弟にあたる甥の義兄が、賺《すか》して連れて行ってからも、笹村の頭には始終一種の痛みが残っていた。変人の笹村は、従弟などに好く思われていなかった。

「あの方は、新ちゃんのことを其様に悪くも思っていないですよ。」

お銀も二人を送出してから、其を気にしていた。

友人がお銀のことについて、笹村の意嚮を確めに来たのは、そんな騒があってから間もなくであった。それ迄に二人は度々顔を合して、其事を話合っていた。笹村は不相変M――先生の仕事を急いでいたが、別れる別れぬの利害が、二人のあいだに暫く評議された。

「僕の母なぞは別れるのは不賛成なんだが、左に右子供の余り大きくならんうちに片づけて了いたまえ、手切れさえやれば無論承知するよ。それも君の言う半分で、大抵話がつこうと思う。」

世故《せこ》に長《た》けた友人は、然う言って下宿を出て行った。

「君のことも些《ちっ》とは悪く言うかも知れんから、それは承知していてくれたまえ。」友人は出るとき笹村に念を押した。

友人が帰って来るまでには、大分手間が取れた。笹村は寝転んだり起きたりして、心に落著がなかった。そして其が孰へ転んだ方が幸なのか自身に判断がつかなかった。強いて判断しようとも思っていなかった。

「色々逢って話をしてみたがね。」友人は笹村の部屋へ引返して来ると、予期と反したような顔をして、低声で言った。

「あれは君、一緒になった方が反って可いかも知れないね。」友人は息をついでから断《き》れ断《ぎ》れに話出した。

「君のあの女に対する態度から、あの女が今日まで君のために尽して来たことなどを聞くと、先方の言分にも理窟があるよ。それに段々話してみると苦労もしているし、相当に訳も解っているようなんだ。本人の考えも、僕等の思惑と些《ちっ》と違ったところもある。第一、乳を呑ましている赤ちゃんの顔を眺めて泣かれるには、僕も閉口したよ。」

一緒になる場合の条件などについて、二人は暫く語合った。

「ちょっと男をチャームするところのある女だ。」友人は呟いた。

「いずれ話のすんだ時分に僕も後から行こう。」笹村は再び出向いて行く友人を送出しながら言った。

三十二

友人が一緒になる場合の条件などを提げて出て行ってから、二時間ばかり経つと、笹村も撓《たわ》められた竹が旧へ弾返《はねかえ》るような心持で家へ帰った。

夜になってから、三人は奥の六畳で花など引いて遊んだ。女の態度や仕打について、笹村の始終友人に零《こぼ》して居た事が、その日の女の弁解で略友人の胸に釈《と》けていたことは、友人の口吻でも受取ることが出来た。女の言うことには、きちんとした条理が立っていた。「僕も笹村君とは長いあいだのお交際《つきあい》ですが、今度のように困ったことは嘗てなかったですよ。」と、いきなり友人の打つかって行った時に、女は黙って聞いていた。「……左に右僕に委して下さい。別れてから貴女が商売でもしようと云うのなら、不及ながら僕も出来るだけの心配はして見るつもりです、決して悪いようにはしない。」

友人はそこまで話を進めて行った。

女は笹村に対する自分の態度について反って友人に批判を仰ごうとした。夜具一つなかった此家へ来てからの自分の骨折——笹村の可恐しい気むらな事、苦しい体をして始終質屋通いまでしたこと、自分の手で拵えた金で、ちょいちょい笹村の急場を救ったことなどが言出された。

「笹村も、私が何か慾にでも絡んで此家にいるようなことを始終言いますけれど、その位なら私だってもっと行く処もありますんです。私もこの子には引かされますし、一度失敗《しくじ》ってもいるものですから、今度またまごつくようなことでもあれば、それこそ親類に顔向も出来ませんのでございます。」

母親も重い口で、傍から言添えるのであった。

そんな話の順序や、お銀のその時の態度は、友人の簡短な話で想像することが出来た。

笹村は冷いような其条理だけは拒むことは出来なかった。そして一緒になるについても不服はなかったが、女の心持がしみじみ自分の胸に通って来るとは思えなかった。打解けたときの女の様子や口の利方には心を惹かれる処があったが、温かい感情の融合《とけあ》うようなことは余りなかった。笹村の頭の底には、そこに淡い不満も暗い憂愁もあったが、今はそれを深く顧みる余裕もなかった。

花は可也にはずんだ。頭脳の悪い笹村は引いているうちに、時々札の見えなくなるようなことがあった。そして思いがけないところで、思いがけない手違をやった。お銀は笹村を庇護《かば》うようにしては、花が引きづらかった。

お銀の手で、青が出来かかった時、じらしていた友人が、牡丹を一枚すんなりした其掌に載せて、剽軽な手容《てつき》でちらりとお銀の目前《めさき》へ突きつけて見せた。

「お気の毒さま、一人で花を引いてるんじゃありませんよ。」

「ちょっ憎らしい。」お銀はぴしゃんとその手を打った。

花札が箱のなかへ仕舞込まれたのは、大分遅かった。皆の顔には疲労の色が見えていた。笹村は頭がぼうッとしていた。

「どうも飛んだ御心配をかけまして、有難うございました。おかまいもしませんで……お家へも何卒《どうぞ》よろしく……。」

暫く話をしてから、帰って行く友人を送出しながら、お銀は戸を締めて入って来た。髪を引詰《ひっつめ》に結ったその顔は、近頃漸く肉があがりかけて来た。

笹村はランプを瞶めながら、舌にいらいらする手巻莨を喫《ふか》していたが、今日話をきめてしまったことが何となく悔いられるようにも思えて来た。花を引いていた間の女のだらけたような態度が、腑に落ちかねるような気もした。

「ああ云う軽卒《かるはずみ》なことは慎んでもらいたい。」

笹村はお銀が友人の手を打った時のことを口へ出して言った。

「あれがB—さんだったから可いようなものの、外の人だったら、随分変に思うだろう。あんな事をしてお前は可愧《はずか》しいとも思わんのか。」

「……ちっとも気がつきませんでしたよ。私そんなことをして。それは花を引いているんですから、然う硬くばかりもしていられませんから、調子に乗って為たかも知れませんけれど……。」

お銀は然う言いながら、子供に乳房を含ませた。そんな事を気にする笹村の言草が反って不思議に思われた。

三十三

仕事は少しずつ捗取《はかど》って来た。進行するにつれて原文に昵《なず》んでも来たし、訂正の骨も自然に会得されて来た。作其物にも興味が出て来た。それに長いあいだの問題が、左に右一先ず解決を告げたので、多少頭も軽くなっていたから、息もつかずずんずん筆を著けて行くことが出来た。

二三日手から放さなかった筆をおいて、笹村はふと想出したように家の方へ行って見た。入って行くと、子供は産衣《うぶぎ》そのままの姿《なり》で、蚤を避けるために、風通の好い窓の側に取出した一閑張の広い机のうえに寝かされてあった。八月の半すぎで、暑さはまだ烈しかった。子供の目の先には、くるくる風に廻っている風車などがあった。笹村はその顔を見ると、哀れなような気がした。

お銀は箪笥のうえにおいてあった浴衣地を卸して来て、笹村に示《み》せた。

「もう正一のお宮詣ですよ、著のみ著のままで余り可哀そうですから、私昨夜こんなものを二枚分買って来ましたの。安いもんじゃありませんか、是で漸く七十五銭……。」と言って、お銀は淋しい笑方をした。

笹村は窓の側に腕まくりをしながら、脚を投げ出していた。母親は台所で行水の湯を沸していた。

「この子に初めて拵える著物が七十五銭なんて、私可哀そうなような気がして……。」

と、お銀は涙含《なみだぐ》んでいた。

「一枚で沢山じゃないか。それに此の柄と云うのはないな。」笹村は呟いた。

「そう云うけれど、些と好いじゃありませんか。子供には恁《こ》う云うものが可《い》いんですよ。

それに有片《ありぎれ》だから、不足も言えませんわ。」

「医師の話のところへ、くれてやれば可かったんだ。」

「でもまァ可いわ。いくら物がなくたって、他人の手に育つことを考えれば……。」

お銀はせめて銘仙かメレンスぐらいで拵えてやりたかったが、其を待っていると拵える時が来そうにも思えなかった。

「それに、お宮詣に行かないとしても、祝ってもらった処へだけは配物《くばりもの》をしなければなりませんからね。先の煙草屋などでは、毎日それを聞いてるんですよ。ここはお品のわるい処ですけれど、然う貧乏人はいませんからね、出来ることなら氏神さまへ連れて行ってやりたいんですがね。」

西日のさす台所で、丹念な母親は子供に行水をつかわせた。お銀も袂を捲りあげて、それを手伝った。やがてタオルで拭かれた子供の赭い体には、まだらに天花粉がまぶされた。

「きれいな子ですよ。お腫物《でき》一つできない……。」と云って、お銀は餅々した其腿のあたりを撫でながら、ばさばさした襁褓を配《あてが》ってやった。子供は吹込む風に、心持よさそうに手足をばちゃばちゃさしていた。

夕方飯がすんでから、笹村はM―先生の許を訪ねた。先生は涼しい階下の離房《はなれ》の方へ床をのべて臥《ね》ていた。其頃先生の腫物は大分痛みだしていた。面変《おもがわり》したような顔にも苦悶の迹が見えて、話しているうちに、時々意識がぼんやりして来るような事があった。起直るのも大儀そうであった。

笹村は下宿の不自由で、仕事をするに都合の悪いこと、そこを引払いたいと云うことなどを話して、それとなく金を要求した。

「なにか用だったか。」

先生は全然《まるで》見当違の挨拶をした。口の利方《ききかた》も何時ものような明断を欠いていた。病勢のおそろしく増進して来た先生の内部には、生きようとする苦しい努力、果敢ない悶えがあった。日毎に反抗の力の弱って行く先生は、笹村の苦しい事情に耳を傾けるどころではなかった。

「己もまだ先方から受取らんのだから……。」と先生はしぶしぶ傍にあった鞄から札を幾枚か取出して笹村に渡した。そんな鞄を控えていると云うことは、先生の是迄には見られない図であった。

笹村は疚《やま》しいような気がした。原稿の出来るのと、先生の死と――孰《いずれ》が先になるか、それは笹村にも解っていなかった。

三十四

左《と》に右《かく》下宿を引払って来た笹村は、また旧の四畳半へ机を据えることになった。近所にはその一夏のあいだに、人が大分殖えていた。正一と前後して産れたような子供を抱いて、晩方門《かど》に立っている内儀さんの姿も、ちらほら笹村の目についた。お銀が能くつれて来て、菓子をくれたり御飯を食べさしたりして懐《なつ》けていた四つばかりの可愛い男の子も、暫く見ぬまに大分大きくなっていた。その子は近所の或有福な棟梁の家の実の姉弟《きょうだい》なかに産れたのだと云う話であった。

「自分に子をもってみると、世間の子供が目について来るから不思議ですね。」

お銀は格子に攫《つかま》って、窓へ上ったり下りたりしている其子供の姿をじっと眺めていた。その姿は何処か影が薄いようにも思えた。

「今のうちは何にも知らないで、恁うやって遊んでいるけれど、大きくなったら、これでも色々のことを考えるでしょうよ。」

笹村も陰気な其家のことを考えない訳に行かなかった。嫁に行くこともできずにいる子供の母親は、近頃また年取った町内の頭《かしら》と可笑しいなかになっていた。

向の煎餅屋の娘が、二つになる男の子を、お銀の処へ連込んで来て、不幸な自分の身のうえを話しながら、子供の顔を眺めて泣いていた。その子供の父親は、芝の方の或大きな地主の道楽子息《むすこ》であった。そして今は親から勘当されて、入獄していた。子供は女がお茶屋に奉公している時に出来たのであった。お銀も貰い泣をしながら、子供に涎掛を出してくれなどした。

「あの子は育たないかも知れませんよ。阿母さんは心配して乳が上っているんですもの。脚など自家の子くらいしけアありませんよ。」

「死ねばあの女の体も浮ぶんだろうが……。」と、然う云う笹村は、まだ子供を育てるような心持になり切っていなかったが、それでも子供の病気をした時には、心を惹きつけられずには居られなかった。

夕方お銀に抱かれて、表を見せられていた子供は、不意にどーッと乳を吐出して、泣くことも出来ずに苦しんだ。

「貴方々々、正一が大変ですよ……。」と、お銀は叫びながら家へ駈込んで来た。

子供は先天的に、胃腸の弱い父親の素質を受継いでいるように思えた。お銀は急いで医者へ連れて行ったが、その晩は徹宵《よっぴて》母親が床のうえに坐って、冷えやすい病児の腹を、自分の体で温めていた。笹村はしみ著くような其泣声に幾度となく目を覚されたが、無慈悲な考えが時々頭を閃いていた。

久しくお銀母子が顔を見せなかったので、下谷の親類の婆さんが或日の晩方、不意に訪ねて来た。子供を寝かしつけていたお銀は、頓狂なその声が耳に入ると、急いで裏へ子供を抱出したが、小さい枕だけは隠す隙がなかった。

「どうしたえ、此の枕は……。」と、婆さんはじろじろ其を眺めていた。

お銀は笑い笑い、やがて子供を抱いて入って来た。

「お前の子かえ、それは……。」婆さんも笑出した。

「道理で様子が変だと思った。倅などは疾《と》うから気がついていたぞえ。」

三十五

この婆さんの報知《しらせ》で上京して来たお銀の父親が、また田舎へ引返して行ってから間もなく籍が笹村の方へ送られた。

東京でも色々の事をやって味噌をつけて行った父親は、製糸事業で失敗してから、それを挽回しようとして気を焦燥《あせ》った結果、株でまた手痛くやられた、自分の甥にあたる本家の方の家の始末などにかかっていた。それが婆さんの二番目の子息になる欽也と云う医者に伴れられて、笹村の家へ来たのは、もう朝晩に袷羽織がほしいような時節であった。笹村は、それまでに其の欽也と云う男に二度も逢っていた。遠い縁家先の或旧家を継ぐことになっていた欽也は、お銀からは「兄さん兄さん。」と呼ばれていた。欽也がお銀を妹以上に愛していることも、笹村の目に見えた。

「おばさんは、私と兄さんと一緒にする心算か何かだったんでしょうけれど……。」と、お銀は古い時分からのことを言出して、淋しく笑っていた。

「兄さんを一度呼んで下さいよ。」と、お銀は笹村に強請《ねだ》り強請りしていた。

一度谷中の友人と、その時も花を引いていたのを機会として、笹村は車夫に腕車《くるま》を持たせて迎にやった。欽也は気取った医師らしい風をして直《じき》にやって来たが、笹村の方からも其後お銀と一緒に出かけて行った。そして連立って寄席など聞きに入った。子好《こずき》の欽也は何時でも正一を手から放さなかった。

五十五六にもなったかと思われるお銀の父親は無口な行儀の好い人であった。噂に聞いていた、酒と女とで身代を潰した男とは受取れぬほどであった。

「父も暫くのまに滅切弱って了いましたよ。前に東京にいた頃は彼様《あんな》じゃなかったんですがね。」と、お銀はその晩酒に酔った父親が、寝所へ入ってから笹村に話しかけた。

「年の所為《せい》もあるでしょうけれど、本家が潰れかかっているので、悉皆力を落したんでしょうよ。父は、自分はどんな滅茶をやっても、本家があるからと云う気が、始終していたんですからね。」

然ういうお銀自身も、それには少からず失望しているらしかった。

笹村はそんなことを考えてみようとも思っていなかった。お銀の生立、前生涯、家柄、その周囲の人達――そんな事は、自分の祖先の事すら聞こうとしたことのない笹村には、一顧の価値すらなかった。笹村は時々兄から祖先の事を言聞かされることがないでもなかった。自分の母親の実家に伝った色々の伝説なども小耳に挟んでいた。朝鮮征伐から分捕って来た荒仏《あらぼとけ》、その時代の諸将の書翰、太閤の墨附……そんなような物を色々見せられた幼時の記憶も長いあいだ忘られていた。時々振顧って見る気になるのは、自分の体質の似ているると謂われた母方の祖父ぐらいのものであった。その祖父は公債を友人に横領されたのを憤って、その男を刺して自分も割腹して死んだと謂われていた。零落《おちぶ》れた家の後添の腹に三男として産れて、頽廃した空気のなかに生立って来た笹村の頭には、家庭とか家族とか云うような観念も自《おのずか》ら薄かった。果敢ない芸術上の努力で、如何かして生きられるものならば……と、それに縋《すが》りついて、此六七年一日々々と引摺られて来た笹村は、お銀との長い将来の事などは、少しも考えていなかった。

「君の頭脳《あたま》で、まア左《と》に右《かく》あの女を躾けて行きたまえ。」

こう言ってくれた友人の言葉にも、笹村は全く無感覚であった。

翌日笹村が起きたとき、父親は母親と一緒に茶の室《ま》で朝茶を飲んでいた。恁うして一緒に茶を飲むなどと云うことの、近来滅多になかった母親の顔には、包みきれぬ喜悦《よろこび》の色があった。大分経ってから後で知ったことではあったが、昔二人が狎合《なれあ》った時のことが、笹村にも想像され得るようであった。

三十六

M―先生が病苦を忘れるために折々試みていたモルヒネ注射も、秋の頃は不断のようになっていた。注射が効力を有っている間の先生の頭脳は頸垂れた草花が夜露に霑《うるお》ったようなものであった。「何ともいえぬ微妙な心持だ。」と云って、先生も限られた其時間の消えて行くのを惜み惜みした。

　先生の仕事のもう揚っている笹村は、慌忙《あわただ》しいような心持で、自分の創作に執りかかっていた筆をおいて、時々先生の様子を見に行った。衆《みんな》は交替に、寂しい病室に夜のお伽をすることになっていた。先生の発言で各々食物を持寄って、それを拡げながら夜すがら酒をちびちび飲んでいることもあった。お銀は笹村のために、鶏と松茸などを蓋物に盛った。

「美《うま》いものを食っているね。」などと、先生は戯れた。

　ある日も笹村は、八時頃まで書いていて、それから思出して出かけた。雨風の可也劇しい晩で、町には人通りも少かった。

　床ずれの痛い寝所《ねどこ》にも飽いて、暫く安楽椅子にかかっている先生の面《おもて》は悉皆変っていた。浅黒かった皮膚の色が、蚕児《かいこ》のような蒼白さを有って、じっと目を瞑っている時は、石像のように気高く見えた。髪も短く刈込まれてあった。先生が睡に沈んで来ると、衆《みんな》は次の室へ引揚げた。来合せていた某の画家が、そこにあった画箋紙などを拡げて、恍《とぼ》けた漫画の筆を揮った。先生や皆の似顔なども描かれた。俳句や狂句のようなものも、思い思いに書きつけられた。夜が更けるにつれて、興味も深くなって来た。その笑声が、ふと先生の睡をさました。

「あーッ。」と長い溜息が、持余《もてあま》しているような先生の躯から漏れて来た。じろりと皆の顔を見る目のうちにも、包みきれぬ不安があった。

「どれお見せ。」

いらいらしたような先生の顔には、淋しい微笑の影がさして来た。そして自身にも筆を取って、句案に耽った。

夜があけてから、一同はそこを引揚げた。山の手の町には、柿の葉などが道に落散って、生暖かい風に青臭い匂があった。

「先生は自覚しているんだろうか。」

「家族の人達を失望させたくないために、わざとああした態度を取っていられるようにも見えるね。しかし病人の頭は案外暗いからね。」

門を出てからO—氏と笹村とはこんな話をしながら行《ある》いていた。

初めて惨ましい診断を受けたおりの先生に対した時の絶望の心持は、二人の胸に少しずつ萎《なや》されていた。

「もう癌は胃の方ばかりじゃないそうだ。咽喉の辺へも来ていると云うことだ。」

こんな私語《ささやき》が、誰からともなく皆の耳に伝った頃には、笹村も先生と話をするような機会が余りなかった。

医師の発言で使や電報がそれぞれ近親の人達の家へ差向けられたのは、それから間もない或夜の深更であった。

高く積みあげられた病床の周へ、人々はぽつぽつ寄って来た。

「こら、こんなだ。」と、心臓の悪い或画伯が、真先に駈著けて来ると、蒼い顔をしてせいせい息をはずませながら入って来た。

昏睡状態にあった患者が、朝注射で蘇ったように瞬《みひら》いた目に、取捲いている多勢の人の顔がふと映った。部屋には粛《しめや》かな不安の空気が漲っていた。静かに段梯子を上り下りする跫音も聞えた。そして、それが患者に可恐《おそろ》しい暗示を与えた。

三十七

一時劇しい興奮の状態にあった頭が、少しずつ鎮って来ると、先生は時々近親の人達と語《ことば》を交しなどした。その調子は常時《いつも》と大した変りはなかった。

興奮――寧ろ激昂した時の先生の頭脳《あたま》は傷《いたま》しいほど調子が混乱していた。死の切迫して来た肉体の苦痛に堪えかねたのか、それとも脱れることの出来ぬ冷い運命の手を駄々ッ子のように憤ったのか、啜りあげるような声で色々の事が叫出された。

苦痛が薄らいで来ると、先生の様子は平調に復った。時々うとうとと昏睡状態に陥ちることすらあった。長いあいだの看護に疲れた夫人を湯治につれて行ってやってくれとか、死骸を医学界の為に解剖に附してくれとか言うようなことが、ぽつぽつ言出された。

「死んでしまえば痛くもなかろう。」先生はこうも言って、淋しく微笑《ほほえ》んだ。

「みんなまずい顔を持って来い。」と叫んだ先生は、寄って行った連中の顔を、曇《よど》んだ目にじろりと見廻した。

「……まずい物を食って、成たけ長生をしなくちゃ不可《いけな》い。」先生は言聞かした。

腰に絡りついている婦人連の歔欷《すすりなき》が、しめやかに聞えていた。二階一杯に塞がった人々は息もつかずに、静まり返っていた。後の方には立っている人も多かった。

先生の息を引取ったのは、その日の午後遅くであった。

葬式が出るまでには、笹村は二度も家へ帰った。急いで書揚げられた原稿を売りに、或雑誌の編輯者の自宅を訪ねなどもした。生前M—先生と交渉のなかった、其記者は周に色々の陶器を集めて楽しんでいた。そしてとろ火で湯を沸かしてある支那製の古い土瓶について説明して聞かした。

薄汚い焼物が、棚から卸されたり、箱のなかから恭しく取出されたりした。そして一々説明が附せられた。その記者が書きかけている小説の思構なども話された。それは昔の吉原の地震を材料にしたもので、仏教から得て来た因果律のような観念が加わっていた。

笹村は厭な顔もせずに、それを聴いていたが、葬式の時の自分の準備のことが気にかかった。話好の記者は、サビタのパイプを磨きながら、話を色々の方へ持って行った。

牛込へ帰って来ると、今朝しとしとと降る雨のなかを、縁先から釣台に載せられて、解剖室の方へ運ばれて行った先生の死骸が、また旧のとおり綺麗に縫いあわされて、戻って来てから、大分経った後であった。玄関には弔に来る人の影もまだ稀であった。

「先生は矢張異常な脳を持っていられたそうだ。」

玄関ではそんな話が始まっていた。

「如何《どう》して解剖などと云うことを言出したろう。」

笹村は死際までも幾分人間衒気のついて廻ったような、先生の言出を思わない訳に行かなかった。

「私もお葬式《とむらい》が見たい。」

支度をしに、笹村が家へ帰った時お銀は甘えるように言ったが、先に半年ばかり縁づいていた家の親類のいる牛込のその界隈が、心遣《こころづかい》でもあった。

葬式の出る前は沸騰《にえかえ》るようなごたつきであった。家の内外《うちそと》には、ぎっしり人が塞《つま》って、それが秩序もなく動いていた。

葬式から帰って来た笹村の顔は、疲切っていた。

「私腕車《くるま》で駈けつけたけれど、お葬式《とむらい》が今そこへ行ったと云う後……。」と、お銀は婦人達の様子などを聞きたがった。

笹村は晴がましくもない自分の姿を、誰にも見られたいとは思わなかった。

三十八

町内の頭《かしら》の手で、笹竹がまた門に立てられた。笹村はかさかさと北風に鳴るその音を耳にしながら、急立《せきた》てられるような心持で、田舎へ送る長い原稿を書いていた。笹村の肩には、去年の暮よりか一層重い荷がかかっていた。生活も多少《いくらか》複雑になっていた。そして其原稿を抱いて、朝夙《はや》く麹町の方にいる或仲介者の家を訪ねたのは、町に悉皆春の装いが出来た頃であった。久しく一室《ひとま》に閉籠ってばかりいた笹村の目には、忙しい暮の町は何となく心持好かったが、持っている原稿の成行は心元なかった。笹村は是までにも、幾度となくこんな場合を経験していた。そして天分の薄い自分の寂しい身の周《まわり》を見廻さない訳に行かなかった。

「これが外れると大変ね。」

その日双方の思惑《おもわく》ちがいで、要領を得ずに帰って来た笹村の傍へ来てお銀は心配そうに言出した。

赤児が持っている一種の厭な臭の漸くぬけて来た正一を、笹村は時々机の傍へ抱出して来て、弄《いじ》りものにした。そして終《しまい》には泣かした。

「可哀そうに、貴方余りしつこいから……。」

お銀は抓《つね》られたり、噛まれたりする子供を抱取りながら、乳房を口に当がった。

思立って人の少い朝湯へ連れて行くこともあった。すると其後からお銀がタオルを持って、揚げに来た。

「御父さんは赤ン坊を扱うのが上手ですよ。」

お銀は帰って来ると母親に話した。

赤ン坊はこの町の裏にいる、或貧民の娘の背《せなか》に負《おぶ》われて、近所の寺の境内や、日当の好い駄菓子屋の店頭へ連れて行かれたが、外で賺《あや》しに菓子などを口へ入れられて、腹を壊すことも間々あった。お銀は困っている其子守の家族の口を、一人でも減《へら》すのを功徳のように考えていたが、それも長くは続かなかった。

「こんな寒い砂埃のなかへ、病気してるものを出しておいちゃ不可《いけな》い。」

余所から帰って来た笹村は、骨張った子守の背に縛られて、ぐったりしている子供の顔を見て、家へ入って来ると、いきなり難《むずか》しい顔をした。

「二人まで女がいて、余り気無しじゃないか。それに負わしておくと云うことが、一体子供の体によくないのだ。」

お銀は急いで子守を呼びに行った。子守の家では、亭主に死なれた母親が、棕櫚縄などを綯《よ》って、多勢の子供を育てていた。お銀はその家の惨な様子を能く知っていた。

「田舎の百姓家じゃ、一日負い通しだけどね。それでも子供は皆丈夫で……。」

母親は言訳らしく言った。お銀も弟達のかかって来た子守の乱暴であったことや、自分達を蒲団捲にしたり、夜更に閉出を食わしたりした父親の気の荒かったことなどを話出して笑った。おぼろげに目に残っている田舎家の様子や、幼時の自分の姿が懐しげに思出された。

「それでも皆恁《こ》うして育って来たんですからね。それで私が子持になるなんて……。」

押詰ってから、思わぬ方から思わぬ金が入って来たりなどして、お銀は急に心が浮立った。そして春の支度に、ちょいちょい外へ買物に出かけた。笹村も一緒に出かけて、瀬戸物などを提げて帰ることもあった。晦日になると、狭い部屋のなかには鏡餅や飾藁のようなものが一杯に散らかって、お銀の下駄の音が夜おそくまで家を出たり入ったりしていた。母親も台所でいそいそ働いていた。神棚には新しい注連《しめ》が張られて燈明が赤々と照っていた。

笹村は余所の騒ぎを見せられているような気がしないでもなかった。そして、それを引掻廻さなくてはいられなかった。

「そんな大きな鏡餅《もの》を何にするんだ。」

笹村はふと頭が曇って来ると、得意になって二人のしている事に、片端から非《けち》をつけずにはいられなかった。

三十九

正月は淋しく過ぎた。気むずかしい笹村の部屋へは、為《しょ》うことなしに小さい方を据えた鏡餅の側に、貧相な鉢植の梅の花弁が干からびて、机の傍は相変らず淋しかった。笹村は大阪にぶらぶら遊んでいた一昨年の今頃のことが時々思出された。そこでは新調のインバネスなどを著込んで動きの取れないような道頓堀のあたりを、毎日一人で歩いていた。そして芝居や寄席や飲食店のような人いきれのなかへ慕い寄って行った。

時としては薄暗い、せせこましい路次のあいだに、当度《あてど》もなしに彷徨《うろつ》いている其姿が見出されたり、何処へも入りそびれて、思いがけない場末に人気の少い鶏屋などの二階の部屋の薄白い電燈の下で、淋しい晩飯に有りついて居たりした。それで懐が淋しくなって来ると、静かな郊外にある、兄の知合の家に引込んで、刺戟に疲れた頭を休めたり、仕事に耽ったりした。

九州からの帰途、二度目に大阪を見舞った時には、二月も浸っていたそこの悪諄《あくど》い空気に堪えられないほど、飽き荒んだ笹村の頭は冷されかけていた。そして静かに思索や創作に耽られるような住居《すまい》を求めに、急いで東京へ帰った。

笹村は自分の陥ちて来た処が、此頃漸く解って来たような気がした。

「どこかへ行こうか。」

少し残った金を、机の抽斗に入れていた笹村は、船や汽車や温泉宿で独旅の淋しかったことを想出していた。

「それから道具を少し買わなけア。家みたいに何にもない世帯も些《ちよつ》と希《めずら》しいですよ。」

お銀は火鉢に寄りかかりながら部屋を見廻した。

「もし行くなら、一度坊やにお詣《まいり》をさせたいから成田さんへ連れて行って下さい。お鳥目《あし》がかからないで可《よ》ござんすよ。」

「あすこなら人に逢う気遣がないから、それも可かろう。鉱泉だけど、一晩位泊るに丁度好い湯もあるし……。」

「いつ行きます。」

「今日はもう遅いだろうか。」

「向へ行けば日が暮れますわ。」

翌朝笹村が目をさますと、お銀はもう髪を束髪に結って、En袢の半衿などをつけていた。それは二月の末で、昨夜からの底冷《そこびえ》が強く、雪がちらちら降出したが、それでも時々障子に日影がさして来た。

汽車のなかで子供は雫のたらたら流れる窓硝子に手をかけて、お銀の膝に足を踏張りながら声を出して騒いだ。背後《うしろ》の方から、顔を覗いて慰《あや》したり、手を出してお出《いで》お出をする婦人などがあった。

プラットホームを歩いて行くお銀の束髪姿は笹村の目にも可笑しかった。

「家鴨のようだね。」

笹村は後から呟いた。

「そんなに私肥っていて。」お銀は自分の姿を振顧り振顧りした。

子供を車夫に抱かせて、二人は其方此方《そっちこっち》の石段を昇ったり降りたりしたが、明るい山内の空気は、少しも仏寺らしい感じを与えなかった。寄附金の額を鏤《ほ》りつけた石塔や札も、成田山らしく思えた。笹村は御護符や御札を慾にかかって買おうとするお銀を急立《せきた》て、直にそこを出た。

周に梅の老木の多い温泉宿では、部屋が孰もがら空であった。お銀は子供をお手かけ負《おんぶ》して、翌日《あくるひ》も一日広い廊下を歩いたり、小雨の霽間《はれま》を、高い崖の上に仰がれる不動堂へ登ったりした。梅園には時々鶯が啼いて、其日も一日じめじめして居た。

「やっぱり自分の家が一番いい。」

夕方雨戸が繰《く》られる頃になると、お銀は広い部屋に坐っていながら言出した。

四十

子供が摑《つかま》り立《だち》をする頃に、K―の手から裏の大工へ譲渡された其家を笹村は立退かなければならなかった。大工は買取ると直《すぐ》改築の目算を立てたが、其以前にK―から分割して借りていた裏の地所に、新築の仮家《かりや》がもう出来あがっていた。K―の借家は失敗に終ったが、大工の方は四軒建てて四軒とも明《あき》がなかった。

「裏へ家が建つようでは、此処にもいられませんね。加之《おまけに》二階家と来てるんですもの。」

「出来あがったら其方《そっち》へ移っても可いね。」

笹村とお銀とはこんな話をしながら、時々裏へ出て見ていたが、家は孰もせせッこましく厭味に出来ていた。

壁が乾かぬうちに、もう贅沢な夜具やランプなどを担込んで来る人もあったが、それは出来星の紳士らしい、始終外で寝泊している独身ものであった。

「あの家は何をする人でしょうね。仕事に失敗して、どこか下町辺から家を畳んで来たらしいんですよ。」

お銀は手摺に干してある座蒲団の柄合などから、その人柄を嗅ぎつけようとしていた。

ある寒い朝、十時頃に楊枝をつかいながら台所へ出て来た笹村の耳に、思出したこともない国訛で弁《しゃべ》っている男女の声が聞えて来た。それが此方《こっち》の裏口と向合っている真中の一軒へ入って来た若い夫婦であった。

脊のすらりとした、目鼻立の能く整った細君と、お銀は直に懇意になった。気心が解って来ると、細君は茶の室《ちゃのま》へあがって来て、お国言葉丸出で自分の身のうえを明《あ》け透《す》け話した。夫婦はつい此処へ来るまで、早稲田の方で下宿屋をやっていたが、東京なれぬ細君には勝手が解らなかった。そこから本郷の大学へ通っていた良人とは、国で芸者をしている頃からの馴染で年は七八つ女の方が上であった。お銀も子供を抱いて、その家へ能く話しに行ったが、男同士も直に隔のない仲になった。岡田というその男は、角帽を冠って出るようなことは滅多になかった。そして始終長火鉢の傍にへばり著いていた。

子供はその細君の膝に引取られて、頰を接吻されたり抱締められたりしていた。

五月には、笹村が通から買って来た内飾《うちかざり》が、その家の明るい二階に飾られた。ヒステリーの気味のあった細君は岡田が留守になると、独で長火鉢の傍に、しくしく泣いているようなことも希しくなかった。二人で言合をしている声も、時々裏から洩聞えた。

お銀母子と、その時分寄宿していた笹村の親類先の私立大学へ出ている一人の青年とのはいっていられるような家を一軒取決めて、荷物をそこへ運込む時も、子供は半日岡田の細君の背に負われていた。その家はそこから本郷に出る間の、或通の裏であったが、笹村はそこへ三人を落著かしてから、また自分の下宿を捜しに出なければならなかった。

「この家で、到頭お正月を二度しましたね。」

お銀は引越の日に、色々のものの取出された押入の前にベッタリ坐って、思の深そうに言出した。

「こんな家でも、さア出るとなると何だか厭な気のするもんですね。」

笹村も、お銀が初めて此処へ来てからのことが、思出された。足かけ二年のあいだに、ここの台所の白い板敷も、つるつると黝《くろ》い光沢《つや》をもって来た。

時々袷羽織の欲しいような、風のじめつく頃であった。笹村が持込んで来た行李に腰かけて、落著のない家を見廻していると、岡田の細君は、背で泣く子を揺りながら縁側をぶらぶらしていた。お銀はせッせと其処らを雑巾がけしていたが、時々思出したように、「バア」と子供の方へ顔を持って行くと、跪坐《しゃが》んで張って来る乳房を見せた。障子の取りはずされた縁側から吹込む風が、まだ肌に寒いくらいであった。

四十一

笹村の出て行った下宿は、お銀達のいるところからは、坂を一つ登った高台にあった。見晴しの好いバルコニーなどがあって、三階の方の部屋は軟《やわらか》物《もの》などを著ている女中の所管《もち》と決っていた。暑中休暇の来るまで笹村は落著悪い二階の四畳半に閉籠っていたが、去年の夏居た牛込の宿よりは居心が好かった。

気が塞って来ると、笹村はぶらぶら家の方へ行って見た。家には近所の蒟蒻閻魔の縁日から買って来た葱《しのぶ》が檐《のき》に釣られ、子供の悦ぶ金魚鉢などがおかれてあった。お銀は障子を伝歩行《つたいあるき》している子供の様子に目を配りながら、晩に笹村の食べるようなものを考えなどしていたが、笹村は余所の家へでも来たように、柱に倚りかかって莨を喫《ふか》していた。笹村は下宿にいる人達などと、自分との距離の大分遠くなっていることを、しみじみ感じずにいられなかった。下宿人のなかには、役所から退けて来ると、友達と一緒に夜おそくまで酒を飲んで、棋《ご》など打っている年老《としと》った紳士も二三人紛込んでいたが、その心持は、周囲の学生連と大した相違はなさそうに見えた。それが笹村には羨しいようであった。

　夜になると、お銀は子供を抱出して、坂のうえあたりまで一緒について来たが、子供に「ハイちゃい」をして下宿へ入って行く笹村は、下宿の空気とは如何しても融合うことのできぬ或物が、胸にこだわっていた。もう試験を済してしまった学生連は、何処の部屋にも陽気な笑声を立てていた。腕車《くるま》で飛歩いている連中や、荷物を纏《まと》めている人達もあった。笹村は台所の上になっている暑い自分の部屋を出て、バルコニーの方へ出ると、雨に晒された椅子に腰かけて、暗いなかで莨を喫《ふか》していた。そこへ二三人の学生が出て来た。白粉の匂のする女中達も出て来た。

　笹村は齲歯が痛出して、その晩おそくまで眠られなかった。笹村は逆上《のぼ》せた頭脳を冷《さま》そうとして、男衆に戸を開けさせて外へ出た。外は雨がしぶしぶ降って、空は真闇であった。風も出ていた。その中を笹村は春日町の方へ降りて行った。

　暗い横町で、ばたばたと後を追駈けて来て体を検べる二人の角袖に出逢いなどしたが、足は自然《ひとりで》に家の方へ向いて行った。

「敵――の――生命――と頼みたる……。」

　こんな軍歌の声に襲われながら、笹村は翌朝十時頃漸く目がさめたが、睡眠不足の頭は一層重かった。軍歌は板塀を隔てた背後の家の子供が謳っているのであった。

　庭向の下の座敷へ移った頃には、笹村も大分下宿に昵《なじ》んで来た。時々お銀に厭な気質を見せられると、笹村の神経は一時に尖って来た。そして寄食している法律書生を呼びつけて、別れる相談をした。然う云う時の笹村は一図に女を憎むべきものに思《おもい》窮《つ》めた。

「私だって恁《こ》うしていても詰らないから……。」

女も、母親や書生の前で、負目《ひけめ》を見せまいとした。その言草《いいぐさ》が一層女の経歴について笹村に悪いヒントを与えた。そして不断は胸の底に閉籠められていたようなことまでが、一時に夫々の意味をもって、笹村の頭をいら立たせた。

「お前達は丸で妾根性か何かで、人の家にいるんだ。」

「ええ、どうせ私達のような物の解らないものは、貴方のような方の家には向かないんです。」

　お銀は蒼い顔をしながら言募った。

「それなら其で、父でも呼寄せて話をつけて下さればいいのに、いくら法律を知っているたって、若山さんなどと相談して、まるで私達を叩き出すような事ばかりなすって……。」

　いらいらした二人の心持は、何処までもはぐれて馳《はし》らずにはいなかった。

四十二

　一定の時が経つと、憎悪後悔の念が迹方もなく胸に拭《ぬぐい》去《さ》られて、女はまた新しいもののように笹村の目に映った。そんな時のお銀は、初めて逢った時の女の印象を喚起さすに十分であった。

一日二日、笹村はまた家の人となっていた。そして下宿へ帰って来ても、頭はまた甘い追想に浸されていた。直にまたそれの裏切られる時の来るのを考えようとすらしなかった。

「私はほんとに逐出されるかと思った。貴方は如何してあんなでしょう。」

お銀は発作的に来る笹村の感情の激変を不思議がらずにはいられなかった。

「僕も苦しい。」笹村も苦笑した。

「出て行くところがないと思って、ああ言うかと思うと、私も尚強味に出るんです。」お銀は笑いながら言出した。

「お前の言草も随分ひどいからね。嵩にかかって来られると、理窟など言っている隙がない。」

「私はまた貴方に、かッと来られると気がおどおどして了って、如何して好いか薩張解らなくなって了うんですよ。……それが矢張教育がない所為《せい》なんですねえ。その為に、私貴方の前でどのくらい気が引けるか知れない。親達を怨みますよ。」お銀は萎れたような声で言った。

笹村は、女に対する自分の態度の謬っていることが判るような気がした。お銀に柔順《すなお》な細君を強いながら、矢張妾か何かを扱うような荒い心持が自分にないとも言えなかった。

そして、其処にまた其日々々の刺戟と興味を充して行くのではないかとも思った。

「それでも学校へは行ったろう。」

笹村はお銀の生立について、また何かを嗅出そうとしているような目容で言った。

「え、それは少しは行ったんです、湯島学校へ……。お弁当を振り振り、私あの辺を歩いてましたわ、先生の言うことなんか些とも聞きやしなかった私……。」お銀は誤魔化すように笑い出した。

「叔父さんが何故行《や》らなかったろう。」

「叔父ですか。如何してですかね。景気の好い時分は、自分で遊んでばかり居たんでしょう。それに其時は、私ももう年を取っていたのですから学問なぞは、私の柄になかったんでしょう。」

「でも手紙くらいは書けるだろう。」

「いいえ。」

「少しやって御覧。僕が教えてやろう。」

「え教えて下さい。真実に……。」と言ったが、笹村はついお銀の字を書くのを見たことがなかった。

下宿へ帰ると、笹村は或雑誌から頼まれた戦争小説などに筆を染めていた。その雑誌には深山も関係していた。笹村は深山の心持で、自分の方へ出向いて来たその記者から、時々深山のことを洩聞いた。

筆を執っている笹村は、時々自分の前途を悲観した。M―先生の歿後、思いがけなく自然《ひとりで》に地位の押進められていることは、自分の才分に自信のない笹村に取って、寧ろ不安を感じた。

「君は観戦記者として、軍艦に乗るって話だが、然うかね。」

谷中の友人が或日、笹村の顔を見ると訊出した。

「けれど、それは子供のない時のことだよ。危険がないと言ったって、何しろ実戦だからね。」

友人は然う言って、笹村の意志を飜そうとした。

そんな仕事の不似合なことは、笹村にも能く解っていた。

四十三

夏の半過《なかばすぎ》に、お銀達の近くの或静かな町で、手頃な家が一軒見つかった頃には、二人の心はまた新しい世帯の方へ嚮《む》いていた。前の家を立退く時、話が急だったので、笹村は一緒に出るような家を借りる準備も出来なかった。仮に別居しているうちに、結婚を発表する適当な時機を見つけようとも考えていた。

「ばかばかしい、こんな事をしていては、矢張駄目ですよ。何時まで経っても、道具一つ買うことも出来やしない。」

お銀は下宿の帳面を見ながら、時々呟いていた。

通りかかりに見つけた其家の事をお銀の口から聞くと、笹村は急いで見に行った。家は人通りの少い崖と崖との中腹のような地面にあった。腐りかけた門のあたりは、二三本繁った桐の枝葉が暗かったが、門内には鋪石《しきいし》など布《し》かって、建物は往来からは可也奥の方にあった。三方にある廃《あ》れた庭には、夏草が繁って、家も勝手の方は古い板戸が破れていたり、根太板《ねだいた》が凹んでいたりした。けれど庭木の多い前庭に臨んだ部屋は、一区劃離れたような建方で、落著がよかった。

笹村は直に取決めて帰ったが、何の用意もなしに然う早急に移って行くことは、お銀には余り好ましくなかった。愈住むとなると、廃《あ》れたような其家にも不足があった。

「もっと如何とかいう家がないものですかね。井戸が坂の下にあるんじゃ為様がないわ。」

お銀は笹村から家の様子を詳しく聞くと進まぬらしい顔をした。お銀の頭脳には、曾て住んでいた築地や金助町の家のような格子戸造の小瀟洒《こざっぱり》した住家が、始終描かれていた。掃除ずきなお銀は、そんなような家で、長火鉢を磨いたり、鏡台に向ったりして小綺麗に暮したかった。それに、此処を出るにしても、少しは余裕をつけて、手廻のものなど調《ととの》えてからにした方が、近所へも体裁がいいと考えていた。

「貴方は門さえあれば好いと思って……。」お銀は然うも言った。

「だけど、そう好い家があるもんじゃないよ。彼処なら客が来ても当分子供のいることも解らないし、井戸の遠いくらいは我慢してくれなくちゃ困る。」

やがてバケツに箒などを持たせて、書生と一緒に出かけて行った笹村は、裏から水を汲んで来て黴くさい押入や畳などを拭いていた。そして疲れて来ると、縁側へ出て莨をふかしていた。高台に建てられた周の広い廃屋《あばらや》は、そうしていると山寺にでもいるように、風も涼しく気も澄んでいた。

直《じき》にお銀が子供を負って来て、笹村の傍においで行った。

「お願い申しますよ。狭い処を危くて為様がありませんから。」

子供は白い女唐服《めとうふく》を著ながら広い部屋のなかを、よちよちと笹村の跡へついて来ては歩いていた。そして少し歩くと畳の上に尻餅を搗いた。口も少しは利けた。

落著いてからも、井戸の遠いことや、畳のじめじめする茶の室《ま》の陰気くさいことが、女達の苦情になっていたが、笹村は初めて庭の広い家へ来たのが、心持よかった。そして外へ出ると、時々配《わ》けてもらった草花を、腕車《くるま》の蹴込へ入れて帰って来た。中庭の垣根のなかには、色々のものが植えられた。中にはお銀と二人で、薬師の縁日で買って来たものもあった。

子供は靴をはいて、嬉々と声を出して庭を歩き廻った。笹村はそれを前庭の小高い丘の上へ逐いあげ逐いあげしては悦んだ。

お銀は少しずつ家に馴れて来たが、それでも日が暮れてからは、一人外へ出るようなことは滅多になかった。夜もおちおち眠らないことが多かった。

桜の葉が黄ばんで散る時分に、姙娠の徴候がまたお銀の体に見えて来た。

四十四

お銀からその話を聞かされた時、笹村は、

「また手を咬まれた」と云うような気がした。そして責任を脱れたいような心持は、初めての時よりも一層激しかった。

次第に好奇心の薄らいで来た笹村は、憑《つ》いていたものが落ちたように如何《どう》かすると女から醒める事が時々あった。そんな時の笹村の心は、幻影が目前《めさき》に消えたようで寂しかった。然うして一度頓挫した心持は、容易に挽回《とりかえ》されなかった。厭わしいような日が幾日も続いた。

そんな事はお銀にも同じようにあるらしかったが、冷熱は何時も男よりか順調であった。

「貴方は人を翫弄《おもちゃ》にする気だったのです。あの時の言草が然うだったんですもの。男はずうずうしいものだと、私はそう思った。」

お銀は以前の話が出ると、時々そんな事を言って淋しそうに笑った。

「何だか可笑《おか》しいようだね。」

笹村は、腹を気にしているお銀の顔を眺めながら言った。

「二月も三月も隔っていて、それで子ができるなんて……。」

笹村の頭脳《あたま》には、磯谷と云う男のことがふと閃いていた。磯谷の伯父の処に奉公していたと云う年増の女に、お銀は近頃思いがけなく途中で邂逅《でっくわ》してから、手の利くその女の処へ、時々仕立物を頼みなどしていることは、笹村も見て知っていた。その女は今は近所に住んでいる小工面の好い或大工に嫁入していた。仕立物を持って来た女は、笹村の部屋の入口へも顔を出してお辞儀などした。

「変な女でしょう。」と、お銀は後で若い亭主を持っている其女のことを笑った。

「あれでも手はどんなに利くもんだか……私の叔父は始終あれに縫わしたんですの。」

然う言って見せる仕立物は、笹村の目にもいかにも手際が好いように見えた。

此女を通して、お銀と磯谷との消息が通じているのではないかと、笹村は時々そう云うことを感ぐって見たりなどした。夜使に出たお銀の帰りの遅いときも、笹村の頭にはおり折暗い影がささない訳に行かなかった。そう云うとき、笹村は泣出す正一を抱出して、灯影の明るい通の方へ連れて行った。そうしてお銀の帰るのを待受けた。

買いものの好きなお銀は、出た序に色々なものをこまごまと攡えて、別の道から冴々した顔をして家へ帰って来ていた。

「これを召食《めしあが》ってごらんなさい、名代の塩煎餅ですよ。金助町にいる時分、私よくこれを買いに行ったものなんです。」

お銀は白い胸を披《はだ》けながら、張詰めた乳房を銜《ふく》ませると、子供の顔から涙を拭取って、にっこり笑って見せた。

「私途中で、岡田さんの奥さんに逢ったんですよ。暫く来ないから、如何したのかと思ったら、あの方達も世帯が張切れなくなって、二三日前に夫婦で下宿へ転げちゃったんですって……。」

お銀は塩煎餅を壊しながら、そんな話を為《し》はじめるのであった。

笹村の当推量《あてずいりょう》は、その時はそれで消えて了うのであったが、外出をするお銀の体には、矢張暗いものが絡っているように思えてならなかった。

「三度目に、こんな責任を背負わされるなんて、僕こそ貧乏籤を引いてるんだ。」笹村は揶揄半分に言出した。

「三度目だって、可哀そうに……嫁《かたづ》いていたのは真の四ケ月ばかりで、それも厭で逃げたくらいなんだし、磯谷とは三年越の関係ですけれど、先は学生だし、私は叔父の側にいるしするもんだから、養子になると云う約束ばかりで、然う度々逢ってやしませんわ。」

四十五

笹村の口から磯谷のことを色々に聞かれるのは、お銀にも悪い気持はしなかったが、その話も二人に取って、次第に初めほどの興味がなくなってしまった。お銀と磯谷との関係と磯谷の人物とが分明《はっきり》解って来れば来るほど、笹村の女に対する好奇心は薄らいで来たが、お銀の胸にも其時々の淡々《あわあわ》しい夢は段々色が剝げて来た。それでも時々笹村に身を投げかけて来るようなお銀の態度には、破れた恋に対する追憶《おもいで》の情が見えぬでもなかった。その時の女は、そう想像して見ると、笹村の目に美しく映った。

「でも、あの女から、磯谷が今どうしているかということぐらいは、お前も聞いたろう。」

笹村はその男が持っていたと云う銀煙管で莨をふかしながら聞いたが、お銀にしては、それは笹村の前に話すほどの事でもないらしかった。

「矢張ぶらぶらしているっていう話ですがね。」

お銀の目には、以前男のことを話す時見せた様な耀《かがや》きも熱情の影も見られなかった。

「お前の胸には、もうそんな火は消えてしまったんだろうか。」

笹村はもう一度、その余燼を掻廻して見たいような気がしていた。

「何時まで其様な事を思っているものですか。思っているくらいなら、恁うしちゃいませんよ。それに一度でも逢っていれば、それを隠しているなんてことは、迚も出来るもんじゃありませんよ。」

嫉妬ということが、日が経つにつれて段々確実になって来た。

「如何《どう》しても貴方には子種があるんですね。だって、深山さんの妹さんが貴方の体を見て、然う言ったていうじゃありませんか。」と、お銀は笹村の顔を見て笑った。

「でも可いわ。一人じゃ子供が可哀そうだから、三人くらいまでは可いですよ。」

笹村は其頃から、少しずつ金の融通が利くようになっていた。新しい本屋から、原稿を貰いに来る向も二三軒あったし、仕舞っておいた新聞の古も、いつとはなしに出て行った。それだけ暮しも初めほど手詰《てづまり》でなくなった。笹村は下町の方から帰って来ると、きっと買いつけの翫具屋《おもちゃや》へ寄って、正一のために変った翫具を見つけた。子供は翫具を持って一人で遊ぶようになっていた。

お銀はその頃まだ長火鉢の抽斗に仕舞ってあった丸薬を取出して、時々笹村に見せた。

「あの時のことを思うと、情ないような気がする。」

お銀は目を曇《うる》ませながら、傍に遊んでいる子供の顔を眺めた。

「坊は阿母さんが助けてあげたんだよ。大きくなったら、また阿母さんが能く話して聞かしてあげるからね。」

お銀は笹村を厭がらせるような調子で言った。

「あの時のことを忘れないために、この丸薬は何時までも仸うやって仕舞っておきましょうね。」

「莫迦。」笹村は苦笑した。

お銀は胎児のために乳を褫《うば》われようとして、日に日に気のいじけて来る子供の煩《うるさ》さを、少しずつ感じて来た。そして老人《としより》の手に懐《なつ》けさせようとしたが、子供は母親よりも輭《しなや》かでない老人の手を嫌った。夜笹村の部屋で寝ようとするお銀の懐へ絡りついて来る子供は、時々老人の側へ持って行かれたが、矢張駄目であった。子供に対して細《こまや》かしい理解のない老人の手に扱われて泣いている子供の声は、傍に見ている笹村の頭脳《あたま》に針を刺すように響いた。

「お前見たらいいじゃないか。」

笹村はお銀に顔を顰めたが、長いあいだ襁褓の始末などについて、母親に委《まか》しきりにして来たお銀は、そんな事には鈍かった。お銀の体の極《きまり》のつく前と後とでは、子供に対する父と母の心持は、全然《まるで》反対であった。

四十六

お銀の遠縁にあたると云う若い画家が一人神田の方にいた。山内と云うその男と笹村も一二度どこかで顔を合して相知っていた。お銀のことを表向にするに就て、笹村は自分のところへ出入している山内の従弟の吉村によって、ふと山内のことを思出させられていた。吉村の家と近しくしていたお銀の父親は、山内の父親とも相識の間柄であった。

春、笹村が幾年振かで帰省する前に、笹村夫婦と山内とは互に往来するほどに接近して来た。

ある晩方年始の礼に来た山内は、ぐでぐでに酔っていた。一度盛んに売出したことのある山内は、不謹慎な態度から、その頃一部の人の反感を受けていた。その風評を耳にしていた笹村の頭にも、山内という名は余り好い印象を遺していなかったが、吉村やお銀の母親から聞かされる山内の家柄や父親の事から推すと、外に現れた山内と又違った山内が笹村の頭に映って来た。

山内は、お銀がつぐ酒を、黒羽二重の紋附や、ごりごりした袴に零しながら、爛《ただ》れたような目をして、やっと坐っていた。杯を持つ手が始終顫えていた。

「画家《えかき》と云うものは、面白い扮装《なり》をしているもんですね。」と、お銀は山内のよろよろと帰って行った後で言出した。

「私達の従姉のお房さんの嫁《かたづ》いている、あの人の従兄の神崎も、矢張大酒飲みだそうですよ。」

「あの方の御父さんが、矢張おそろしい酒家《のみて》でね。」母親も杯盤の乱れている座敷へ入って来て話した。

「何しろ大きい身上《しんしょう》を飲み潰したくらいの人だもんだでね。大気《だいき》な人で盛んに遊んでいる時分温泉場《ゆば》から町へ来るあいだ札《さつ》を撒いて歩いたという話を聞いているがね。」

笹村夫婦が訪ねて行ったとき、その父親も子息《むすこ》と並んで坐って、始終落著かぬような調

子で、酒を飲んでいた。口の利方も、女達が腹を抱えるような突飛なことが多かった。そして笹村に猪口を差して、

「私は笹村さん、こんな人間ですよ。」といって、愉快そうに笑った。

山内はにやにや笑っていた。

「ああ厭だ厭だ、父子《おやこ》であんなにお酒ばかり飲んで……家の父のことを思出す。」

お銀は正一の手を引きながら外へ出ると言出した。

「でも皆好い人達ですね。東京に親戚がないから、人なつかしげで……。」

人のところの世帯振に、直目《すぐ》をつけるお銀は、家へ帰ってからも山内の暮し方を、見透《みすか》して来たように話した。

花の散る時分に、お銀は帰省する笹村の支度を調えるのに忙しかった。四五年前に帰省した時、笹村はまだ何もしていなかった。身装《みなり》も見すぼらしかった。自分の腹に出来た子の初めての帰省を迎えたその時の母親の不快げな顔が、今でも笹村の頭に深く刻まれていた。

「母のために、少しは著飾って行かなくちゃ……。」

笹村はお銀にも、そんな話をして聞かした。

こまこました土産物などを買集めるに腐心しているお銀の頭にも、笹村の郷里へ対する不安が始終附纏っていた。

「新ちゃんが、ああ云う風で帰ってったから、如何《どう》せ私なども阿母さんや姉さんに好く思われていないに決っている。」と、時々それを言出していたお銀は、此機会に出来るだけの好意を示すことを忘れなかった。

新しく仕立てたり、仕立直したりした幾色かの著物の上に、お銀は下谷から借りて来た欽一の兵児帯なども取揃えた。

「角帯もいいけれど、此も持っておいでなさいよ。」

欽一はその頃、その弟と前後して、軍医として戦地へ渡った。

四十七

郷里へ帰って行った笹村は、長くそこに留まっていられなかった。大きな旧城下の荒れた屋敷町の一つに育って来た笹村は、長いあいだ自分の生立って来た土地の匂を思出す隙《ひま》もない程、目が始終前の方へ嚮《むか》っていたが、其頃時々幼い折の惨な自分の姿や、陰鬱な周囲の空気を振顧るような事があった。姉に手をひかれて初めて歩いてみた珍しい賑かな町や、近所の女の友達と一緒に蟋蟀《こおろぎ》を取ってあるいた寂しい石垣下の広い空地《あきち》の叢の香、母親の使で草履の音を忍ばせて、恐る恐る通りぬけて行った、男の友達の頑張っている木蔭の多い、じめじめした細い横町、懶《なま》けものの友達と一緒に、厭な学校の課業のあいだを寝転んでいた公園の粛《しめや》かな森蔭の芝生――日に日に育って行く正一を見るにつけて、笹村は此十年来の奮闘に疲れた頭に、しみじみ其処のなつかしい空気が嗅ぎしめて見たいような気がした。荒れている父親の墓の前で、今一度敬虔なその頃の、やさしい心持を味ってみたいと考えた。

そんなことを胸に描いていた笹村は、郊外に建てられた暗い夜のステーションへ降りて行くと、直にがさがさした、寂《さび》れたその町に包まれた自分の青年時代の厭な記憶に、面を背けたいような心持になった。

黙って粗雑な木造の階段から、凸凹した広い土間に降りて行く群集の下駄の音や、田圃面から闇を流れて来る一種の臭気、ステーション前の広場の柳の蔭に透して見られる、仮小屋めいた薄暗い旅籠屋、大阪風に赤い提灯などを出した両側の飲食店――その間をのろのろした腕車《くるま》で、石高な道を揺られて行く笹村は、初めて来る新開の町をでも見るような気がした。

檐《のき》の低い家の立並んだ町を、あちらへ曲り此方へくねりしているうちに、やがて見覚えのある大通の町が目の前に現れた。そんな通を幾個《いくつ》も通過ぎて、腕車《くるま》は石垣や土塀の建続《たてつづ》いた寂しい屋敷町の方へ入って行った。雲の重く垂下った空から、雨がしぶしぶ落ちて来た。暗い木立や垣根の隙から、まだ灯影が洩れていて、静かな町はまだ全く寝静っていなかった。

その晩笹村は、広い二階の一室で、二三杯の酒に酔って、物を食べたり、母や姉達と話に耽ったりして、鶏の鳴くまで起きていた。昔風の広い式台のところまで出迎えた母親や姉は、そうして話しているうちに、初めて目に映った時の汚さが漸くとれて来たが、それでも顔は皆変っていた。長いあいだの気苦労の多い生活と闘ったり、悶《も》踠《が》いたりして来た痕が、傷《いたま》しいほど此女達の老けた面《おもて》に現われていた。

翌朝笹村は、汽車のなかで舞込んだ左の目の石炭滓《かす》を取って貰いに、近所の医師を訪ねた。中学に通っている時分、軽い熱病にかかったり、脳脊髄に痛みを覚えたりすると、ここへ駈けつけて来たが、家はその時の様子と少しも変りがなかった。髪の薄かった医師も、夫より以上禿げてもいないのが不思議のようであった。

笹村は二三日、姉達の家や、兄の養家先などを廻ってみたが、町には何処を探ねても、昔の友人らしいものは一人もいなかった。

忘られていた食物の味が舌に昵《なじ》んで来る頃には、笹村の心にはまた東京のことが想出されていた。そして久振で逢うわが子の傍へ寄って、手紙では迚も言尽せない周囲の紛糾《こぐらが》った事情や、自分の生活状態について、誰に打ちあけようもない老人の弱い心持を聞いてもらえるような機会を捕えようとしている老母の沈んだ冷い目から遁《のが》れるように、笹村はいつも落著なく外を出歩いてばかりいた。

四十八

笹村は多勢の少《わか》い甥や姪と、一人の義兄とに見送られて、その土地を離れようとする間際に、同じ血と血の流れあった母親の心臓の弱い鼓動や、低い歔欷の声を初めて聞くような気がした。するすると停車場の構内から、初夏の日影の行渡った広い野中に辷出《すべりで》た汽車の窓際へ寄せている笹村の曇った顔には、すがすがしい朝の涼風が当って、目から涙が入染《にじ》み出た。

笹村は半日と顔を突合して、しみじみ話したことも無かった母親の今朝のおどおどした様子や、此間中からの気苦労な顔色が、野面《のづら》を走る汽車を、後へ引戻そうとしているようにすら思えてならなかった。孤独な母親の身の周《まわり》を取捲いている寂寞、貧苦、妹が母親の手元に遺して行った不幸な孤児に対する祖母の愛著、それが深々と笹村の胸に感ぜられて来た。

……まことに本意ないお別れにて、この後いつまた逢われることやら……門の外までお見送りして内へ入っては見たれど、坐る気にもなれず、おいて行かれし著物を抱しめていると、鼻血がたらたら流れて、気がとおくなり申候……

東京へつくと、直《すぐ》に、こんな手紙を受取った笹村の目には、今日までわが子の坐っていた部屋へ入って行った時の、母親のおろおろした姿がありあり浮ぶようであった。

「これだから困る。この位なら何故いるうちに、もっと母子《おやこ》らしく打解けないだろう。」

笹村は手紙をそこへ投出《ほうりだ》して、淋しく笑った。そして「もう自分の子供《もの》じゃない。」と然う思っている母親を憫れまずにはいられなかった。

居るうちに、笹村は一二度上京を勧めてみたが、母親の気は進まなかった。東京へ来て、知らない嫁に気を兼ねるのも厭だったし、孫娘も人なかへ連れて行くのは好ましくなかったが、其よりも、笹村の考えているように然う手軽に足を脱くことのできない事情が、そこに色々絡っていた。そして其を言出す程の親しみが、まだ二人の間に醸されていなかった。

「好い画が家にあったが、あれも売ってしまったんだろうな。」

笹村は少年時代に、ふと暗い物置のなかの、黴くさい長持の抽斗の底から見つけたことのある古い画本のことを思出して、母親に訊ねるともなしに言出した。その画が擬《まが》いもない歌麿の筆であったことは、其後見た同じ描手《かきて》の手に成った画の輭《しなや》かな線や、落著の好い色彩から推すことができた。

笹村は姉の家の二階に預けてある、その古長持のなかにある軸物や、刀のようなものを引っくら返して見た時、その画本を捜して見たが、何処にも見つからなかったので、ふと母親に確めてみる気になった。

母親は怪訝そうに、嫣然《にっこり》ともしないで、我子の顔を眺めた。

「嫁さんは素人でないとか云う話やが、そうかいね。」

母親はふと訊いた。

「戯談《じょうだん》じゃない。新がそう云う事を吹聴したんでしょう。」

笹村はそれを手強く打消した。

母親の方からも、笹村の方からも、それきり双方の肝要な問題に触れずにしまった。笹村は時々外で泊ることとすらあった。

お銀のところから、帰りを促した手紙が来ると、母親は口へ出して止めることさえ憚った。

「……詰らんこっちゃ。」

立つ朝、いそいそと荷造をしている笹村の側で、母親はふと言出した。そして何か手伝おうとして、笹村に一声邪慳に叱飛されて、そのまま手を引込めてしまうのであった。

四十九

この慈母の手を離れて、初めて東京へ出た当時のことなどを笹村は思出していた。その頃は笹村も時々長い手紙も書いたし、何処かへ勤めることになったと言っては、手許の苦しいなかから礼服なども送って貰った。少し許《ばか》りの収入に有りつくようになってからは、其なかから幾許《いくら》かずつ割いて贈ることも怠らなかった。

「これからは金も些とはきちきち送らなけア……。」

笹村は心に頷いたが、汽車が国境を離れる頃には、自分の捲込まれている複雑な東京生活が、もう頭に潮のように差しかけていた。妻や子のことも考え出された。

翌朝新橋へ著いた時分は、町はまだ静かであった。地面には夜露のしとりが未だ乾かぬくらいで、葭簾《よしず》をかけた花屋の車からは、濃い花の色が鮮かに目に映った。都会人のきりりとした顔や、どうかすると耳に入る女の声も胸が透くようであった。

腕車《くるま》から降りて行った笹村は、まだ寝衣《ねまき》を著たままの正一が、餡麵麭《あんパン》を食べながら、ひょこひょこと玄関先へ出て来るのに出逢った。子供は含羞《はにか》んだような、嬉しそうな顔を赧めて、父親の顔を見あげた。その後から、お銀も母親も出て来た。丈の高いお銀の父親の姿も現れた。弟も茶の室《ま》にまごまごしていた。

此弟の出て来ることは、国へ立つ前から笹村も承知していた。東京で育った此弟は、お銀が笹村のところへ来てから間もなく、脚気で田舎へ帰った。そして其処で今日迄暮して来た。東京で薬剤師になろうとしていたこの弟は、そんな事を嫌って、洋服裁縫に可也な腕を持っていた。

「弟《あれ》も東京で早くこんな店でも出すようにならなけァ……。」と、外で洋服屋の前を通ると、お銀は時々田舎にいる弟のことを言出していた。

二十四五になったら、田舎の親類からそれだけの資本は出してもらえる的《あて》もついていた。

「田舎においちゃ腕が鈍ってしまうだろうがね。」笹村も時々それを惜しむような口吻を洩した。

「一体田舎で何しているんだ。」

「この頃は体もよくなって、町で仕事をしていると云う話ですがね。女が出来たと云う噂もあるんですけれど……その事は、去年欽一兄さんが養家先へ帰った時聞いて来たんですの。」

　その日は、留守中の出来事や子供の話で日が暮れた。お銀はそこへ取散らされた色々の土産もののなかから、梅干の一折を見つけて、嬉しそうに蓋を開けて見ていた。その梅干には東京やお銀の田舎では、味うことのできぬ特殊の味があった。かき餅もお銀の好物であった。

「阿母さんが、まア沢山下すった。お国の梅はどこか異うんですかね。」

　子供は叔母からの贈物の大きな軍艦や起あがり小法師のようなものをあっち弄り此方いじりして悦んだが、父親の傍へは寄って来なかった。そして時々視線が行会うと、妙にそれを避けるような様子があった。

「何だか窶れているようだね。」

　笹村は腺病質の細いその頸筋を気にした。

「いいえ、そんなことはないでしょう。随分元気がいいんですよ。御父さんはと聞くと、電車ちんちん餡パン買いに行ったなんて、それは面白いことを言いますよ。」

「ふとしたら、僕の甥が一人来るか知れんがね。到頭また推《お》っつけられた。」

笹村は久振でお銀と一緒に書斎へ入った時言出した。そのことはお銀も待設けないことでもなかった。

お銀は浮々した調子で、飲みつけない莨を吸いつけて笹村の口に当がいなどした。

五十

旅で養って来た健康は、直に頽《くず》れて来た。田舎の母の同居してる家では、リウマチを患っている老人のために、上州の方から取寄せられた湯の花で薬湯が殆《ほと》ん《ん》ど毎日のように立てられた。笹村もその度《たんび》にその湯に浸った。それに其処は川を隔てて直《す》ぐ山の木の繁みの見えるところで、家の周《まわり》を取繞らした築土《ついじ》の外は田畑が多かった。広縁のゆっくり取ってある、廂の深い書院のなかで、偶《たま》に物を書きなどしていると、青蛙が鳴立って、窓先にある柿や海棠や林檎の若葉に雨がしとしと灑《そそ》いで来る。土や木葉の匂が、風もない静かな空気に伝って、刺戟の多い都会生活に疲れた尖った神経が、軟かいブラシで撫でられるようであった。そこへ母や妹が入って来さえしなければ、笹村は何時までも甘い空想を乱されずにいることが出来た。

偶には傘をさして、橋を渡って、山裾の遊廓の方へ足を入れなどした。京の先斗町をでも思出させるような静かな新地には、青柳に雨が煙って檐《のき》に金網造の行燈が点され、入口に青い暖簾のかかった、薄暗い家のなかからは、しめやかな爪弾の音などが旅客の哀愁をそそった。笹村は四五歳のおり、父親につれられて行って、それらの家の一軒の二階の手摺際から眺めた盆踊のさまや、祭の日に此方の家の二階から向《むかい》の家の二階へかかった床に催される手踊などを思出していた。

笹村は奥まった二階の座敷で、燭台の灯影のゆらぐ下で、二三杯の酒に酔の出た顔を焦《ほて》らせながら、偶には上方語《かみがたことば》のまじる女達の話に耳を傾けた。女達のなかには、京橋の八丁堀で産れて、長く東京で左褄を取っていたと云う一人もあった。

「ここは駄目です。あアと言う場合に片肌ぬぐなんてことはありませんから。」

その女は生温《なまぬる》い土地の人気が肌に適《あ》わぬらしく見えた。

「その代りお座敷は暢気ですの。」

東京へ帰って来てからの笹村は、しばらく懶け癖がぬけなかった。昼は庭に出て草花の種を蒔いたり、大分足のしっかりして来た子供を連出して、浅草へ出かけなどした。

段々腹が大きくなって来たお銀は、側に寄りつく子供に対して、一層嶮しくなった。そして、

「おッぱい、ないない。」と言って、襟を堅く掻合した。

「貴方に乳をのまれると、阿母さんは体がぞッとするようで……御父さん辛《から》い辛いをつけても可《よ》ござんすか。」

お銀はそう言っては唐辛を少しずつ乳首になすりつけた。

子供は二三度それをやられると、直に台所から雑巾を持って来て、拭取ることを覚えた。

「どんなにお乳が美《おい》しいもんだか。」と、老母《としより》は相好を崩して、子供の顔を覗込んだ。

為《しょ》うことなしに老母の懐に慣らされて来た子供は、夜は空乳《からちち》を吸わせられて眠ったが、朝になると、背に結びつけられて、老母の焚きつける火のちろちろ燃えて来るのを眺めていた。

「煙々山へ行け、銭と金こっちへ来い。」

子供は老母から、いつか其様な唄を教わって、時々人を笑わせた。

母親から突放された此幼児の廻らぬ舌で弁《しゃべ》ることは、自分自身の言語《ことば》のように、誰よりも一番よく父親に解った。いらいらしたような子供の神経は、時々大人を手甲摺らすほど意地を悪くさせた。湯をつぐ茶碗が違ったと言って、甲高な声で泣立てたり、寝衣を著せたのが悪いと言って拗ねたりした。

「床屋へ行って髪でも刈ってやりましょう。そしたら些とせいせいするかも解らない。」

お銀は思いついたように、下駄をはかして正一を連出して行った。

五十一

旅から帰って来た時ほど、軟かい心持のいいベッドに寝かされたことは、これまで笹村になかった。前庭と中庭との間に突出た比較的落著のいい四畳半に宵々お銀の手で延べられる寝道具は、皆ふかふかした新しいものばかりであった。

お銀の赤い枕までも新しかった。板戸をしめた薄暗い寝室は、どうかすると蒸暑いくらいで、笹村は綿の厚い蒲団から、時々冷々した畳へ熱《ほて》る体を辷りだした。

「敷の厚いのは困る。」

「そうですかね。私はどんな場合にも蒲団だけは厚くなくちゃ寝られませんよ。家でも絹蒲団の一組くらいは拵えておきたい。」

お銀は軟かい初毛の見える腕を延して、含嗽《うがい》莨《たばこ》などをふかした。

お銀の臆病癖が一層嵩じていた。それは笹村の留守の間に、つい此処から二筋目の通の或店家の内儀さんが、多分その亭主の手に殺されて血反吐《ちへど》を吐きながら、お銀の家の門の前に踣《のめ》って死んでいたと云う出来事があってからであった。その血痕のどす黒い斑点《まだら》が、つい笹村の帰って来る二三日前まで、土に染みついていた。

女はこの界隈を、のたうち廻ったものらしく、二三町隔《の》った広場にある、大きな榎の下に、下駄や櫛のようなものが散っていた。自身に毒を服んだと云う話もあった。

お銀は床のなかで、その女が亭主に虐待されていたと云う話をして、自分の身のうえの事のように怯怕《おじおそ》れた。お銀の一時嫁《かたづ》いていた男が、お銀に逃出されてから間もなく、不断から反《そり》の合わなかった継母を斬りつけたと云うことは、お銀の頭にまた生々しい事実のように思われて来た。男はその時分、どんなに血眼になって仲人の手から巧く逃れた妻を捜しまわっていたか、毎日酒ばかり呷って、近所をうろつき廻っていた男の心が、どんなに狂っていたか、それは聞いていている笹村にも解った。

「貴方と一緒に歩いている時、いつか菊坂の裏通で出会したじゃありませんか。あれが其ですよ。」

「へえ。」

笹村は其時お銀が、ふいと暗闇で摺違った男のあったことだけは、今でも思出せたが、お銀がその時泡を喰って、声を立てながら笹村の手に摑ったのは、わざとらしい此女の不断の癖だろうと考えていた。お銀はその時、はっきり其男をそれと指ざすほど笹村に狎れていなかった。その晩はしょぼしょぼ雨が降っていたが、男は低い下駄をはいて、洋傘をさしながら、びしょびしょ濡れていた。

「あれが然うですよ。お銀って、私の名を呼びましたわ。」

「へえ。」

「あの時貴方がいなかったら、私は如何《どう》かされていたかも知れないわ。それは乱暴な奴なんです。酒さえ飲まなければ、不断は極気が小さいんですけれどね。」

その家のことについて、新しい事実がまたお銀の口から話出された。

「……私行った時から厭で厭で、如何しても一緒にいる気はしなかった。日が暮れると、裏へ出てぼんやりしていましたよ。裏は淋しい田圃に、蛙が鳴いてるでしょう。その厭な心持といったら……私泣いていたわ。そして何かといっちゃ、汽車に乗って逃げて来たの。」

「その家を、僕は一度たずねてやる。」

笹村は揶揄半分に言った。

「そしてお前の此処にいることを知らしてやろう。」

五十二

けれどそんなベッドの新しみは、長く続かなかった。枕紙に染《し》みついた女の髪の匂の胸を塞《つま》らす時が直に来た。笹村が渇えていた本を枕頭で拡げるようになると、解放された女も長四畳の方で、のびのびと手足を伸して寝るのを淋しがらなくなった。

「ああ、何でもいいから速く身軽になりたい。」

お銀は曇《うる》んだような目を光らせながら、懶《だる》い体を持ちあぐんでいた。

笹村も、一度経験したことのある、お産の時のあの甘酸ッぱいような血腥いような臭気《におい》が、時々鼻を衝いて来るように思えてならなかった。

それにお銀の背後には、多少の金を懐にして田舎から出て来て、東京でまた妻子を一つに集めて暮そうとしている父親や弟が居た。お銀は夫婦きりでいる四畳半の自分の世界を離れると、直にその渦の中へ引込まれずにはいられなかった。お銀の頭には、一家離散の悲しみが深く染みついていた。

「直《すぐ》この先の車屋の横町に、家が一軒あるんですがね。」

お銀は或日笹村に相談を持ちかけた。

お銀はそれまでに、時々曇る笹村の顔色を幾度も見せられた。

「それを左に右《と》借《かく》りることにしようと思うんですが如何《どう》でしょう。父はそこから何処かへ勤めるんだそうです。芳雄も、今いるところは暑苦しくて為様《しよう》がないとかで、矢張通いにしたいと言っていますから、二人で稼げば、そんなに難しいことはないじゃないかと思うんですがね。」

「それじゃお爺さんも此方に永住か。」

「やれるか行《や》れないか、まあ然う云う心算《つもり》なんでしょう。」

「まあ行って見たら可かろう。」

「然うすれば、私もお産をする処ができて、大変に都合がいいんです。近くにいれば、赤ン坊の世話もして貰えますから。」

三人がそこへ移住《うつりす》んだ時、笹村も正一をつれてぶらぶら行って見た。そして些《ちょっ》とした庭を控えた縁側から上り込んで、偶には母親が汲んでくれる番茶に口を濡して帰ることもあった。

　翫具の入った笊などがやがて運ばれて、正一も大抵そこで寝泊することになった。

「正一はどんなにお婆さんの懐がいいんだか。」

　話に行っていたお銀が、夜笹村の部屋へ帰って来ると、子供の言ったことや為《し》たことを報告した。

「あれもお婆さんは嫌いなんだけど為方がないんだ。」笹村は打消した。

　お銀が枇杷の葉影の蒼々した部屋で、呻吟《うめ》き苦しんでいると、正一はその側へ行って、母親の手につかまった。その日お銀は朝から少しずつ産気づいて来た。昼頃には時をおいて来る痛みが一層間近になって来た。

「さあ私もう出ます。」

　お銀は昼飯のお菜拵などをしてから、草履を穿いて、産室の方へ出向いて行ったが、笹村はさほど気にもかけずに居た。二人はその頃、不快な顔を背向合《そむけあ》っているようなことが幾日も続いていていた。

「貴方も来ていて下さいよ。」

　お銀は出がけに笹村に言った。

「みんな居るから可いじゃないか。」

　笹村は呟いたが、矢張見に行かない訳には行かなかった。

外には真夏の目眩《まぶし》い日が照っていたが、木蔭の多い家のなかは涼しい風が吹通った。

「くるちい？」

子供は母親の顔を顰めて、いきむ度に傍へ寄添って、大人がするように自分の小さい手を仮してやった。そして手帕《ハンケチ》で玉のように入染《にじ》み出る鼻や額の汗を拭いた。

「おお、何てお悧巧さんでしょう。自分もこうして阿母さんを苦しめた時もあったのにね。」

産婆は泣くような声を出した。

五十三

産れた女の児が、少しずつ皮膚の色が剝げて白くなって来るまでには大分間があった。くしゃくしゃした目鼻立も容易に調って来なかった。笹村は見向きもしなかったが、乳房を銜《ふく》ませているお銀の様子には、前の時よりも母親らしい優しみが加わって来た。

産婆は毎日来ては、湯をつかわせた。笹村も産児がどう云う風に変化して行くかを見に行ったが、子供の顔は不相変顰《しが》んでいた。

「何だいこれは……。」

笹村はお七夜の時、産婆の手で白粉や紅をつけられて、目眩《まぶし》そうな目を細めに開いている赤児を眺めて笑出した。

お銀も褥《とこ》のうえに起きあがって、蠢動《うごめ》く産児を見て嫣然《にっこり》していた。

「いいですよ。其様な児が却って好くなるものですよ。」

お銀は自信がありそうに言った。

老人のような皺を目のあたりによせて、赤児は泣面《べそ》をかいた。胴の長い痩ッぽちな其の骨格と、狭い額際との父親そっくりである外、この子が母親の父方の顔容《かおかたち》を受継いでいることは、笹村に取って却って一種の安易であった。

縁側を電車を引張って歩いていた正一も、側へ寄って来ると、赤児と一緒に苦痛らしい顔を顰めた。そして、「おッぱいやれ……。」と、母親に促した。

「どうも有難うございました。」

少しは力の恢復して来たお銀が、巻髪姿で裏から入って来たとき、笹村の顔色がまだ嶮しかった。笹村はその時、台所へ七輪の火を起して、お昼のお菜《かず》を煮ていたが、甥も側に働いていた。昼過から学校へ通っている甥が出かけて行った後は、笹村は毎日独で静かな家のなかに臥《ね》たり起きたりしていた。時々母親が来て、飯を運んだり、台所を見たりするのであったが、笹村はその度に余り好い顔を見せなかった。こうして面倒を見たり見られたりしながら、親達や弟に幅を利かせようとしているらしいお銀の心持が、哀でもあり苦々しくもあった。笹村は自分の力を買被られていることも、苦しかった。老先《おいさき》の短い田舎の母親、自分の事業、子供の事も考えなければならなかった。

「僕が今、金で衆《みんな》をどうすると云う訳に行かんことはお前も知っていてくれなけァ困る。」笹村は衆《みんな》の前で時々お銀に言った。

「ええ、それ処じゃありませんとも。」

お銀も言ったが、笹村は矢張不安でならなかった。目に見えぬ侵蝕の力が、迚も防ぎ切れないように考えられた。

「子供一人を取って別れるより外ない。そして母と妹とを呼寄せて、累《わずらい》のない静かな家庭の空気に頭を涵《ひた》しでもしなければ……。」

笹村は時々そう云う方へ気が嚮いて行った。物慾の盛な今迄の盲動的生活に堪えられないような気もした。虚弱な自分の体質や、消極的な性情が当然然《そ》うなって行かなければならぬようにも考えられた。

十日ばかりの男世帯で、家のなかが何となく荒れていた。お銀は上って来ると希《めずら》しそうに我家を見廻したが、目には不安の色があった。

「お前に帰って来てもらわない心算《つもり》なんだがね。」笹村は侵入者を拒むような調子で言った。

「でも私だって自家が気に掛りますから……。」

叔父と甥と、何か巧《たくら》んでいるらしく、その場の光景が、暫くぶりで帰って来たお銀の目に映った。お銀の猜疑《まわりぎ》は、笹村に負けないほど、何時も暗いところまで入込んで行かなければ止まなかった。

五十四

産は前よりも軽かったが、お銀の健康は冬になるまで恢復しなかった。一度水々しい艶を持ちかけて来た顔色は、残暑にめげた体と一緒に、また曇《うる》んで来た。手足もじりじり痩せて、稜立《かどだ》った胸の鎖骨《さこつ》のうえの処に大きな窪みが出来ていた。

ある知合の医師は、聴診器を鞄に仕舞うと、目に深い不安の色を見せて、髭を捻りながら黙っていた。

「肺じゃないか。」

お銀が茶の室《ま》へ立って行ってから、笹村は訊ねた。

笹村は比較的骨格の巌丈な妻の体について、これまで病気を予想するようなことは滅多になかった。どうかすると鼻張《はなっぱり》の強いその気象と同じに、迚も征服しきれない肉塊に対してでもいるような気がしていたが、それも段々頽《くず》されそうになって来た。笹村は自分の体を流れている悪い血を、長いあいだ灑《そそ》ぎかけて来たようにも思えて、可恐《おそろし》くもあった。

「浜田さんか橋爪さんに、私一度見てもらいたい。」

お銀は時々そう言って、思うように肥立って来ない自分の体を不思議がったが、矢張ずるずるになり勝であった。

「誰でもいいから予診をしてもらったら可いじゃないか。」

笹村もお銀の気の長いのを、時とするとじれったく思うことがあったが、衰弱がどこまで嵩じて来るか、じっと見ていたいような気もした。終局は誰が勝利を占めるか……そうしたブルタルな気分に渇《かわ》くこともあった。若いその医師は、容易に症状を告げなかった。

「まあ大学か順天堂へでも行って診ておもらいなすった方が可い。偶然《ひょっと》すると、肺に少し異状がありやしないかと思う。」

「何だか少し可笑《おかし》いぜ。」

笹村は医師が帰ってから、お銀に話しかけた。

「何だって言うんです。」

お銀は若い医師に、頭から信用をおかないような調子で言った。

明日その医師と一緒に病院へ診てもらいに行ったお銀の病気が、産後には有りがちな軽い腎臓病だと云うことが解るまでは、お銀は何も手につかなかった。

「そうですね。私も到頭そんな病気になったんですかね。」

平常《ふだん》のように赤児を抱いたり、台所働きをしているお銀の姿が、笹村の目にも傷《いたま》しげに見えた。

「どれ、ちょっとお見せ。」と、笹村は気遣わしそうに胸を出さして見た。肋骨のぎごぎごした胸は看るからに弱そうであった。

「何て厭な体でしょう。骨ばかり太くて……。」

お銀は淋しそうに自分の首や胸に触《さわ》って見た。そして肌をいれながら、

「私死んでもいい。子供さえなければ……。」

「何大丈夫だよ。きっと癒してやるよ。」

笹村は心丈夫そうに笑って見せた。

「して見ると、貴方の方が丈夫なんですかね。」

「けれど、女の方はお産があるから……。」

お銀は一月ばかり牛乳と薬を服続けていたが、腎臓の方が快くなると、直に飽いて来た。涼気の立つ頃には、瘦せていた子供も丸々肉づいて来るくらい、乳もたッぷりして来たが、時とするとお銀は矢張かかりつけの医者へ通った。

「貴方にちょいと来て下さいって、高橋さんが然う言いましたよ。」

お銀はある日医者から帰って来ると、笹村に言出した。

「何ですか、貴方に逢って、よく相談したいことがあるんだそうです。」

五十五

女のように柔和な其の医者は、子供を診《み》るのが上手であった。噛んでくくめるように、容態なども詳しく話してくれるので、お銀も自然と心易くしていた。一緒にいた芸妓あが

りらしい女と、母親との折合がわるくて、此頃後釜に田舎から嫁が来ていると云う事情などもお銀は能く知っていた。

「あの書生さんが、また何処となく人ずきのする男ですよ。」とお銀はその薬局まで気に入っていた。

お銀のことなどで、その医者に呼びつけられることは笹村に取って、余り心持よくなかった。

「何んだつまらない、わざわざ人を呼びつけたり何かしやがって……。」

笹村は帰って来ると、お銀に憤りを洩らした。笹村を詰問でもするらしい調子に出ようとした医者の態度は、お銀の若い其医者に対する甘えたような様子を想像せしめるに十分であった。

「今度は一つ、好い医者に診ておもらいなさらなけア不可《いけ》ませんよ。」

医者の然う云った口吻には、妻に対する良人の冷酷を責めでもするような心持がないとは言えなかった。

「高橋さんは何か貴方に失礼なことでも言ったんですか。」

お銀は不思議そうな顔をした。

「だって私独で病院へ行っても、明盲《あきめくら》ですからね。もし行くなら、高橋さんが婦人科の係《かかり》を知っているから、一緒について行って能く話をしてあげても可い。左に右一応貴方にも話すから……と然う云ったまでじゃありませんか。」

この前にも知合の医者に連れて行ってもらったことのあるお銀が、勝手の解らない広い病院で、彼方へまごまご此方へまごまごするのが厭さに始終出無精になっていたのは笹村にも呑込めないことでもなかったが、然うした筋道の立ったお銀の言分は、一層笹村の心をいらいらさせずには置かなかった。

不快な顔を背向合《そむけあ》っていたことが、幾日も続いた。笹村はそのまま病院へ行こうともしないでいる妻の無精を時々笑ったが、お銀はさほど気にもしないらしかった。

前にもついて行ったことのある知合の医者と一緒に、ある日大学の婦人科へ診てもらいに行ったのは、其から大分経ってからであった。

「今どこと言って、別に悪いところはないんですって……。」

帰ってくると、お銀は晴著のまま、笹村の傍へ来て話出した。

「ただお産の時に、子宮が少し曲ったんだそうですけど、それは今度のお産の時にでも直せば可いそうです。今は真《ほん》の一週間も、洗うなら洗ってみても可いって云うんですの。」

「え、そうかね。」笹村はその診断が飽気《あっけ》ないような気がした。

潤沢《うるおい》も緊張《しまり》もないお銀の顔色は、冬になると、少しずつ、見直して来たが、お産をする毎に失われて行く、肉の軟かみと血の美しさは恢復《とりかえ》せそうもなかった。

五十六

その頃から、お銀はおりおり笹村の古い友達の前へ出て、酒の酌などをした。髪の抜替《ぬけかわ》ろうとしている鬢際の地の薄くすけて見えるお銀のやや老《ふ》けたような顔は、前よりはいくらか落著いてもいたし、媚《なまめ》かしさも見えた。そして遠慮なく膝を崩すような客に対する時の調子も、笹村が気遣ったほどには粗雑《がさつ》でもなかった。

笹村が一週間ばかり、色々紛糾《こぐらが》っている家庭の不快さを紛らしに、ふいと少しばかりマネーを懐にして、海辺へ出て行った留守のまに、子供の帽子などを懐にして、宅を見舞ってくれる人などもあった。その男は、上框に腰かけて暫く話込んで行った。

「ぜひ遊びに入らっしゃい。笹村君が何か言えば、私が巧く言っておきますから……。」

と、気軽にそんな愛想を言って行ったことなどを、お銀は後で笹村に話した。

「あの方なぞのお宅もさぞ立派でしょうね。——どんな風だか、後学のために余所《よそ》の家も私見ておきたい。」

お銀は笹村の説明を聞いて、何にもない自分の家の部屋を気にしだした。

海辺へ出て行くときの笹村の頭はくさくさしていた。じめじめした秋の雨が長く続いて、崖際の茶《ちゃ》の室《ま》や、玄関わきの長四畳のべとべとする畳触が、いかにも辛気《しんき》くさかった。そんな雨を潜りながら赤児を負って裏木戸から崖下の総井戸へ水を汲みに出て行ったた母親が、坂のところで躓いて転んで、前歯が二本ぶらぶらになってから、此処の家の住みにくいことが、また母子《おやこ》の口から繰返されなどした。

飯を食う度に、その歯を気にしている母親の顔を、お銀は傷しそうに眺めていた。笹村には、それが何か大きな犠牲でも払ったかのように思わせようとしているらしくも見えた。

「だから老人《としより》には無理ですよ。壮ちゃんに汲んでもらえば可いんだけれど、矢張そうも行かないし……。」お銀は笹村に当こするような調子で言った。

家を畳んで、その頃渋谷の方のある華族の邸に住込んでいた父親が、時々羽織袴のままで此処へ立寄ると、珍らしい菓子などを袂から出して正一にくれなどした。

「御隠居が、こんなものをくれたで……。」と、綺麗な巾著を、紙に包んだまま娘の前に出すこともあった。

「工合は如何です。」と、笹村は偶《たま》に愛想らしい口を利いた。色々の才覚のあるこの老人が、段々奥向のことに係《たずさ》わるようになっていることは、笹村にも頷かれたが、そこの窮屈な家風に、漸く厭気《いやき》のさしていることも、時々の口吻《くちぶり》で想像することが出来た。

「何分私も年を取っているもんだで……。」

此の五六年田舎で懶惰《らんだ》に日を暮した父親は、外に何か気苦労のない仕事があるならばと、もう其を考えているらしくも見えた。

笹村は、そんな内輪の事情を、その頃また旧《もと》の友情の恢復されていた深山にだけ時々打明話をしたが、矢張独でもだもだと頭を悩ましていることが多かった。そうして気が結ぼれていると、苦しい頭が狂出しそうになった。

五十七

そんな周囲の事情は、お銀の些《ちょっ》とした燥《はしゃ》いだ口の利方や、焦だち易い動物をおひゃらかして悦んでいるような気軽な態度を見せられる度《たんび》に笹村をして妻を太々しい女のように思わしめた。そして圧潰されたような厭な気分で、飯を食いに出るほかは、狭い檻のような自分の書斎のなかに、黙って閉籠ってばかりいた。笹村の臆病な冷い目は、是迄に触れて来た女の非点《あら》ばかりを捜して行った。

朝の食膳に向っている時、そうして張合っている不快な顔の筋肉が、ふと擽られるような弛《ゆるび》を覚えて、双方で噴飯《ふきだ》して了うようなことは是迄に希しくなかったが、此頃の笹村の嫌厭の情は妻の然うした愛嬌《チャーム》を打消すに十分であった。

笹村の目には、是までにない醜い女が映って来た。そして其を見詰めている苦しさに堪えられなかったが、お銀の頭にも、夫婦間に迫っている危機が感ぜられた。そして時々自分の前途を考えない訳に行かなかった。

茶《ちゃ》の室《ま》で、怯えたようなお銀が蔭で私と差図して拵《そっ》えさした膳に向って、母親の給仕で飯を食うのが苦しくなって来ると、笹村はそれを書斎の方へ運ばした。そして独で寂しい安易な晩飯を取った。夜も冷々する寝床のなかで、漸《やっ》とうとうとしかけた眼がふと覚めると、痛いほど疲れた頭が興奮して来た。笹村はランプの心を挑立《かきた》てて、時々蒲団のうえに起直った。そして本など拡げて、重苦しい頭を慰そうとあせるのであったが、性のよくない目は、刺すような光に堪えられないほど涙が入染《にじ》み出して来た。呼吸《いき》も苦しかった。

笹村は、能く夜更に寂しい下宿の部屋から逃れて、深い眠に沈んでいる町から町を彷徨い、静かな夜にのみ蘇生《よみがえ》っている、深山の書斎の窓明を慕うて行った頃のことを思出していた。そして、しらじらした夜明方に、語り憊《くた》びれて森や池の畔を歩いていた二人の姿を考えた。

笹村は、触る指頭《ゆびさき》にべっとりする額の脂汗を拭いながら、部屋を出て台所へ酒や食物を捜しにでも行くか、お銀が用心深く鎖した戸を推開けて、私《そっ》と外へ逃出すかするより外なかった。

明くる朝も笹村は早く目がさめた。舌にいらいらする昨夕の酒に、顔の皮膚がまだ厚ぼったく熱《ほて》っていて、縁側に射込む朝日が目に沁みるようであった。

庭をぶらついている笹村の目に入ったお銀の蒼い顔にも、疲労の色が見えた。お銀は茶《ちゃ》の室《ま》の縁先に子供を抱いてぼんやり坐っていた。

その日は朝飯をすますと、お銀は子供を負って、希《めず》しく外へ出た。

「怏々《くさくさ》するから何処かへ行って遊んで来ましょうね。」

そう言って出て行くお銀の調子には、何時にない落著と、しおらしさとがあった。午後の三時頃に、お銀が能く往来している友達と一緒に帰って来た時、笹村は襖を閉めきって自分の部屋に寝ていた。

五十八

「……私もいつ遂出《おんだ》されるか知れないから、偶然《ひょっと》したら彼処を出て了おうかと思うんですがね。」

お銀は芝の方に家を持っている友達を訪ねて、そんな話をしはじめた。

商売人《くろうと》あがりの其友達は、お銀が旧《もと》金助町にいた頃、親しく近所交際をしたことのある女であったが、この頃遣出したその良人は可也派手な生活をしていた。女は来る度に、時々の流行におくれないような身装《みなり》をしていた。

「須田さんでは、きっと此頃景気が好いんですよ。」

笹村はお銀の口から、是迄にもおりおり其様なことを聞かされたが、然う言うお銀にはお銀自身の矜持《プライド》がないこともなかった。

「私だっていつ出されるか知れやしないわ。」

須田の細君もお附合に同じようなことを言って笑っていたが、そんな不安は矢張時々あった。

お銀は自分の此頃の苦しいことを友達に話した。須田の細君も、笹村をおとなしいとばかりも言えないと思った。

「でも男というものは、皆《みんな》そんなもんですよ。」細君は自分などから見ると、また真面目に家と云うことを考えていないらしいお銀を慰めた。

「それに子供があるんだもの、どんな苦しいことがあったって、出ようなんて思うのは間違ですよ。」細君はそうも言って戒めた。

二人は日比谷公園などを、ぶらぶら歩いて、それからお銀の家の方へやって来た。どこか寂しい処のある此細君が来ると、笹村も仲間入をして、いつも一緒に花などを引いて遊ぶことになっていたが、其日は顔を出さずにしまった。そして茶の室《ちゃのま》で二人の話したり笑ったりしている声が、一層寝起の笹村の頭をいらいらさせた。

大分たってから、笹村は丁度訪ねて来た深山と一緒に、何処という的《あて》もなしに町をふらついていた。町にはどんよりした薄日がさして、そよりともしない空気に、羅宇屋の汽笛などが懈げに聞え、人の顔が一様に黄ばんで見えた。

「どこへ行こうかな。」

「三崎町へ行って一幕見でもしようか。」

二人はそんなことを呟きながら、富坂の傍にある原ッぱのなかへ出て来た。空には蜻蛉などが飛んで、足下《あしもと》の叢に虫の声が聞えた。二人は小高い丘のうえに上って、静かな空へ拡がって行く砲兵工廠の煙突の煙などを暫く眺めていた。

笹村の苦しい頭には、何の拘束もなしに、おりおり慿《こ》うして二人一緒にそこら中を歩いた時の記憶が閃いていた。笹村は能く劇場や食物屋のような賑かな場所へ二人で入って行って、自分の寂しさを忘れようとした。今の苦しさも其時の寂しさと変りはなかった。

跪坐《しゃが》んで莨をふかしながら、笹村は自分と妻の性格の矛盾などを語出した。深山はそれを軽く受流していた。

「多少の犠牲を払うことぐらいは為方がないとしておかなけア……君の心持で細君を教養するより外ないだろう。世間には、細君を同化して行く例がいくらもあるんだからね。」

笹村にはそんな器用な真似の出来ないことは、然う云う深山にも解っていた。

「あの当時も然う云うことはF―なども言っていたさ。」深山は言足《いいた》した。「君は迚もあの女を制御し得まいってことをね……。」

F―と云うのは、その頃二人の間を往来していた文学志望の一青年であった。笹村はその当時の傍観者の一部の風評が、それで想像できるような気がした。

一幕ばかり芝居の立見をして、家へ帰った時には、笹村の頭は前よりも一層攪乱《かきみだ》されたような状態にあった。

「おいおい。」

笹村は薄暗い部屋のなかへ入って行くと、いきなり奥へ声をかけた。奥からは子供がひょこひょこ出て来たが、父親のむずかしげな顔色を気取ると直に顔を赧めて出て行った。
笹村はお銀を呼びつけて、また同じような別れ談《ばなし》を繰返した。

五十九

お銀はそんな時、傍へ行って可いか悪いか解らなかった。半日外へ出ていた間に、深山と何処で何を話して来たか、それも不安であった。深山の口から、何か自分を苛めるような材料《たね》でも揚げて来たかのように、帰ると直《す》ぐ殺気立ったような調子で呼びつけられたのが厭でならなかった。あの当時、双方妙な工合で仲たがいをした深山の胸に、自分がどう云う風に思われているかと云うことは、お銀にも解っていた。自分と笹村との偶然の縁も、元はといえば深山の義理の伯父から繋がれたのだと云うことも、何かにつけて考え出さずには居られなかった。

この夏はじめて、深山と笹村とが二年振でまた往来することになった時、古い傷にでも触《さわ》られるように、お銀が余り好い顔をしなかったと云うことは、笹村をして、其頃の事情について、更に新しい疑惑を喚起させる種であった。

「けど僕と深山とは、十年来の関係なんだからね。」

笹村は自分の心持をその時お銀に話した。

「あの時、単に女一人の為に深山を絶交したように思われているのも厭だし、不相変の深山の家の様子を見れば、何だか気の毒のような気もするし……。」

お銀や子供の事以来、色々の苦労に漉《こ》されて来た笹村は、そうは口へ出さなかったが、衷心から友を理解したような心持もしていた。

深山はその頃、そっちこっち引越した果、ずっと奥まった或人の別荘の地内にある貸家の一軒に住っていた。笹村は時々深い木立のなかにある其家の窓先に坐込んで、深山が剝いて出す柿などを食べながら、昔を憶出すような話に耽った。庭先には山茶花などが咲いて、晴れた秋の空に鵙《もず》の啼声が聞えた。深山はそこで人間離れしたような生活を続けていたが、心は始終世間の方へ向いていた。

笹村は偶には子供を連出して行くこともあった。深山の妹達にそやされながら、子供は縮緬の袖なしなどを著て、広い庭を心持よさそうに跳廻《はねまわ》っていた。

深山も然うして遊んでいる子供には、深い興味を持つらしかった。

「おいおい此方へ抱いておいで……危い。」などと、家のなかから妹達に声かけた。

この子供が、笹村に似ていると云うことは、深山には一つの奇蹟を見せられるようであった……と、笹村は初めて来たとき、玄関へ出て来た子供を見たおりの深山の顔から、そんな意味も読めば読めぬことはないような気がしていた。

「深山は正一を、磯谷の子だと思ってでもいたんだろう。」

笹村はその時も、お銀に話したが、お銀にはその意味が、適切に通じないらしかった。

お銀が蒼い顔をして、笹村の部屋の外へ来て、心寂しそうに衿を掻合せながら坐ったのは、大分経ってからであった。

「……貴方にもお気の毒ですから、方法さえつけば、私だって如何《どう》しても置いて頂かなければならないと云う訳でもないのでございます。だけどさアといって、今が今出ると云うことにもならないものですから……。」

お銀はいつもの揶揄面《からかいづら》と全然《まるで》違ったような調子で、時々応答《うけごたえ》をするのであったが、今の場合双方にその方法のつけ方のないことは、よく解っていた。

「左《と》に右《かく》僕はお前を解放しようと思う。今迄に然うならなければならなかったのだ。」

「ですから、貴方も深山さんと能く御相談なすったら可いでしょう。」

お銀はそうも言った。

六十

笹村の興奮した神経は、何処まで狂って行くか解らなかった。如何《どう》することも出来ないほど血の荒立って行く自分を、別にまた静かに見詰めている「自分」が頭の底にあったが、それは唯見詰めて恐れ戦いているばかりであった。口からは毒々しい語《ことば》が連《しきり》に放たれ、弛みを見せまいとしている女の些《ちょっ》とした冷語にも、体中の肉が跳びあがるほど慄えるのが、自分ながら恐ろしくも浅猿しくもあった。そんな荒い血が、自分にも流れているのが、不思議なくらいであった。

「とても貴方には敵《かな》いません。」

そう云って淋しく笑う女も、傷《て》を負った獣のように蒼白い顔をして、笹村の前に慄えていた。骨張った男の手に打たれた女の頭髪《かみ》は、根ががっくりと崩れていた。爛れたような目にも涙が流れていた。女はそれでも逃げようとはしなかった。

「ほんとに妙な気象だ。私が言わなくたって、人がみな然《そ》う言っていますもの。」

女はがくがくする頭髪を、痛そうに振動かしながら、手で抑えていた。

笹村が、ふいに手を女の頭へあげるようなことは、是迄にもちょいちょいあった。寝ている女の櫛をそっと抜いて、二つに折ったことなどもあった。女は打たれるよりか、物を壊されるのが惜しかった。笹村の気色が嶮しくなって来たと見ると、箪笥や鏡台などを警戒して、始終体でそれを防ぐようにした。

笹村は、弱い心臓をどきどきさせながら、母親の手に支えられて、漸《やっ》と下に坐った。下駄や帽子を隠された笹村は、外へ飛出すことすら出来ずにいた。

二人は、時の力で、笹村の神経の萎《な》えて行くのを待つより外なかった。

二三日外をぶらついているうちに、今まで見せつけられていた他のお銀が、また目に映りはじめて来た。

「私今度という今度こそは逐出されるかと思った。」

お銀は仔羊のように柔順《おとな》しくなって来た笹村の顔色を見ると、直にその懐へ飛込んで来るような狎々しさを見せて来た。

「けれど、お前も随分ひどいからな。」笹村はにやにやしていた。

「だって、余り無理を言うから、私も棄腐《すてくさ》れを言ってやった。」

お銀は然《そ》う言って、夜更に卵の半熟などを拵えながら火鉢の縁に頬杖をついて、にやりと笑った。

「貴方の言うことは、それは私にだって解らないことはないの。だけど、其時は何だか頭がかアっとなって、為方がないんですの。矢張教育がない故《せい》ですね。」

二人はランプを明るくして、いつまでも話に耽った。お銀が初めて笹村のところへ来た時の事などが、また二人の頭に浮んで来た。正一をおろすとか、余所《よそ》へくれるとか言って、毎日心を苦しめていたことが言出されると、傍に寝ている子供の無心な顔を眺めているお銀の目には、涙が浮んだ。

「然う思って見るせいか、此子は何だか哀れッぽい子ですね。」

笹村も侘しそうにその顔を見入った。親子四人恁《こ》うして繋がっている縁が、不思議でもあり、悲しくもあった。

「この子は夭折《わかじに》するか知れませんよ。私何だかそんな気がする。」

「そうかも知れん。」笹村は呟いた。

「一体あの時、お前と云うものが、己のところへ飛込んで来なければ、こんな事にはならなかったんだ。」

「……厭なもんですね。」

「けど今からでも遅くない。お互に、恁うしていちゃ苦しくて為様《しよう》がない。」

二人はじっと向合ってばかり居られなくなった。

六十一

笹村の姿が、また古い長火鉢の傍へ現れた。お銀は笹村が朝飯をすましてから、新聞や巻莨などを当《あて》がっておいて、長いあいだの埃の溜った書斎の方へ箒を入れた。そして乱次《だらし》なく取乱らかされたものを整理したり、手紙を選分《えりわ》けたりした。赭ちゃけた畳に沁込むような朝日が窓から射込んで、鬢毛《びんのけ》にかかる埃が目に見えるほど、冬の空気が澄んでいた。

笹村は落著いて新聞すら見ていられなかった。投出《ほうりだ》されてあった仕事も気にかかって来たし、打釈《うちと》けると直《じき》に相談相手にされる生活の事なども、頭に絡《まつわ》っていた。仕事にかかる前に、何処かで一日気軽に遊びたいような気もしていた。

「今日はどこかへ行こうかな。」

笹村は変った柄の手拭を姉さん冠《かぶり》にして、床の間を片著けているお銀の後姿を入口から眺めながら呟いた。お銀は亡なった叔父の道楽をしていた時分に、方々で貰った手拭を幾十本となく箪笥に持っていた。

「行っていらっしゃいよ。」

お銀はばたばたと本にハタキをかけながら言った。

「私も行きたいけれど……貴方何処へ入らっしゃるの。私何か美《おい》しいものを食べたい。天麩羅か何か。――ねえ、坊だけつれて行きましょうか。」

お銀は嫣然《にっこり》した顔をあげた。

「私ほんとに暫く出ない。子供が二人もあっちゃ、なかなか出られませんね。」

「何なら出ても可い。」

笹村は縁側の方へ出て、澄切った空を眺めていた。

「中清《なかせい》で三人で食べたら、何のくらいかかるでしょう。私もしばらく食べて見ないけれど……。」と考えていたが、直《じき》に気が差して来た。

「ああ惜しい惜しい。――それよりか、もう直《じき》坊のお祝いが来るんですからね、七五三の……。子供には為《す》ることだけはしてやらないと罪ですから。」お銀は屈託そうに言出した。

そんな見積をしていたことは、大分前から笹村も知っていた。

「間に合わないと大変ですから、私今日にもお鳥目《あし》を拵えて、註文だけしておいて可ござんすか。」

笹村は仲たがいしていた間のことが、一時に被《かぶ》さって来たようであったが、これを明白《はっきり》やめさすことも出来なかった。

笹村と一緒に下町へ買物に出かけたお銀は、途中で手軽な料理屋を見つけてそこで夕食を食べた。

「偶には外へ出るのも可ござんすね。」といって、お銀は吻《ほっ》としたような顔をして、猪口に口をつけた。

「私こんな処を歩くのは幾年振だか。偶に来てみると髪や何か、女の様子が山の手と全然《まるで》違っていますね。」

お銀は長いあいだ異った水に馴らされて来た自分の姿を振顧《ふりかえ》られるようであった。何時女らしく著飾ったこともなしに、笑ったり泣いたりしているうち、もう二人の子の母になった。四年の月日は、夢のように流れた。笹村と一緒に此処で酒を飲んでいるのも、不思議なようであった。

「前に来た時分からみると、ここの家も随分汚くなりましたね。」お銀はちらちらするような目容《めつき》をした。

「磯谷とだろう。」

笹村は笑いかけると、お銀も、

「いいえ。」といって笑った。

そこを出てから、二人はぶらぶら須田町のあたりまで歩いた。産後から体が真実《ほんとう》でないお銀は、電車に乗ると直に胸がむかついた。電車は暗い方から出て来て、明るい方へ入ったり出たりした。青い火花が空に散る度に、お銀は頭脳がくらくらするほど、眩暈がした。

「私どうして此様《こんな》に意気地がなくなったんでしょう。」

お銀は可笑しそうに笑いながら、笹村の手に掴《つかま》って漸とレールを渡った。

六十二

「貴方々々……。」と、お銀は外から帰ると書斎へ入って行く笹村の後を追いながら声をかけた。

出癖のついた笹村は、毎日あわただしいような心持を、何処へ落著けて可いか解らなかった。丁度長火鉢のところから見える後庭の崖際にある桜の枝頭《えださき》が朝見る毎に白みかかって来る時分で、落著のない自分の書斎を出ると、気紛《きまぐれ》な笹村の足は何処という的《あて》もなしに色々の方へ嚮《む》いて行った。それでも矢張机のあたりが気にかかって、出たかと思うと、直に帰って来るような事が多かった。

「偶然《ひょっと》すると、私達は此家を立退かなければならないかも知れませんよ。」

お銀は坐るまもなく、今日此家の買主らしい隠居をつれて、家主の番頭の来た事を話出した。

「へえ、然うかね。」と言って、莨をふかしている笹村の頭には、まだ世帯持らしい何物も揃っていないが、何や彼や複雑になって来た家を移すということの臆劫さが思われた。引越すには纏った金を拵えなければならなかった。

「けど立退くにしても、いずれ今日明日ということでもないでしょうからね。」

お銀は笹村に安易を与えるような調子で言った。

見すぼらしい道具を引纏めて小石川の方に見つけた、可也手広な家へ引移ったのは、それから間もないことであった。それまでに、お銀も一度笹村について、その家を見に行った。そして空店《あきだな》を番している老人に逢って、色々の話を取決めた。

「あんたまだ若い。お子供衆が二人もあるとは思えませんぜ。」

家主は毛糸の衿巻を取って、夫婦に茶を侑《すす》めなどした。

笹村は何よりも、茶《ちゃ》の室《ま》の方と、書斎や客間の方の隔りのあるのが気に入った。茶の室の方には、茶室めいた造《つくり》の小室《こま》さえ附いていた。庭には枝振の好い梅や棕櫚などがあった。小さい燈籠も据えてあった。

そこへ落著いて、広い座敷に寝た笹村は旅にいるような心持がした。

笹村が前の家から持って来た萩の根などを土に埋《い》けていると、お銀は外へ長火鉢などを見に出て行った。古い方は引越すとき屑屋の手に渡ってしまった。

「いくら何でも、此様《こん》なものは極《きまり》がわるくて持出せやしませんわ。」

お銀は落《おとし》のおちたその古火鉢を眺めながら、何も介意《かま》わない笹村に不足を言った。それでも手放すには、余り好い気持はしなかった。拭くのも張合のないその抽斗の底には、如何《どう》なるか解らなかった母子の身の上を幾度となく占《うらな》った古い御籤などが、未だに収ってあった。

笹村は座敷の方に坐っているかと思うと、また落著もなく勝手の方へ来て、少し高くなった四畳半の小室の方へやって来て、丸窓の下に寝転んだり、飛石の多い庭へ下立《おりた》って見たりした。日によって庭には如何かすると、砲兵工廠から来る煙が張り込んで、石炭滓が寒い風に吹寄せられて縁の板敷に舞っていた。そんな日にはきっと空が曇って、棕櫚や竹の葉がざわざわと騒がしかった。笹村の頭も重苦しかった。

「これじゃ為様がない。」

お銀は時々障子を開けて見ながら呟いた。

「それに此家《このうち》の厠《はばかり》の位置が、私何だか気に喰いませんよ。」

人殺しをした或兇徒の妾が、此処にいたことがあると云う話が、近所の人の口から、お銀の耳へ直に入った。

「そうさ、お前には隠して居たけれど……。」

笹村は其を聞いて笑出した。

六十三

人を二人まで締殺して、死骸を床下に埋めておいたと云う其兇徒は犯罪の迹を晦ますために直に其家を引払った。その時移って来たのが、此家であった。笹村が移って来る以前に居た或飜訳家も、其当時警官や裁判官に入って来られて、床下の土も掘返されなどした。——そんな事実が、お銀をして急に此家を陰気くさく思わしめた。折合の悪い継母を斬りつけたと云う自分の前の亭主のことが、それに繋がって始終お銀の頭に亡霊のようにこびり著いていた。新聞に出ていた兇徒の獰猛な面相も、目先を離れなかった。

お銀は蒼い顔をして、善く夜更《よなか》に床のうえに起きあがっていた。そしてランプの心を挑《かき》立《た》てて夜明の来るのを待遠しがっていた。

「ねえ、早く引越しましょうよ。私寿命が縮むようですから。」

お銀は朝になると、暗い顔をして笹村に強請《せが》んだ。笹村もそれを拒むことができなかった。

笹村も、いつか通りがかりに些《ちょっ》と立寄ったことのある、お銀の先に縁づいていた家のことが思出された。その家は、笹村がお銀の口から聴いて、想像していたほど綺麗な家ではなかった。東京に若い妾などを囲って、界隈に幅を利かしているという其処の年老った主、東京に芸者をしていたことがあるとか云った其後添の婆さん、仲人の口に欺されて行ったお銀が、そこに居た四ケ月のあいだの色々の葛藤、ステーションまで提灯を持って迎《むかい》に出ていた多勢の町の顔利に取捲かれて、お銀が乗込んで行ったと云う婚礼の一晩の騒ぎ、そこへのこのこ或日お銀に会いに行った磯谷の姿を見て、お銀が泣いたと云う芝居じみた一場の挿話、そんなような事が妙に笹村の好奇心をそそった。然うした客商売をしていた頃のお銀は、厭《いと》わしいような、美しいような色々の幻を、始終笹村の目に描かしめていた。

汽車から降りて、その辺の郊外を散歩していた笹村の足は、自然《ひとりで》に、その家の附近へ向いて行った。そして其様《そん》なような家を、あれか此かと其方此方《そちこち》覗いて行った。

若いおりの古いお銀の匂を、少しでも嗅出そうとしている笹村は、鋭い目をして、それからそれへとお銀の昔いた家を捜してあるいた。笹村の前には、葱青《あさぎ》、朽葉《くちば》、紺、白、色々の講中《こうちゅう》の旗の吊された休み茶屋、綺麗に掃除をした山がかりの庭の見えすく門のある料理屋などが幾軒となくあった。

そんな通から離れると、更に東京の場末にあるような、可也小綺麗な通が、どこまでも続いていた。駄荷馬や荷車が、白い埃の立つ其町を通って行った。人力車も時々見かけた。町の文明の程度を思わしめるような、何かなしきらきらした床屋があったり、店の暗い反物屋があったりした。冬の薄い日光を浴びて、白い蔵が見えたり、羽目板の赭い学校の建物が見えたりした。

笹村の疲れた足は、引返そう引返そうと思いながら、いつか其尽頭《はずれ》まで行ってしまった。そこからはまだ寒さに顫えている雑木林や森影の処々に見える田圃面が灰色に拡っていた。

その白けたような街道では、東京ものらしいインバネスの男や、淡色のコートを著た白足袋の女などに時々出遭った。

笹村は其道をどこまでも辿って行った。

六十四

時々白い砂の捲上る道の傍には、人の姿を見てお叩頭《じぎ》をしている物貰《ものもらい》などが見えはじめて、お詣をする人が外の道からもちらほら寄って来た。それが段々笹村を静かな町の入口へ導いて行った。

この町にも前に通って来た町と同じような休み茶屋や料理屋などがあったが、区域も狭く人気も稀薄であった。不断でも可也な参詣人を呼んでいるそこの寺は、丁度東京の下町から老人や女の散歩がてら出かけて行くのに適当したような場所であった。四十から五十代の女が、日和下駄を穿いて手に袋をさげて、幾人となくその門を潜《くぐ》って行った。中には相場師のような男や、意気な姿の女なども目に立った。

勝手違なところへ戸惑をして来たような気がして、笹村が直《じき》にその境内から脱けて出た頃には、風が一層寒く、腹もすいていた。少時《しばらく》すると笹村は疲れた体を、ある料理屋の奥まった部屋の一つに構えていた。

　笹村は近頃の増築らしいその部屋の壁にかかった、正宗やサイダの広告や床の間の掛物や、瓶に挿した彼岸桜などを眺めていたが、するうちに吩咐《いいつ》けたものが、女中の手に運ばれた。笹村の寒さに凍《かじか》んだ体には、少しばかり飲んだ酒が直にまわった。そして刺身や椀のなかを突つきちらしたが、孰《どれ》も咽喉へ通らなかった。笹村は不味《まず》い卵焼で飯をすますと間もなく其処を出て、また寒い田圃なかの道へ出て来た。そして何となく物足りないような心持で、賑かな前の町へ帰って来た。町ではもう豆腐屋の喇叭の音などが聞えていた。

　笹村はそのまま其処を離れて了うのが飽気《あっけ》なかった。そして少しでもお銀から聞いていた話に当はまるような家が見つかったら、そこへ飛込もうと考えた。

　暫くうろついた果に、到頭笹村の入って行った家は、其処らにある並《なみ》の料理店と大した違はなかった。それでも建物が比較的落著の好いのと、木や石の可也に入っている庭の寂《さび》のあるのが、前に入った家よりか多少居心が好かった。東京風の女中の様子も、そんなにぞべぞべしてはいなかった。

「ここの家では何ができるんだね。」と、笹村は餉台《ちゃぶだい》の上におかれた板を取りあげながら、身装《みなり》の小瀟洒《こざっぱり》した二十四五の女中に訊ねた。世帯くずしらしい其女中は、何処かに苦労人のような処のある女であった。

「どうせ斯様なところですから、美《おい》しいものは出来ませんけれど……さあ何が好いんでしようね。」と、相手の柄を見て、自分で取計ろうとするような風を見せた。

「何彼《なにか》といっても種がありませんものですからね。それよりか鶏が好いんじゃありませんか。お寒いから……。」

笹村は何も食べたくはなかった。唯この女の口から此家のことを探りたいばかりであった。

「ねえ、然うなさい。」

頭から爪先まで少しも厭味のない其女は、瘦せた淋しい顔をして、何彼とこまこました話をしながら、鍋に脂肪を布いたり、杯洗《はいせん》でコップを手際よく滌《すす》いだりした。

「ここの子息《むすこ》さんは如何《どう》したい。まだ入牢《はい》っているのかい。」

笹村は行けもせぬビールを飲みながら、軽い調子で其様なことを訊出した。

「え、まだ……。」

女は驚きもしなかった。その頃の家の馴染と思っているらしかった。

「その時分に来ていた嫁さんは如何したんだね。」

笹村はお銀のことを言出した。

六十五

けれど笹村は、その女から余り立入った話を聴くことが出来なかった。お銀の暗面を何処々々まで掘じくり立てようとしているような自分の態度にも気がさして来たし、女も以前のことは詳しく知らなかった。笹村は時々深入しようとしては他の話に紛《まぎ》らした。

「え、何だかそんな話ですけれどもね。」と云う風に、女も応答《うけごたえ》をしていた。

「あすこに戸を締めているのが、二度目に来た嫁さんですよ。」

女はそこから斜《はす》かいに見える二階座敷の板戸を繰っている、一人の若い女を見あげて笹村に教えた。笹村は餉台の上へ伸びあがるようにして其を見たが、格別如何《どう》と云う女でもないらしかった。

「あの娘は家の親類から連れて来たんですけれど、辛抱するか如何だか解りませんよ。」

女中は然うも云った。

笹村は女にコップを差しなどした。

「君は一二度亭主を持ったことがあるだろう。」とか「どんな亭主が可い？」とか、そんな笑談口をききながら、肉を突ついていた。

部屋にはいつか灯が点されていた。土地の人らしい客が一組上って来たりした。

「そうですね、矢張親切な人が可うござんすね、そうかと云って、余り鼻の下の長いのも厭ですわね。好《す》いた人なら少しくらい打ったり叩かれたりしたって介意やしない。人前は然う云う風を見せても、二人限の時親切にしてくれるような男が私好きなの。」

「へえ、それじゃ己と同じだね。」笹村は笑った。

女はヒステリックな笑方をした。

笹村は何時までも、此部屋に浸《つか》っていたいような気がした。事によると、此処はお銀が婚礼の晩に初めて此家で寝た部屋ではないかと云うような感じもした。寝室の外の方には幾《ほと》ど夜あかしで、出入の男達が飲食をして騒いでいたと云うことや、初めてお銀の見た新夫が、其晩ぐでぐでに酔っていたと云う事などが、妙に笹村の頭をふらふらさせた。そしてビールが思いのほかに飲めるのであった。

「ここの子息《むすこ》と云うのを、君は知っているかい。」

笹村はまた訊出した。

「いいえ、私の来たのは、つい此頃なんですから。何だか大変酒癖の悪い人だそうですよ。男振も好くはないと云う話ですよ。」

いつかお銀の話に、「顔はのっぺりした綺麗な男なんですがね、何だか好かない奴なんです。」と言ったのには、多少《いくらか》色気がつけてあるように思えて来た。

そこを出た時、笹村は可也酔っているのに気がついた。出るとき、ちろちろした笹村の目に映ったのは、一度お銀の舅であったらしい貧相な爺さんであった。

汽車の窓に肱をかけて、暗い外を眺めている笹村の頭脳《あたま》には、そんな家を訪ねたことを悔ゆる念も動いていた。お銀に向って、何時も真剣になっていた自分を笑いたくもあった。

汽車は可恐しい響を立てて走った。

「お前の古巣を見て来た。」

笹村は家へ帰ってお銀の顔を見ると、そう言ってやりたいような気もしたが、矢張何事もないような風をするより外なかった。いつかは其が勃発するだろう、とそれが気遣わしくもあった。

お銀はその時、茶の室《ちゃのま》で、針仕事をしている母親と一緒に、何の事もなしに子供に乳を呑ませながら、良人を待っていた。

笹村は、直に書斎の方へ引込んで行った。

六十六

一皮ずつ剝《へが》して行くように妻のお銀を理解することは、笹村に取って一種の惨酷な興味であると同時に、苦痛でもあった。深山に情人《いろおとこ》と誤解された弟と一緒に、初めて笹村の家へ来た当時のお銀――その時の冴々した女の目の印象は、まだ笹村の頭脳に沁込んでいたが、年々自分に触れた処だけのお銀で満足していられなくなって来たのが、侘しかった。期待したような何物をも有っていない女の反面、どんな場合にも、そこに多少《いくらか》の虚飾《みえ》と隠立とを取去ることのできぬ女の性格、それに突当る機会の多くなったのも厭であったが、矢張女をそっと眺めておけないような場合が度々あった。

次に引移って行った家では、その夏子供が大患《おおわずらい》をした。

前にいた家の近所に、お銀がふとその家を見つけて来て、そこへ多勢の手を仮りて荷物を運込んで行ったのは、風や埃の立つ花時から、初夏の落著の好い時候に移る頃であった。手伝に来たものの中には、去年田舎から初めて出て来たお銀の末の弟の中学生などもいた。その弟は一家が離散した頃から預けられていた親類の家から、東京へ遊学させられる事になっていた。

竹のまだ青々した建仁寺垣の結繞《ゆいめぐ》らされた庭の隅には、松や杜松に交《まじ》って、斑入の八重の椿が落ちていて、山土のような地面に蒼苔が生えていた。木口の好い建物も、小体《こてい》に落著よく造られてあった。笹村は栂《つが》のつるつるした縁の板敷へ出て、心持よさそうに庭を眺めなどしていた。そして額《がく》を吊ったり、本を並べているお銀や弟を手伝っていたが、書斎と勝手の近いのが、気にかかった。

「これじゃ其方《そっち》の話声が耳について、勉強も何にも出来やしない。」笹村は机の前に坐りながら言った。

「勤人の夫婦ものか何かには、持って来いの家だよ。自分一人で住う気になっているから困る。」

「そうですね。これじゃ……。」と弟も首を傾《かし》げた。

「やっぱり気がつきませんでしたかね。でも余り気持の好い家だったもんですから。」

お銀も気がさして来たが、矢張住心は好かった。

木蓮や柘榴の葉が直に繁って、蒼い外の影が明るすぎた部屋の壁にも冷々と差して来た。ここへ来てから、急に蘇ったようなお銀は、如何《どう》かすると、何事も忘れて半日も、せいせいした顔をして拭掃除をしているような事があった。笹村も庭へ出ては草花弄りなどをして暮した。やがて頭の懈《だる》い夏が来た。

風呂桶が新に湯殿へ持込まれたり、顔貌《かおかたち》の綺麗な若い女中が傭入れられたりした。

「これは可怪しい。」

笹村はその頃から、顔色の優れない正一の顔を眺めながら、時々気にしていた。次の女の子が、少しずつ愛嬌づいて来るにつれて、上の子は母親に顧みられなくなった。気むずかしい子供は、時々女中や老人を手甲ずらせた。

「変な子になりましたね。是は直しておかなけア、大きくなって困りますよ。」

お銀は呆れたような顔をして、いじいじした声で泣き出す正一を眺めていた。

「お前達には、この子供の気質が解らないんだ。」

笹村はそう言って、傍で気を焦立った。

六十七

或朝お銀がむずかる正一を背へ載せて縁側をぶらぶらして居ると、笹村は机の前に坐って、苦い顔をして莨許り喫《ふか》していた。笹村は暫く勝手の方と懸離れた日を送っていた。子供の病気を気にして、我から良人が折れて出るのを待つように、目前《めさき》を往ったり来たりしている妻の姿や声が、痛い毛根《もうこん》に触《さわ》られるほど、笹村の神経に触れた。

昨夜麻布の方に、近頃親子三人で家を持っている父親が、田舎から出て来たお銀の従兄と連立ってやって来た。その時午前《ひるまえ》に連れられて行った正一も一緒に帰って来たが、いつにない電車に疲れて、伯父に抱かれて眠っていた。その前から悪くなっていた正一の胃腸は、ビールと一緒に客の前に出ていた葡萄のために烈しく害《そこな》われた。蒸暑いその一晩が明けるのを待切れずに、母親と一つ蚊帳に寝ていた子供は外へ這出して、めそめそした声で母親を呼んでいた。

「坊や厭になっちゃった。」

子供の体の常《ただ》でないことが、朝になってから漸くお銀にも解って来た。

「手がないし、弱って了うね。」

お銀は溜息を吐きながら、庭の涼しい木蔭を歩いたり、部屋へあがって翫具を当がったりしていたが、子供は悦ばなかった。

「大変な熱ですよ。お医者さまへ行って来ましょうね。」

お銀は子供に話しかけながら、乳呑児の方を女中に託《あず》けて出て行った。

一時に四十二度まで熱が上った子供は、火のような体を小掻巻に裹まれながら、集って来た人々の膝のうえで一日昏睡状態に陥ちていた。そして断間なく黒い青い便が、便器で取られた。其度にヒイヒイ言って泣くのが、笹村の耳に響いた。

「今度という今度は、少し失敗《しくじ》りましたねって、然う言うんですよ。若《も》し助けようと思うなら、入院させるより外ないんですって。家では如何しても手当が行届かないそうですから。」

お銀は医者から帰った時、笹村に話した。

「孰《どっち》にしても、熱を少し冷《さま》してからでないと不可いんだそうですがね。高橋さんが後で来て、も一度見て下さるそうです、けれど……その時病院の方も、紹介してあげますからと云うお話なんです。」

午後になって、暑熱《あつさ》が加わって来ると、子供は一層弱って来た。そして烈しい息遣をしながら、おりおり目を開いて渇を訴えた。目には人の顔を見判ける力もなかった。いらいらする笹村の頭には、入院と云うことが大きな仕事に打《ぶ》つかったように考えられていたが、夏以来渇ききっている世帯のなかから差当り相当の支度もしなければならぬことが、お銀に取っても一苦労であった。

医者が様子を見に来た時には、熱が大分下っていた。子供は連《しき》りに「氷……氷……。」などと甲立《かんだ》った弱々しい声で呼んでいた。

「だって子供にもメリンスの蒲団くらいは新しく拵えなければ……そう貴方のように今と云う訳にも行きませんわ。」

お銀はいよいよ入院と決った時に、急立《せきた》つ笹村に言出した。長いあいだ叔母を看護したことのあるお銀は、病院の派手な世界であることを知っていた。

「何もかもちぐはぐの物ばかりで、さアと云うと、まごつくんですもの。」

笹村は長くそこに居られなかった。そして紛擾《ごたごた》する病室を出ると、いきなり帽子を取って外へ出て行った。

六十八

その晩九時頃に、子供が病院に担込まれる迄には、笹村も一度家へ帰って病院へ交渉に行ったりなどした。

「九時少し過までなら可いそうだから、左に右今夜のうちに担込もう。」

お銀はその時、母親と一緒に押入から子供の著替のようなものを出したり、身の周《まわり》の入用なものを取揃えたりしていた。茶の室《ちゃのま》の神棚や仏壇には、母親のつけた燈明が赤々と照って、そこに色々の人が集っていた。

「どうか戻されるような事がなければ可いがね。」

「多分大丈夫だろう。まだそんなに手遅れている訳でもないんだから。」と言いながら、笹村は一足先へ出た。

「よくなって速く帰ってお出でよ。」

老人《としより》にそう言われると、子供は腕車《くるま》のうえで毛布に包《くる》まっていながら、

「おばアちゃんお宅《うち》に待ちしておいで……。」と言って出て行った。

そろそろと挽かれる腕車《くるま》が、待遠しがって病院の外まで出て見ている笹村の目に映った。

「坊や、解るかい。ほーらお父さん……。」などと、お銀は腕車《くるま》のうえで、子供に話しかけながらやって来た。町はもう大分ふけて、風がしっとりして居た。

病室と入口の違った診察室は、大きな黒門の耳門《くぐり》を潜《くぐ》ってから、砂利を敷詰めた門内をずっと奥まった処にあった。中へ入ったのは笹村とお銀とだけであった。

部屋が決められる間、衆《みんな》は子供を囲んで暗い廊下に立っていた。子供は火がつくように又便通を訴えた。勝手のわからない人達は、其処らをまごまごした。

病室は往来へ向いた可也手広な畳敷であった。薄暗い電燈の下に、白いベッドが侘しげに敷れてあった。

「坊や厭。」子供はそのベッドに寝かされるのを心細がった。

「お家へ帰ろう。」

「病気がよくなったらね。いい児だから此処へ寝んねするんですよ。お医師さまに叱られますよ。」

「いやだ……帰ろう……。」子供は頑強に言張った。そして癇の募ったような声を出して泣叫んだ。終には腰の立たない体をベッドから跳出して、そこらをのた打ちまわった。笹村はぴしゃりと其頬を打ったが、子供は一層怯怖《おじおそ》れて悶踠《もが》いた。

女中は女の子を負いながら、傍にうろうろしていた。

「どうも何だか駄目のようですね。」

お銀は畳の上へ転がりだして、悶踠《もが》きつかれて急《せわ》しい息遣をしながら眠っている子供の顔を眺めて、落胆《がっかり》したように言出した。

「これじゃ助かる処も助からんかも知れませんよ。其位ならいっそ家で介抱してやった方が可うござんすよ。可哀そうですもの。」

「そうだね。」笹村も溜息をついた。

後で解って来たとおりに、此病院が温かく家庭的に出来ているのが、その晩の医員や女事務員のお世辞ッ気のない態度では、反ってその反対に受取られた。それも何だか二人には厭であった。

「とにかく院長が診るまで待とう。」

院長はその日は、千葉の分院へ出張の日であった。

寝たまま便を取らせたり、痛い水銀灌腸を左《と》に右《かく》聴きわけて我慢するほどに、子供が病室に馴されるまでには、それから大分日数《ひかず》がかかった。

「病勢はもっともっと上る。その峠を巧く越せれば、後は大して心配はなかろう。」

入院の翌日に、初めて診察に来た老院長の態度は尊いほど物馴れたものであった。

六十九

病室の片隅に、小さい薄縁《うすべり》を敷いてある火鉢の傍で、ここの賄所から来る膳や、毎日々々家から運んでくる重詰や、時々近所の肴屋からお銀が見膳って来たものなどで、二人が小さい患者の目に触れないようにして飯を食う日が三十幾日と続いた。患者が人の物を食っているのを見て、柵のなかの猿のように、肉の落ちた頬をもがもがさせて、泣面《べそ》をかくほどに食慾が恢復して来たのは、院長が漸《やっ》と二粒三粒米があっても差閊《さしつかえ》のないお粥や、ウエファ、卵の黄味の半熟、水飴などを与えても可いと云う許しが、順に一日か二日おいて出る頃であったが、其以前でも飲食物其他何によらず、患者は可恐しく意地が曲っていた。

「坊や厭になった。」

患者は院長の所謂苦しい峠を越して、熱がやや冷めかけてからは、ベッドの周《まわり》に並べられたり、糸で吊されたりしてある翫具にも疲れて来ると、時々さも飽々したようにベッドに腰かけて、乾いた脣の皮を嚙みながら、顔をしかめて気懈《けだる》そうに呟いた。

「ああ然うとも然うとも。」とお銀は傍から慰めた。

「もう少しの辛抱ですよ。辛抱していさえすれば、今に歩行《あんよ》もできるし、坊やの好きな西洋料理も食べられるし、衆《みんな》で浅草へでも何処へでも行きましょうね。」

便が少し好くなるかと思うと、また気になる粘液が出たり、折角さがった熱が上ったりして、傍で思うほど捗々《はかばか》しく行かなかった。笹村は外から帰って来でもすると、きっと体温表を取りあげて見たり、験温器を患者の腋に挿入したりして、失望したり、憤《じ》れったがったりしたが、外へ出ない時も、お銀にばかり委せておけなかった。

微温湯《ぬるまゆ》の灌腸が、再び水銀灌腸に後戻でもすると、望みをもって来た夫婦の心が、また急に曇った。笹村は灌腸をやったり、体温や脈搏などを取りに来る看護婦に、時々色々なむずかしいことを訊いた。

「余り訊くのはおよしなさいよ。煩さがりますよ。」

お銀は後で笹村に言った。

「もう貴方ここまで漕ぎつけたんですもの。そう焦燥《やきもき》しない方が可ござんすよ。」

今夜がもう絶頂だといって、院長が夜更に特別に診察にまわって、心臓の手当らしい頓服をくれた前後の二三日は、笹村は何事をも打忘れて昏睡に陥っている子供の枕頭に附ききっていたが、時々弛んだ心が、望みなさそうに見える子供から、ふと離れるらしいお銀の疲れた気無精な様子が目についた。それでなくとも笹村は、如何かすると気がいらいらして、いきなりお銀の頭へ手をあげるようなことがあったが、病児を控えている二人の心は、一緒に旅をして狭い船へでも乗った時のように和《やわら》ぎあっていた。小さい生命を取留めようとしている優しい努力、それを外にしては幾《ほと》ん《ど》何の背景もなしに、二人は毎日顔を向合っていた。

「坊が癒ったら温泉へでも行くかね。」

笹村は明方子供の傍に、突伏している妻の窶れた姿を見出すと言いかけた。

「お前も疲れたろう。」

「いいえ。」お銀は憊《くたび》れた目を開けると、咎められでもしたように狼狽てて顔をあげて嫣然《にっこり》した。

窓の外が白々と明けかかって、すやすやした風が蚊帳の中まで滲みて来た。笹村は意地くれた愛憎の情の狂いやすい自分の日常生活から大分遠ざかっているような気がした。

七十

入院当時には満員であった病室が、退院する頃にはぽつぽつ空ができて来た。まだ九月の半《なかば》だというのに強い雨が一度降ってからは、急に陽気が涼しくなって、夜分などは白いベッドの肌触りが冷いほどであった。お銀は家からセルなどを取寄せたが、もう其様な頃かと思うと、何だか心細かった。

空が毎日曇って、病院のなかはじめじめしていた。如何かすると森《しん》と静まることのある古い建物のなかに、バタンと戸を閉める音などが遠くの方でするかと思うと、何処からか子供の泣声が聞えたり、女の笑声が洩れたりした。入院患者のなかには、子供を女中と看護婦に委しきりで、自分達は時々著飾って一日外で遊んで来る若い下町風の夫婦があったり、沼津へ避暑に来ていて、それなり発病した子供を連れて来ている大阪弁の女がいたりした。死骸になった子供に白いものを著せて抱いて出て行く若い細君、全治した子を著飾らせて、幾台かの腕車《くるま》を聯《つら》ねて威勢よく退院する人、それらは残らず笹村の病室の窓から透し視られるのであったが、その度に夫婦はわが子の病勢を悲観したり、日数のかかるのを憤《じ》れったがったりした。

お銀が翫具を交換したり、菓子の遣取《やりとり》をしたりしている神さんも、一人二人あった。

「あの人の家は、浅草の区役所の裏の方だそうですよ。退院したら、きっと遊びに来てくれなんてね、莫大小《メリヤス》の工場なんかもって可也大きくやっているらしいんですよ。あんなお世辞気のない人ですけれど、何処となく好いたような気象の人ですの。私の顔さえみると色々なことを話しかけて、先方《むこう》でも私のことを然う言うんですよ。」

お銀はその病室から、その頃出たての針金を縮ませて足を工夫した蜘蛛や蛸《たこ》の翫具を持って来て、それを床の上に懸けわたされた糸に繋いだ。

退屈がっている正一は、暫くのままもお銀を傍から放さなかった。お銀は子供の寝息を窺って、漸《やっ》と手洗《ちょうず》をつかいに出たり厠へ行ったりした。

「ちっと二階へでもあがって見ましょうね。そうしたら少しは気がせいせいして好いかも知れない。二階からは坊やの大好きな電車が見えてよ。」

お銀はそう言って、正一を負《おぶ》い出した。そして次の女の子を負っている女中と一緒に、二階の廊下へ出て窓から外を眺めさせた。子供は少し見ていると、もう直に飽いて来た。

病室に飽きの来た笹村は、時々家へ来て、明払ったような座敷の真中に、疲れた体を横えた。庭には松や柘榴の葉が濃く繁って、明るい小雨がしとしと灑いでいた。長いあいだ病室に閉籠って、如何かするとルーズになりがちな女のすることに気を配ったり、自身に夜昼体を働かして来たことが振顧られた。笹村は、始終苦しい夢に魘《うな》されているようであった。

綺麗に取片著けられた机のうえに二三通来ている手紙のなかには、甥が報じてやった未だ見ぬ孫の病気を気遣って、長々と看護の心得など書いてよこした老母の手紙などがあった。手紙の奥には老母の信心する日吉さまとかの御洗米が、一袋捲込まれてあった。老母は夜の白々あけにそこへ毎日々々孫の平癒を祈りに行った。

それを読んでいる笹村の目には、弱い子を持った母親の苦労の多かった自分の幼いおりの事などが、長く展がって浮んだ。同じ道を歩む子供の生涯も思遣られた。そうして何時かは行違に死訣れて行かなければならぬ、親とか子とか孫とかの肉縁の愛著の強い力を考えずには居られなかった。

七十一

刺身だとか、豆腐の淡汁《うすづゆ》だとかいうものを食べさせる頃には、衰弱しきっていた子供も少しずつ力づいて来た。お銀が勝手の方でといで来た米を入れた行平《ゆきひら》を火鉢にかけて、粥を拵えていると、子供は柔かい座蒲団のうえに胡坐をかいて、健やかな餒《うえ》を感ずる鼻に旨い湯気を嗅ぎながら待っていた。悪い盛りに、灌腸をする看護婦の手を押除けた頃の執拗と片意地とは、恢復期へ向いてからは、もう見られなかった。

さも美《うま》そうに柔かい粥を食べる子供の口元を、夫婦は何事も忘れて傍から打守っていた。

「真実によかったねえ、こんな物が食べられるようになって。」

お銀は口の側《はた》などを拭いてやりながら、心から嬉しそうに言った。

「そんなにやっては多くはないか。」

中途葛湯で一度失敗《しくじ》ったことのあるのに懲りている笹村は、医師の言う通りにばかりもしていられなかった。

「大丈夫ですよ此くらいは。余り控目にばかりしているのも善し悪しですよ。」

お銀は柔かそうな処を、また蓮華《れんげ》で掬《すく》ってやった。

「どれ立ってごらん。」

笹村は箸をおいて、さも満足したように黙っている子供に言いかけた。

子供は窓際に手をかけて漸《やっ》と起ちあがったが、長く支えていられなかった。

「まだ駄目だな。」

笹村は淋そうに笑った。

その窓際では、次の女の子がやっと摑り立をする頃であった。長い病院生活のあいだ、碌々母親の乳房も銜《ふく》ませられたことなしに、余所から手伝に来てくれている一人の女と女中の背にばかり縛られていた。看護疲のしたお銀の乳が細ってからは、その不足を牛乳で補って来たが、それでも子供は可也肥っていた。女中はそれを負って、廊下をぶらぶらしたり、院長の住居の方の庭へ出て遊んだりした。院長の夫人からは、時々菓子を貰って来たりした。つい近所にあるニコライの会堂も、女中の遊び場の一つになっていた。笹村は日曜の朝ごとに鳴る其処の鐘の音を、もう四度も聞いた。お銀も正一を負いだして、一度そこへ見に行った。

「何んて綺麗なお寺なんでしょう。あすこへ入っていると自然《ひとりで》に頭が静まるようですよ。だけど坊やは厭なんですって。」

「僕も子供の時分は寺が厭だった。」

笹村は七八つの時分に、母親につれられて、まだ夜のあけぬうちから本願寺の別院の大きな門の扉の外に集った群集のなかに交って、寒い空の星影に戦いていたことが、今でも頭に残っていた。「あの門跡さまのお説教を聞くものは、是迄の罪が消えて、地獄へ行くものも極楽へ行ける」と云うような意味の母親の言《ことば》を耳にしながら、暗い広い殿堂のなかに坐っていた子供は、そこを罪を見現される地獄のように畏れていた。その時の心理ほど分明《はっきり》頭に残っているものはなかった。

腹のふくれた小さい患者は、今までにない健かな呼吸遣をして、直に眠ってしまった。

「さあ、私坊やの寝ているまに、ちょっとお湯へ行きたいんですがね。」

お銀はここへ来てから時を見計らっては来てくれるお冬に、時々髪だけは結ってもらっていたが、一度もお湯に入る隙を見出すことができなかった。

そこらを取片著けてから、お銀が出て行ったあとの病室に、笹村は孑然《ぼつねん》と壁にもたれて子供の寝顔を番していた。そして疲れた頭が沈澱して来ると、そこに色々始末をしなければならぬ退院後の仕事が思浮んで来た。「退院するとき余り変な身装《みなり》もして出られませんしね。」と言ってお銀の気にしていたことも考えられた。

お銀はつやつやと紅味《あかみ》をもった顔を撫でながら、直《じき》に帰って来た。

七十二

退院後の家が、子供に珍らしかったと同じに、暗い処に馴れたお銀や笹村の目にも新しく映った。ふっくらした軟かい著物を著せられて、茶の室《ま》の真中に据えられた子供は、外の世界の強い刺戟に痛みを覚えるような力のない目を庭へ見据えていた。顔もまだ曇っていた。

もう退院してもよかろうといって尋ねた笹村に、「そう。もう少し。」と云って、院長は子供の腹工合を撫でて見ながら、

「予定より少し長くなったが、今度はもう大丈夫——随分苦しかったな。」と笑いながら引きあげた。

それから二三日も経った。後はしばらく通うことにして左に右夫婦は病院を引払うことにした。その日は朝から、二三日降続いていた天気があがりかけて、細い雨が降っているかと思うと、埃のたまった窓の硝子に黄色い日がさして来たりした。

「今日退院しよう。」

笹村は昼飯を喰ってから間もなく言出した。もう見舞に来る人も少くなった病室に、子供は配《あてが》われたウエファアを手に持ったまま、倦果《うみは》てたような顔をして、ベッドに腰をかけていた。家から運んで来て庭向の窓の枠に載せておいた草花も、暫く忘れられて水に渇いて萎れていた。

「それじゃ私は些《ちょっ》と家まで行って来なくちゃ……。」お銀はその不意なのに驚いたようであった。

「家へ連れて帰ったら、却ってずんずん快くなるかも知れませんね。——さあ、それじゃ私行って来ましょう。」

そう言ってお銀は髪など撫でつけながら、病気が快復期へ向いた頃に、笹村が買物の序に淡路町の方で求めて来た下駄をおろして、急いで出て行った。

その間、笹村は子供を抱出して、廊下をぶらぶらしていた。難しい病人が連《しきり》に担込まれたり、死骸が運び出されたりした。一頃に比べると、その頃の病院の景気は何となく、だらけたものであった。死身になって張詰めていた笹村の心にも、弛《ゆるび》と安易との淡い哀愁が漂っていた。廊下の突当りに、笹村の来ぬ前から痩細った十二の女の子を看護している婆さんだけが、今では笹村夫婦の一番古い馴染であった。その病人は里流れになった子であった。偶にパナマの帽子を冠った実の父親が訪ねて来ても子供は何の親しみも感じなかった。

「可哀そうなもんですね。」

お銀は時々その部屋を見て来て、目を曇《うる》ませながら笹村に話した。

「家の坊やも、貴方の言うとおりに人にくれていたら、矢張あんなもんですよ。」お銀はそうも言っていた。

「母さんは……。」と云って、時々待遠しそうに顔を曇らしている正一を、笹村は上草履のまま外へ抱出した。

町には薄寒い雲の影がさしていた。笹村はそこから電車通へ出て、橋袂の広場を見せて歩いた。然うしているうちに、お銀が風呂敷包などを抱えて、腕車《くるま》で駈けつけて来た。

家では神棚に燈明が上げられたりした。神棚に飾ってある種々のお札のなかには、髪結のお冬が、わざと成田まで行って受けて来てくれたものなどもあった。

直《じき》に催して来た子供の便には、まだ粘液が交っていた。

「矢張《やっぱり》つれて来て悪かったでしょうかね。」

お銀はお丸を覗込んで笹村に呟いた。

一時に疲れの出たお銀が、深い眠に沈んでいる傍で、笹村は時々夜具をはねのける子供を番していた。蚊帳の外には、まだ蚊の啼声がしていた。

七十三

「何は措いても、お義理だけは早くしておきたいと思いますがね……。」と言うお銀に促されて、床揚の配物をすると一緒に、お冬へ返礼に芝居をおごったり、心配してくれた人達を家へ呼んだりする頃には、子供はまだ退院当時の状態を続けていたが、秋になってからは肥立も速かであった。そして其冬は、年が明けてから、ある日出先のお銀の弟の家で、急にジフテリアに罹って、危いところを注射で取留めたほかは何事もなかった。

「此子は育てるのに骨が折れますよ。十一になるまで、摩利支天さまのお弟子にしておくと可いんだそうですよ。」

お銀はお冬の知合の或る伺いやの爺さんから、そんな事を聞いて来たりした。

しかし放抛《うっちゃ》っておいても育って行くように見えた、次の女の子が、いつもころころ独で遊んでばかりいない事が、少しずつ解って来た。この子供は、不断は何のこともない大人の弄物《おもちゃ》であったが、如何かして意地をやかせると、襖にへばりついていて、一時間の余も片意地らしい声を立てて、心から泣きつづけることがあった。

「いやな子だな。豚の嘴のような鼻をして……此奴は意地が悪くなるよ。」

笹村は小さい自我の発芽に触るような気がした。

「巳年だから、私に似て執念ぶかいかも知れませんね。」

そう言って子供を抱締めているお銀は、不思議に此子の顔の見直せるようになって来るのに、一層心を惹かれていた。

「貴方は坊だけが可愛いようですね。私は孰が如何と云うことはありませんよ。」

時々そんなことを口にする母親の情が段々大きい方の子供に冷めて行くのが笹村に能く解った。

「そうさ、体質から気質まで、正一のことは己には一番よく解る。」

そして其交感の鋭いのが、笹村に取って脱れがたい苦痛の一つであった。

その冬笹村のふと冒された風邪が、長く気管支に残った。熱がさめてからも、まだ咽喉にこびりついているような痰が取れなかった。時々悪寒もした。笹村は長いあいだ四畳半に閉籠って寝ていた。そして障子の隙間から来る風すらが薄い皮膚に鋭く当った。

「到頭こじらして了った。」笹村は瘦細った手を眺めながら、憒《じ》れったそうに呟いた。

「こんな物が来たんですよ。」

お銀はある日の晩方に、鏡台の抽斗から一枚の葉書を出して、笹村に見せた。その葉書は磯谷から、いつかの大工の女房になっているお針の女へ当てたものであったが、書中にお銀の今の居所が尋ねてあった。その意味では、お銀が到頭笹村のところに落著いたことを知らないらしかった。

笹村は拙いその手蹟や、署名のある一枚の葉書に、血のむず痒いような可懐《なつか》しさを覚えた。

「へえ。じゃまたお前に逢おうとでも思っているんだね。」

「そんなことかも知れませんよ。あの男は、一旦別れた女を、二年経つと又思出して来るのが癖なんです。今は何かあるかないか解りませんけれど、一人決った女と関係していると、外の女のことが、矢張気になると見えるんですね。そして先方《むこう》の忘れた時分に、ふっと逢いに行って謝罪《あやま》ったり何かするんです。妙な男ですよ。」

「面白いね。」

「やっぱり気が多いんでしょうね。」

「今はどこに居るね。」

「どこに居るんですか。無論学校の方も失敗《しくじ》って了ったんですから。」

「どこかで一度くらい逢っているだろう。」

「逢えば逢ったと然う言いますよ。」

七十四

笹村はどんな片端《きれっぱし》でもいい、むかし磯谷からお銀に当てて寄越した手紙があったらばと、それを捜してみたこともあった。読んで胸をどきつかすような或物を、その中から発見するのが、何よりも興味がありそうに思えた。笹村は独《ひと》りいる時に、能く香水や白粉の匂のする鏡台、簞笥、針箱、袋の底などを捜してみるのが好きであった。それは子供のおり田舎の家《うち》の暗い押入にある母親の黴くさい手簞笥や文庫のなかを捜すと丁度同じような心持であった。けれど書物《かきもの》と云っては、お銀の叔父が世盛りのときに、友達に貸した金の証書の束、その時分の小遣帳、幾冊かの帳簿、其他は笹村の名の記されたものばかりであった。証書の束のなかには可也な金額の記されたものもあった。お銀の覚えている人も、その中に一人二人はあるらしかった。

「尋ねて見ようかしら。」

お銀が時々そんなことを言っているのを、笹村も聴いた。そして、其度に、「誰しも貸して取れないのがあれば、一方には借りて返さないのもあるさ。」と笑っていた。

「それよりか磯谷の手紙くらい残っていそうなものだね。それをお見せ。」笹村はそう云って、尋ねた。

「小石川の家にいる時分、みんな焼いてしまいましたわ。」

「へえ、惜しいことをしたねえ。」笹村は残念がった。

また或時、学校出の友達の夫人から、ある女学生が、相愛していた男をふとしたことから母親の目に触れてから、一人娘であった我子のために、父親はその男を養子に取決めることになった。けれど男の心は、そんな事があってから、直に他の女に移って行った――そんな話を聞いた笹村は、お銀にもそれを語った。

「手紙を背負揚《しょいあげ》に入れておくなんて、そんなことがあるのか。」

「え、そうでしょう。私も然うでした。」お銀はその時の娘らしい心持を追想するような目をして、呟くように言った。その手紙を焼いた頃のお銀は、まだ赤いものなどを体に著けていた。

「なぜ其を己に見せなかった。」笹村はその時もそれを可惜《くや》しがった。

笹村の側《がわ》に、そんな事のないのが、お銀にとって心淋しかったが、それでも其頃温泉場《ゆば》にいた或女から来た手紙や、大阪で少《わか》い時分の笹村が淡いプラトニック・ラブに陥ちている女の手紙は、そんな事を誇張したがるお銀のためには、得難い材料であった。

二人寄席に行っているとき、向側の二階に友達と一緒に来ている磯谷の顔を、お銀は直に見つけた。そして前に坐っている人の蔭に体を悚《すく》めながら、時々肩越しに其方を見ていた。

「あれ磯谷の友達だった人ですよ。」

お銀はそう言って笹村に教えたが、その傍に磯谷のいたことは、笹村も帰ってから初めて聞かされた。

「莫迦にしているな。向は己を気づいたろう。己こそ好い面の皮だ。」

笹村はなぜその周囲の顔を、一々記憶に留めなかったかを口惜しがった。

「気がつくもんですか。私のいることすら知らなかったでしょう。それに私も、あの時分から見るとずっと変っていますもの。口でも利けば知らず、途中でちょっと逢ったくらいじゃ、迚も解りっこはありませんよ。」

「だけど、お前の目が始終先方を捜していると同じに、先方の目だってお前を見遁すもんか。」

「そんな事は真実《ほんとう》にありませんよ。」

七十五

けれど笹村の口にする磯谷と云う名前が、妻に対する軽侮と冷笑よりほか、何の意味をも響をも与えない時の来たのは、そんなに長い将来のことでもなかった。お銀がそれを言出されても、何の痛みをも感じないと同じに、笹村の方でも、男が真の意味に於て自分のマッチでないことや、女が自分に値しないことの段々分明《はっきり》して来るのが、心淋しかった。

「電車通のところで、阿母さんが余所の人と話していたよ。」

ある時歯の療治に行くお銀に連れられて行った正一は、ふと笹村の傍へ来てそう云って言い告げた。お銀は産をする度に、歯を破《こわ》されていた。目も時々霞むようなことがあった。二度目の産をしてからは、一層歯が衰えていた。

「大変な歯ですね。よく今まで我慢していましたね。」と医師に言われて極《きまり》がわるいくらいであった。

お銀は痛みでもすると、その時々に弄《いじ》ってもらったりしていたが、続いて通うこともできずに居た。

「今の若さで、そう歯が悪くなるというのは如何いうものだろう。」

先の家にいるとき、雨のなかを井戸へ水を汲みに行って、坂で子供を負《おぶ》ったまま転んで、怪我で前歯を二本かいたほかは、歯を患《や》んだことのない老人《としより》に、然う言って笑われた。

「田舎の人と違いますよ。」

物を食べる頃になると、子供も同じように齲歯に悩まされた。笹村はそこにも、自分の体を年々侵しているらしい悪い血を見た。

「今度こそ、少し詰めて通っても可ござんすか。」お銀はそう言って、正一の手をひきながら医師へ通った。四月頃の厭な陽気で、お銀はどうかすると、歯と一緒に堪えがたい頭の痛みを覚えた。そして折角結んだ髪を、また釈《と》いたりなどして、氷で冷していた。

「どうしたんでしょう。私の脳はもう腐って了うんでしょうか。何ともいえない厭な痛み方なんですがね。それに、体も何だか輪がかかったようになって……。」

まだまだ先へ行けば好いこともある、そう思い思い苦しい世帯のなかを、意地を突張って来たお銀も、体の衰えと共にもう三十に間もないことが、時々考えられた。

「己もいつまで働けるもんか。そのうちには葬られる。」

時々そう言って淋しく笑っている笹村の顔を見ると、何だか情ないような気のすることも度々あった。

「お前も先の知れた己などの家にいて苦労してるよりか、今のうちに如何《どう》かしたら可いだろう。工面の好い商人か、請負師とでも一緒になって姐《あねえ》とか何とか言われて、陽気に日を送っていた方が、どのくらい気が利いてるか知れやしない。箱屋をしたって、立派に色男の一人ぐらい養って行けるぜ。その代り、子供は己が、お前の後日の力になるように仕立てておいてやる。そしてお前の入用なとき何時でも渡してやる。子供がお前の言うことを聴くか、如何か、それは己にも解らんがね。」

笹村のそう云う度に、お銀は聴かない振をしていた。

子供が電車通で逢ったと云う男のことを、笹村は些《ちょい》と考えがつかなかった。

「どんな人……。」と云って、知っている人の名を挙げてみたが、矢張解らなかった。

「其人がね、お父さんのことを云っていたよ。」

子供は俯《うつむ》きながら言った。

その男が磯谷であったことが、直《じき》お銀の話で知れた。

「まるで本郷座のようでしたよ。私ほんとうに悪かった。是から妹と思って何かのおりには力になるからなんて、然う言って……。」と、お銀はその時の様子を笑いながら話した。

七十六

夏の初めに、何や彼やこだわりの多い家から逃れ、ある静かな田舎の町の旅籠屋の一室に閉籠った時の笹村の心持は、以前友達から頼まれた仕事を持って、そこへ来た時とは全然《まるで》変っていた。

その町は、日光へも近く、塩原へも少《わず》か五時間弱《たらず》で行けるような場所であったが、町それ自身には、旅客の足を留める何物もなかった。家を飛出した時の笹村は、そこの退屈さを考えている遑もないほど混乱しきっていた。それに適当な場所へ行くような用意は素よりなかった。笹村は何かなし家と人から逃れて、そんなに東京からの旅客に慣らされていないような土地へ落著いて、静かに何かを考え窮めて見たかった。

その前から、笹村はどうかすると家を飛出しそうにしては、お銀や老人《としより》に支えられてしまった。春から夏へかけての笹村の感情は、これまでにも例のないほど荒んでいた。自分の健康や世帯の苦労と、持っていた家をまた畳まなければならなかった弟や、そこへ行っていた母親についての心配とで、毎日溜息ばかり吐いているようなお銀の顔を見るのも苦しかったが、然うした波動の始終自分の頭に響いて来るのも厭であった。何事も隠そうとしているお銀の調子は、二人を一層打釈けることの出来ないものにして了った。

何と云うことなしに、笹村がちょいちょい通っていた女の事が、時々お銀の頭をいらлらさせた。体が悪いので、しばらく駿河台の方の下宿へ出ていたその女とは、年にも大変な懸隔《へだたり》があったし、集って来る若い男も二三人はあったが、土龍《もぐらもち》のような暗い生活をしている女の堕落的気分が、ただ時々の興味を惹いていた。

笹村は、家が重苦しくなって来ると、蓑銭を袂の底にちゃらつかせながら、折にふれて行所《ゆきどころ》のない足を其方へ向けた。そして其部屋の壁際に寝そべって、女から色々の話を聞いた。

女の机のうえには薬瓶などがあった。女はしおしおしたような目をして、派手な牡丹の置型のある浴衣のうえに、矢絣の糸織の書生羽織などを引っかけて、頽《くずお》れた姿形《なりかたち》をして、自分がそこへ陥ちて行った径路や、初恋などを話した。笹村は、頭が疲れて来ると、座蒲団のうえに丸くなって、毛布を被って、うとうとと好い心持にまどろみかけていた。そして眠ったかと思うと、そこへ茶呑咄《ちゃのみばなし》に来ている宿の内儀さんと女との話声が耳に入った。

女のところへは、外にも然う云う友達が一人二人遊びに来た。そのなかには、男に仕送りをされて、学校へ通っているような身のうえのものもあった。

下宿には客が少かった。そして障子を閉切って、そこに寝たり起きたりして、女の弁《しゃべ》ったり為《し》たりすることを見ていると、暗いその部屋を起つのが億劫なほど、心も体も一種の懶《ものう》い安易に浸されるのであったが、矢張いらいらした何物かに苦しめられていた。

「坊ちゃんはお幾歳《いくつ》？」

女は思出したように、そんな事を訊いた。

「五つ。」笹村は自分を笑うように答えた。

笹村はそこで不美《まず》い西洋料理などを取って食べた。

「この商売はそんなに悪い商売でしょうか。」女はそんな事を訊いた。

笹村はそこに居堪まらなくなると、鳥打帽子に顔を隠して、やがて外へ出た。

七十七

其方此方《そっちこっち》へ手紙を出すのを仕事にしている女は、笹村の処へも如何かすると決り文句の手紙を男名で書いた。それがお銀の目にも触れた。それでなくとも、外から帰って来る笹村の顔から、その行先を嗅出すくらいは、お銀に取ってそんなに難しいことでもなかった。そんな時のお銀の調子は、自分を恥じている笹村の心にとげとげしく触った。

「そんなものに関係なぞして、貴方は世間の好い笑いものになっていることを知らないんですか。深山さんでも誰でも、皆然う言ってますよ。」

お銀はムキになって、その女の事を口汚く罵った。目の色も変っていた。

二日ばかり、外をぶらついて帰って来た笹村は、お銀の神経をそんなに興奮させる何物もないのが可笑しかったが、相手の心持に理解のないお銀の荒々しい物の言振や仕草には、笑って済まされないような事があった。

何事も投出《ほうりだ》して、ペンと紙だけポケットへ入れて、ある日の午後不意に笹村が家を出た時、お銀は何にも知らずにいた。それ迄二人は幾度となく仂《はした》なく言争った。巣をかえてから、笹村の足の遠のいていた女の事は、もはやお銀の頭に何の煩いをも残さなかったが、そんな事で暫く紛らされていた笹村の頭は、前よりも一層落著を失っていた。そして年々煩わしさの増して行く生活につれて、色々に分裂している自分の心持を支えきれないような気がしていた。

その日は雨がじめじめ降っていたが、汽車から眺める平野の青葉の影は、暫く家を離れたことのない笹村の目に、すがすがしく映った。汽車は次第に東京の近郊から離れて、広い退屈な関東の野を走った。笹村の頭には今まで渦のなかにいるように思えた自分の家、家族の団欒、それらの影が段々薄くなっていた。そして今行こうとしている町の静けさと自由さが、沈澱したような頭に少しずつ分明《はっきり》していた。何処へ旅しても、目は始終人や女の影を追うていた七八年前の心持が、今と比べて考えられた。西の方へ長い漂浪《さすらい》の旅をした時は、殊に然うであった。家族と一緒に歩いている旅客を、船や汽車で見た時は、一層その念が強かった。その時の笹村の心には、何処へ行っても自然は気をいらいらさせる退屈な田舎の松並木に過ぎなかった。

爽かな初夏の雨は、汽車の窓にも軽く灑いで来た。窓の前には、雨を十分吸い込んだ黒土の畑に、青い野菜の柔かい葉や茎を伸しているのが見えたり、色の鮮かな木立際に黝《くろず》んだ藁屋が見えたりした。汽車のなかには、日光へ行くらしい西洋人の日にやけた紅い顔なども見えた。汽車は次第に山の方へかかって行った。深い雑木林が、絶えず煽《あおり》を喰って、しなやかな其小枝を揺がし、竹藪からすいすいした若竹が、雨にぬれた枝を差交していた。古い油絵に見るように蓊鬱《こんもり》した杉の処々に叢立《むらだ》っているのが、山の気の深さを感ぜしめた。

鉄道が敷けてから、急に寂しくなって来た其町は、耳がしんとするほど静かであった。可也大きな家のある広い通にも、人の影が疎であった。

宿の広い土間から、裏二階の座敷へ案内された笹村は、落著もなく手擦際《てすりぎわ》へ出て庭を眺めたり、額や掛物を見詰めたりして居たが、階下《した》に飼ってある小禽の幽かな啼声が、侘しげに聞えて来た。

日暮になっても、雨はしとしとと降っていた。

七十八

容易に坐癖《すわりぐせ》のつかない、そこの広い部屋の寂しさに慣れるまでには、可也間があった。

笹村は朝九時頃に起きると、大抵風呂の沸く午後の三四時頃までは、じっと机の側に坐りきりであった。他の部屋と懸離《かけはな》れたその座敷へは、何の音響も伝っていなかった。時とすると広い寂れた通で、子供を集めているよかよか飴の太鼓の音が、沈澱したような四辺の寂寞を掻乱して行くほかは、例の小禽の囀が耳につくだけであった。総ての感覚を絶たれたような笹村の頭は、如何かすると真空のように白け切っていた。

笹村は喫《ふか》しつづけの莨に舌がいらいらして来ると、ふと机に向直って何か書こうとして紙を見詰めることもあったが、頭はやっぱり疲れていた。

空の晴れた日には、男体山などの姿が窓から分明《はっきり》眺められた。社の森、日光の町まで続いた杉並木なども、目前《めさき》に黝んで見えた。大谷川の河原も、後《うしろ》の高窓から見られたが、笹村は何処を見ても沈黙の壁に向っているようであった。

家のことが、時々目前に浮んだ。向合っている時には見られなかったお銀の心持や運命も、恁うして遠く離れていると、分明《はっきり》解るように思えた。肉体と共に、若い心の搯りへらされて行くお銀の胸には、まだ時々恋愛の夢が振顧られた。充しがたい物質上の欲求も、絶えず心を動揺させていた。それを踏みつけようとしている良人の狂暴な手は、年々反抗しがたいものとなった。

「子供にも然う不自由をさせず、時々のものでも著て行ければ私は他に何にも望はない。」

お銀の然う云う言葉には、色の剝げて行く生活の寂しい影がさしていた。

笹村は、ある日劇場の人込のなかで、卒倒したお銀の哀な姿を思出さずにはいられなかった。夫婦はその日、新橋まで人を見送った。そして帰りに橋袂で、お銀の好きな天麩羅を喰べた。

「ああおいしい。」

お銀はそう言って、笹村の顔を見ながら我ながら可笑しそうに笑った。

「よく喰うな。」笹村は苦笑していた。

二人は腹ごなしに銀座通を、ぶらぶら歩いた。

「私こんな処を歩くのは何年振だか、築地にいた頃は毎晩のように来たこともありますがね。」

お銀はそう言いながら、珍らしそうに其処らを眺めていた。

「歌舞伎を一幕のぞいて見ようか。」笹村は尾張町の角まで来たとき、ふと言出した。

一幕見は可也込合っていた。薄暗い舞台の方を伸びあがって見ると、そこには丁度、地震加藤の幕が開いていた。お銀は人の肩越しに、足を爪立てて、花道から出て来る八百蔵の加藤を、漸《やっ》と頭の先だけ見ることができた。ぼっとしたような目には、桟敷に並んでいる婦人達の美しい姿が段々晴やかに映っていた。お銀は十年ほど前に、叔父と一緒に一世一代だと云う團十郎の熊谷を見てから、ここへ入るようなこともなかった。

やがて下りた浅黄色の幕が落ちて、宗十郎の小西がそこへ現れて来る頃に、お銀は真蒼な顔をして後の方へ退《さが》って行った。そして頭を抑えながら、苦しそうに呼吸《いき》をはずましていた。

「目がぐらぐらして、わたし何だかそこらが真暗……。」

笹村の手に縋って、廊下の方へ出たお銀は、

「あなた私もう駄目よ。」と、泣声を出して直《じき》にそこへ倒れてしまった。

しばらくお銀は運動場へ出て、風に吹かれていた。亜鉛《トタン》の板敷に、べったり坐っているお銀は、少しずつ性がついて来た。笹村は直《じき》に外へ連出した。

お銀はコートについた埃も払わずに、蒼い顔をして、薬屋を捜した。目にも涙が入染《にじ》んで、手足が冷えきっていた。

「どうして怯《こ》う弱くなったんでしょう。」

呟きながら、川端を歩いているお銀の姿を、笹村は時々振顧ってみた。

七十九

「お湯にお入んなすって。」といって毎日々々刻限になると、栗山から来ていると云う、行儀の好い小娘が、部屋の入口へ来て嫣然《にっこり》しながら声かける頃には、笹村の頭は何を考えるともなしに萎え疲れていた。沈黙の苦痛に気が変になりそうな事もあったが、矢張部屋を動くのが厭であった。

もう十日の余もいて、町の人の生活状態も解っていたし、宿の人達の事も按摩などの口

から時々に聴取って、略明《ほぼ》かになっていた。町の宿屋と云う宿屋は、日光山へ登る旅客が此処を通らなくなってからは、大抵達磨宿のようなものになってしまった。町の裏に繁っていた森も年々に伐尽《きりつく》されて、瘠土《やせつち》には米も熟《みの》らないのであった。唯一の得意先であった足尾の方へ荷物を運ぶ馬も今は何程も立たなかった。そのなかでその宿だけは格を崩さずにいた。裏には顕官の来て泊る新築の一構《ひとかまえ》などもあった。魚河岸から集金に来ている一人の親方は、そこの広間で毎日土地の芸妓や鼓笛の師匠などを集めて騒いでいた。

湯殿の上り場には、掘りぬきの水が不断に流れていた。山から取って来て其水に浸《つ》けてある淡色の夏雪草などを眺めながら、笹村は筋肉のふやけ切ったような体を湯に浸していた。湯気で曇った硝子窓には、庭の立木の影が淡碧く映っていた。

日暮方になると、笹村は町へ出て見た。そこ此処の宿屋の薄暗い二階からは、方々から入込んでいる繭買の姿などが見られた。裏通へ入ると、黄色い柿の花の散っている門構の家などが見えたり、ごみごみした飲食店や、御神燈の出た芸者屋が立並んでいたりした。

去年の秋の氾濫の迹の恐ろしい大谷川の縁へ笹村は時々出かけて行った。石のごろごろした白い河原の上流には、威嚇するような荒い山の姿が、夕暮の空に重なりあって見えた。凄じい水勢に潰《くず》された迹の堤の縁《へり》には、後から後からと小屋を立てて住んでいる者もあった。笹村は石を伝って、広い河原をどこまでも溯って見たり、岩に腰かけて恐ろしい静寂の底に吸込まれて行きそうな心臓の響に、耳を澄ましたりした。

やがて高い向河岸の森蔭や、下流の砂洲に繋った松原のなかに、火影がちらちらしはじめた。電《いなずま》が時々白い水のうえを走った。笹村は長くそこに留まっていられなかった。町をまた一巡して宿へ帰って来た笹村は、この十日ばかり何を見つめるともなしに其処に坐っていた自分の姿を、ふと目に浮べた。机の上には来た時の儘の紙や本が散らばっていて、澱《おど》んだような電気の明に、夏虫が羽音を立てていた。

その晩笹村は下の炉傍《ろばた》へ来て、酒をつけて貰ったりした。炉傍には、時々話相手にする町の大きな精米場の持主も来て坐っていた。

翌朝九時頃に、階下へ顔を洗いに行った時、笹村はふと料理場から顔を出す女の姿を見た。薄い鬢を引詰た其顔は、昨夜見た時よりも荒れて蒼白かった。顳顬《こめかみ》の処に貼った膏薬も気味が悪かった。

「旦那、ほんとに日光へ連れて行って下さいね。」

女の口には金歯が光った。声もしゃ嗄れたようであった。女は昨夜の挨拶に其処へ来ているのであった。

午後に笹村は、長く壁にかかっていた洋服を著込んで、ふいとステーションへ独で出向いて行った。そして丁度西那須行の汽車に間に合った。

（明治四十四年）

爛《ただれ》

一

最初におかれた下谷の家から、お増《ます》が麹町の方へ移って来たのはその年の秋の頃であった。

自由な体になってから、初めて落著いた下谷の家では、お増は春の末から暑い夏の三月を過した。

そこは賑かな広小路の通から、少し裏へ入った或路次のなかの小さい平家で、つい其向前《むこうまえ》には男の知合の家があった。

出て来たばかりのお増は、そんなに著るものも持っていなかった。遊里《さと》の風がしみていたから、口の利方や、起居《たちい》などにも落著がなかった。広い大きな建物のなかから、初めてそこへ移って来たお増の目には、風鈴や何かと一緒に、上から隣の老爺の禿頭の能く見える黒板塀で仕切られた、じめじめした狭い庭、水口を開けると、直ぐ向の家の茶《ちゃ》の室《ま》の話声が、手に取るように聞える台所などが、鼻が閊《つか》えるようで、窮屈でならなかった。

その当座昼間など、その家の茶の室《ちゃのま》の火鉢の前に坐っていると、お増は寂しくて為様がなかった。がさがさした縁の板敷に雑巾がけをしたり、火鉢を磨いたりして、湯にでも入って来ると、後はもう何にも為ることがなかった。長いあいだ居なじんだ陽気な家《うち》の状《さま》が、目に浮んで来た。男は折鞄などを提げて、昼間でも会社の帰りなどに、ちょいちょい遣って来た。日が暮れてから、家から出て来ることもあった。男は女房持であった。

お増は髪を丸髷などに結って、台所で酒の支度をした。二人で広小路で買って来た餉台《ちゃぶだい》のうえには、男の好きな鱲《からすみ》や、鯛煎餅の炙ったのなどが駢《なら》べられた。近所から取った、鰻の丼を二人で食べたりなどした。

いつも肩のあたりの色の褪めた背広などを著込んで通って来た頃から見ると、男は余程金廻が好くなっていた。米琉《よねりゅう》の絣の対の袷に模様のある角帯をしめ、金縁眼鏡をかけている男のきりりとした様子には、その頃の書生らしい面影もなかった。

酒の切揚《きりあげ》などの速い男は、来てもでれでれしているような事は滅多になかった。会社の仕事や、金儲のことが、始終頭にあった。そして床を離れると、直《じき》に時計を見ながらそこを出た。閉切った入口の板戸が急いで開けられた。

男が帰ってしまうと、お増の心はまた旧《もと》の寂しさに反った。女房持の男の許へ来たことが、悔《く》いられた。

「お神さんがないなんて、私を瞞しておいて、貴方もひどいじゃないの。」

来てから間もなく、向《むこう》の家のお婆さんからその事を洩聞いたときに、お増はムキになって男を責めた。

「誰がそんな事を言った。」男は媚のある優しい目を眸《みは》ったが、驚きもしなかった。

「譃だよ。」

「みんな聞いてしまいましたよ。前に京都から女が訪ねて来た事も、どこかの後家さんと懇意であったことも、丁《ちゃん》と知ってますよ。」

「へへ。」と、男は笑った。

「その京都の女からは、今でも時々何か贈って来ると云うじゃありませんか。」

「下らない事いってら。」

「私は巧く瞞されたんだよ。」

男は床の上に起上って、襯衣《シャツ》を著ていた。お増は側に立膝をしながら、巻莨をふかしていた。睫毛の長い、疲れたような目が、充血していた。露出《むきだし》の男の膝を抓ったり、莨の火をおっつけたりなどした。男は吃驚して跳ねあがった。

二

しかし男も、恍《とぼ》けてばかりいる訳には行かなかった。三四年前に一緒になった其細君が、自分より二つも年上であること、書生のおりそこに世話になっていた時分から、長いあいだ自分を助けてくれたことなどを話して聞かした。其頃その女は少し許りの金をもって、母親と一緒に暮していた。

「それ御覧なさい。世間体があるから当分別にいるなんて、私を瞞しておいて。」

二人は長火鉢の側へ来て、茶を飲んでいた。餉台におかれたランプの灯影に、薄い下唇を嚙んで、考深い目を見据えている女の、輪廓の正しい顔が蒼白く見られた。

「けど其片《そのかた》は直《じき》につくんだ。それにあの女には、喘息という持病もあるし、迚《とて》も一生暮すてわけに行きやしない。」男は筒に煙管を収いこみながら、呟いた。

「喘息ですって。喘息って何なの。」

「咽喉がぜいぜいいう病気さ。」

「ううん、そんなお客があったよ。あれか。」お増は想出したように笑出した。

「お酒飲んだり、不養生すると起きるんだって、あれでしょう。厭だね。貴方はそんなお神さんと一緒にいるの。」お増は顔を顰めて、男の顔を見た。男はにやにや笑っていた。

「でも、そんなに世話になった人を、そうは行きませんよ。そんな薄情な真似が出来るもんですか。」

「なに、要するに金の問題さ。」

「いいえ、金じゃ出て行きませんよ。それに、そんな人は他《ほか》へ片附く訳に行かないでしょう。」

お増は考深い目色をした。しかし深く男を追窮することも出来なかった。

「貴方の神さんを、私一度見たいわね。」お増は男の心でも引いて見るように言った。

「つまらない。」男は鼻で笑った。

「それに、こんなことが知れると、出すにしても都合がわるい。」

「矢張貴方はお神さんが可恐《こわ》いんだよ。」

「可恐い可恐くないより煩い。」

「じゃ、貴方のお神さんは、必然嫉妬家《きっとやきもちやき》なんだよ。」

「お前はどうだい。」

「ううん、私はやきやしない。慅《こ》うやっているうちに、東京見物でもさしてもらって、田舎へ帰って行ったって可いんだわ。」お増はそう言って笑っていたが、商売をしていた時分の傷のついたことを感ぜずにはいられなかった。

近所が寝静まる頃になると、お増はそこに独りいることが頼りなかった。床に入ってからも、容易に寝つかれないような晩が多かった。夜の世界にばかり目覚めていたお増の頭には、多勢の朋輩やお婆さん達の顔や声が、まだ底にこびりついて居るようであった。抱擁すべき何物もない一晩の臥床《ねどこ》は、長いあいだの勤めよりも懈《だる》く苦しかった。太鼓や三味の音も想出された。

男の傍にいる神さんの顔や、部屋の状が目に見えたりした。

三

「お増さん、花をひくからお出でなさい。」

お増が大抵一日入浸っている向の家では、お千代婆さんが寂しくなると、入口の方から、そういって声かけた。

その家《うち》では、男の子供の時分の友達であった長男が、遠国の鉱山に勤めていた。小金を持っているお千代婆さんは、今一人の少い方の子息《わかむすこ》の教育を監督しながら女中一人をおいて、これと云う仕事もなしに、気楽に暮していた。

お増はここへ来てから、台所や買物のことで何彼《なにか》とお千代婆さんの世話になっていた。髪結の世話をして貰ったり、湯屋へつれていってもらったり、寄席へ引張られて行ったりなどした。

「何にも知らないものですから、ちと何かを教えてやって下さい。」お増を連込んで来た時に、男はそう言ってお千代婆さんに頼んだ。

「浅井さん、貴方そんなことなすって好いんですか。知れたら奈何《どう》するんです。私までが貴方の奥さんに怨まれますよ。」

お千代婆さんは少し強《きつ》いような調子で言った。婆さんは早く良人に訣《わか》れてから、長いあいだ子供の世話をして、独りで暮して来た。浅井などに対すると、妙に硬苦しい調子になるようなことがあった。女の話などをすると、いらいらしい色が目に現れることさえあった。

宵張《よいっぱり》の婆さんは寂しそうな顔をして、長火鉢の側で何よりも好きな花札を弄《いじ》っていた。

「差《さし》で一年どうですね。」などと、お婆さんはお増の顔を見ると、筋肉の硬張ったような顔をして言った。

「私それとなく神さんのことについて、今少し旦那の脂を取ってやったところなのよ。」

お増は坐ると、いきなり言出した。

「それで浅井さんは奈何《どう》言っていなさるのです。」

「出すというんですよ。」

「奈何《どう》かな、それは。書生時分から、あの人のために大変苦労した女ですよ。それに今じや左《と》に右《かく》籍も入って、正当な妻ですからね。」

「でも喘息が厭だから、出すんですって。」

「そんな事せん方が可いがな。貴方もそれまでにして入込んだところで、寝覚がよくはないがな。」

「私どうでも可いの。あの人がおきたいなら置くがよし、出したいなら出すが可いんだ。」

お増は捨鉢のような言方をして、節の伸びた痩せた手に、花の親見《おやみ》をした。

「あれ貴方が親だ。」お千代婆さんは、札を悉皆《すっかり》お増に渡した。

「奢りっこですよ小母さん。」お増は器用な手様《てつき》で札を撒いたり頒けたりした。興奮したような目が、ちらちらしたり、頭脳《あたま》がむしゃくしゃしたりして、気乗がしなかった。婆さんにまで莫迦にされているようで不快であった。

「何だい、また遣っているのかい。」音を聞きつけて、二階から中学出の子息が降りて来た。そして母親の横へ坐って、加勢の目を見張っていた。

お増は妄《むやみ》と起《おき》が利いた。

「駄目だい阿母さん、そんな茫然《ぼんやり》した引方していちゃ。」

お増は黙って附合っていたが、直に切揚げて帰った。そして家へ帰ると、訳もなく独りで泣いていた。

四

とろとろと微睡《まどろ》むかと思うと、お増はふと姦《かしま》しい隣の婆さんの声に脅かされて目がさめた。お増は疲れた頭脳《あたま》に、始終何か取留めのない夢ばかり見ていた。その夢のなかには、片々《きれぎれ》の色々のものが、混交《ごっちゃ》に織込まれてあった。如何したのか、二三日顔を見せない浅井の、自分のところへ通って来た頃の洋服姿が見えたり、外の女と一緒に居並んでいる店頭の薄暗いなかを、馴染であった日本橋の方の帽子問屋の番頭が、知らん顔をして通って行ったりした。お増はそれを呼返そうとしたけれど、誰かの大きな手で胸を圧えつけられているようで、声が出なかった。

廊下で喧嘩をしている、尖った新造の声かと思って、目がさめると、それが隣の婆さんであった。そこへ後添に来たとか聞いている婆さんは、例の禿頭の爺さんを口汚く遣込めているのであった。

「おや又やっているよ。」

お増はそう思いながら、漸《やっ》と自分が自分の匿されている家に、蚊帳のなかで独りで寝ているのだと云うことが、頭脳に分明《はっきり》して来た。見ると部屋にはしらじらした朝日影がさし込んでいた。外は今日も暑い日が照りはじめているらしい。路次のなかの水道際に、ばちゃばちゃと云う水の音がしてバケツの釣《つる》の響が燥《はしゃ》いで聞えた。

婆さんは座敷の方へ来たり、台所の方へ来たりしながら喚《わめ》いていると見えて、その声が遠くなったり、近くなったりした。爺さんも合間合間に何か言っていた。爺さんと婆さんとが夜中などに喧嘩していることは、是迄にも度々あった。その意味はお増にも解った。蒼い顔をしている、しんねりむっつりした爺さんのところでは、よく神さんが逃げて行った。

「あの爺さんは吝《けち》だから、誰もいつきはしませんよ。」

お千代婆さんは然う言っていたが、それ許りではないらしかった。

「いいえ、あの爺さんは、必然《きっと》夜が煩いんですよ。」

お増はお千代婆さんに話したが、お千代婆さんは妙な顔をしている限《きり》であった。

能く眠れなかったお増は、頭脳がどろんと澱んだように重かった。そして床のなかで、莨をふかしていると、隣の時計が六時を打った。お増は、朝寝をするたびに、お千代婆さんに厭味を言われたりなどすると、自分で、この頃滅切《めっきり》、まめであった昔の少《わか》い時分の気分に返ることが出来てきたので、これ迄のような自堕落な日を送ろうとは思っていなかった。小遣の使い方なども、締っていた。

「貴方の収入は此節いくらあるんですよ。」お増は浅井に時々そんな事を訊ねた。

浅井の収入は毎月決っていなかった。

「家《うち》の生活《くらし》は、いくら費《かか》るんですよ。」お増はそれも気になった。

「さあ、そいつも決っていないね。しかし生活《くらし》には何程もかかりやしない。ただ彼奴は時々酒を飲む。それから余所へ出て花を引く。それが彼《あれ》の道楽でね。」

「たまりやしないわ、其じゃ。貴方のお神さんは、必然《きっと》何かに乱次《だらし》がないんですよ。」

浅井も、それには厭気がさしていた。

「私なら、必然《きっと》きちんとして見せますがね。」お増は自信あるらしく言った。そして屢生活の入費の計算などをして見せるのであった。それがお増には何より興味があった。

「おや、人の家の生活費《くらし》の算盤をするなんて自分のものになりやしないのに。莫迦々々しい、よそうよそう。」お増は、そう言って詰らなさそうに笑い出した。

五

ここへ落著いてから、一度ちょっと訪ねたことのある友達の顔が、また可懐《なつか》しく憶出された。お雪という其友達は、お増と前後して同じ家にいた女であった。一度人の妾になって、子まで産んだことのあるお雪は、お増よりも大分年上であった。お増は気分のさっぱりしたその女と誰よりも親しくしていた。

女の亭主は、旧《もと》可也名の聞えた一時代前の新俳優であった。ずっと以前に政治運動をしたことなどもあった。お増は、口元の苦味走った、目の切の長いその男を善く知っていた。

「また青柳がやって来たよ。」

お雪と喧嘩などをして、切れたかと思うと、それからそれへと渡り歩いていた旅から帰って来て、情婦《おんな》の部屋へ坐込んでいるその男の噂が、お増の部屋へ、一番早く伝った。旅稼ぎから帰って来た青柳は、放浪者の様に窶《やつ》れて、すってんてんになってお雪のところへ転げこんで来るのであったが、お雪は切れた切れたと言いながら、矢張男の帰って来るのを待っていた。其家でも、一番よく売れたお雪は、娘を喰ものにしている一人の母親のお蔭で、その頃大分自暴気味《やけぎみ》になっていた。大きなもので酒を呷ったり、気の向かない時には、小《こっ》ぴどく客を振飛ばしなどした。二人とも、今少し年が若かったら、情死も為かねないほど心が爛れていた。傍で見ているお増などの目に凄い様な事が時々あった。

そこを出るとき、お雪の身に著くものと云っては、何にもなかった。箪笥がまるで空になっていた。以前ついていた筋の好い客が、一人も寄りつかなくなっていた。お雪は著のみ著のままで、男のところへ走ったのであった。

浅草の或劇場の裏手の方の、その家を初めて尋ねて行った時、青柳の何をして暮しているかが、お増には些《ちょっ》と解らなかった。

「良人《うち》は此の頃妙なことをしているんだよ。」

お雪はお増を長火鉢の向へ坐らせると、いきなり話しだした。見違えるほど血色に曇《うる》みが出来て、髪なども櫛巻のままであった。丈の高い体には、襟のかかった唐桟柄の双子の袷を著ていた。お雪はもう三十に手の届く中年増であった。

「へえ、何をしているの。」などとお増は、そこへ土産物の最中の袋を出しながら、訊ねた。そこからは、芝居の木の音や、鳴物の音が能く聞えた。

「何だか当ててごらんなさい。」

「相場？」

「そんな気の利いたんじゃないんだよ。」お雪は莨を吸いつけてお増に渡した。

「会社？」

「あの男に、堅気の勤務《つとめ》などが出来るものですか。」

お雪はそう云いながら、煤ぼけた押入の中から何やら、細長い箱に入ったものや、黄色い切に包んだ、汚らしい香炉のようなものを取出してきた。

「お前さんの旦那は工面がいいんだから、この軸を買ってもらっておくんなさいよ。何だか古いもので、好いんだとさ。」

燻《くす》ぶれた軸には、岩塊《いわころ》に竹などが描かれてあった。

六

日中の暑い盛りに、お増はそこへ訪ねて行った。

お増は昨夜の睡眠不足で、体に堪えがたい気懈さを覚えたが、頭脳は昨夜と同じ興奮状態が続いていた。薄暗い路次の中から広い通へ出ると、充血した目に、強い日光が痛いほど沁込んで、眩暈がしそうであった。お増は途中で傭《やと》った腕車《くるま》の幌のなかで、矢張男の心持などを考え続けていた。

お雪の家では、夫婦とも昼寝をしていた。青柳は縁の爛れたような目に、色眼鏡をかけて、筒袖の浴衣に絞《しぼり》の兵児帯などを締め、長い脛を立てて、仰向になっていた。少し離れて、お雪も朱塗の枕をして、団扇を顔に当てながらぐったり死んだようになっていた。部屋のなかには涼しい風が通って近所は森《しん》としていた。鉄板《ブリキ》を叩く響や、裏町らしい子供の泣声などが時々どこからか聞えて来た。

「よく寝ていること。随分気楽だね。」お増は上へあがったが、坐りもせずに醜い二人の寝姿を暫く眺めていた。

「いくら男が好いたって、私ならこんな人と一緒になぞなりやしない。先へ寄って奈何する心算《つもり》だろう。」お増はそんなことを考えながら、火鉢の側へ寄って、莨を喫《ふか》していた。

「おや、お増さん来たの。」お雪はそう言って、直《じき》に目をさました。

「大変なところを見られてしまった。何時来たのさ。」お雪は襟を搔合せたり、髪を撫であげたりしながら、火鉢の前へ来て坐った。

お増はへへと笑っていた。

「この暑いのに能く出て来たわね。」

「何だか詰らなくって為様がないから、遊びに来たのよ。」

「へえ、お前さんでも其様《そん》な事があるの。」

お雪は火鉢の火を搔起しながら、「貴方や貴方や」と青柳を呼起した。青柳はちょっと身動きをしたが、寝返りをうつと、また其まま寝入ってしまった。

お雪が近所で誂えた氷を食べながら、二人で無駄口を利いていると、直に三時過になった。かんかん日の当っていた後の家の亜鉛屋根《トタンやね》に、蔭が出来て、今まで昼寝をしていた近所が、俄に目覚める気勢《けはい》がした。

お増は浅井の身のうえなどを話しだしたが、お雪は身にしみて聞いてもいなかった。

「へえ、あの人お神さんがあるの。でも可いやね。そんな人の方が、伎倆《はたらき》があるんだよ。」

「いくら伎倆《はたらき》があっても、私気の多い人は厭だね。車挽でもいいから、矢張独りの人がいいと熟々《つくづく》そう思ったわ。」

青柳が不意に目をさました。

「よく寝る人だこと。」お雪はその方を見ながら、惘《あき》れたように笑った。青柳は太いしなやかな手で、胸や腋のあたりを撫廻しながら、起上った。そして不思議そうに、じろじろとお増の顔を眺めた。

「どうも暫く。」お増は更まった挨拶をした。

青柳は極《きまり》の悪そうな顔をして、お叩頭《じぎ》をした。

「ごらんの通りの廃屋《あばらや》で、……私も悉皆零落《すっかりおちぶ》れてしまいましたよ。」

「でも結構なお商売ですよ。」

「は、此の方《ほう》はね、好きな道だものですから、まあぼつぼつ遣っているんですよ。そのうち又此奴の体《からだ》を売るようなことになりやしないかと思っていますがね。」

「もう駄目ですよ。」お雪は笑った。

間もなく青柳は手拭をさげて湯に行った。

七

「あの人随分変ったわね。頭顱《あたま》の地が透けて見えるようになったわ。」お増は笑いながら、青柳の噂をした。

「ああ全然《すっかり》相が変ってしまったよ。更けて困る困ると云っちゃ、自分で気にしているの。加之《それに》私もっと、あの社会で幅が利くんだと思っていたら、からきし駄目なのよ。以前世話したものが、皆《みんな》寄附かなくなっちゃった位だもの。」

「でも何でも出来るから、いいじゃないの。」

「いいえ、どれも此も生噛《なまかじり》だから駄目なのよ。でも、こんな商売をしていれば、色々な家へ出入が出来るから、そこで仕事に有著こうとでも云うんでしょう。それもどうせ好いことはしやしないのさ。」

お雪は苦笑していた。

「それから見れば、お増さんなぞは僥倖《しあわせ》だよ。精々辛抱おしなさいよ。」

お雪は、今外交官をしている某の、まだ書生でいる時分に、初めて妾に行ったときの事などを話しだした。そして当然そこの夫人に直される運命を持っていたお雪は、田舎でも可也な家柄の人の娘であった。二人の間には、愛らしい女の子まで出来ていたのであった。

「どうして其処へ行かないの。」

「もう駄目さ。寄せつけもしやしない。その時分ですら、話がつかなかった位だもの。」

お雪はその頃のことを憶出すように、目を輝かした。その時分お雪はまだ二十歳《はたち》を少し出たばかりであった。色の真白い脊のすらりとした貴婦人風の、品格の高い自分の姿が、可懐《なつか》しく目に浮んで来た。

「それが悖うなのさ。黒田……その男は黒田と云うのよ。狆《ちん》のくさめをしたような顔しているけれど、それが豪いんだとさ。今じゃ公使をしていて、東京にはいないのよ。そこへ其時分、始終遊びに来て、碁をうったりお酒を飲んだりしていた男があったの。好い男なのよ。それが黒田の留守に、私をつかまえちゃ、始終厭らしいことばかり言うの。つまり私が其男を怒らしてしまったもんですから――然う云う奴だから、逆様《あべこべ》に私のことを、黒田に悪口したのさ。やれ国であの女を買ったと云うものがあるとか、やれ男があったとか、貞操が疑わしいとか、何とか言ってさ。黒田はそれでも私に惚れていたから、正妻に直す気は十分あったんだけれど、何分にも阿父さんが承知しないでしょう。そこへ持って来て、私の母があの酒飲の道楽ものでしょう。私を喰物にしようとしているんだから、堪りやしない。黒田だって厭気がさしたでしょうよ。」

「貴女子供に逢いたくはないの。」

「逢いたくたって、今じゃ迚も逢わせやしませんよ。それでも其当座、託《あず》けてあった氷屋の神さんに、二度ばかりあの楼《うち》へつれて来てもらったことがあったよ。私も一度行きましたよ。勿論母親だなんてことは、曖《おくび》にも出しゃしなかったの。」

「つまらないじゃありませんか。」

「為方がない。私にそれだけの運がないんだから。」

「ちっとお金の無心でもしたら可いじゃないの。」

「どうして、奥さんが大変な剛毅《しっかり》ものだとさ。」

八

「随分諦がいいわねえ。」

　お増は、自分にもそれと同じような記憶が、新たに胸に喚起された。まだ東京へ出ない前に、少時《しばらく》居たことのある田舎の町のお茶屋の若旦那と自分との間の関係などが思浮べられた。その時分のお増はまだ若かった。写真などに残っている、その頃のお増の張のある目や、むっちり肉を有《も》った頰や口元には、美しい血が漲っていた。

　コートなどを著込んで、襟巻で鼻のあたりまで裹んだ、きりりとした顔や、小柄な体には、何でも遣通《やりとお》すと云う意気と負けじ魂があった。

　お増の田舎では、縹緻《きりょう》の好い女は、殆ど誰でもすることになっている茶屋奉公に、お増も遣られた。百姓家に育ったお増は、それまで子守児などをして、苦労の多い日を暮して来た。

漸と中学を出たばかりの、そのお茶屋の若旦那は、時々余所の貸座敷などから、私と口《そっ》をかけた。浪の音などの聞える船著の町の遊廓には、入口の薄暗い土間に水浅黄色の暖簾のかかった、古びた大きい妓楼が、幾十軒となく立駢《たちなら》んでいた。上方風の小意気な鮨屋があったり、柘榴口のある綺麗な湯屋があったりした。廓の真中に植った柳に芽が吹出す雪解の時分から、黝い板庇に霙などのびしょびしょ降る十一月の頃までを、お増はその家で過した。町に風評《うわさ》が立って、そこにいられなくなったお増は、東京へ移ってからも、男のことを忘れずにいた。そこのお神に据わる時のある自分をも、長いあいだ心に描いていた。男からも、時々手紙が来た。

「この人が死んじゃったんじゃ為様がない。」

三年程前に、男の亡ったことが、お増の耳へ伝った時、それが俄に空頼みとなったのに、力を落した。お増はまた、通って来る客のなかから、男を択ばなければならなかったが、其男は容易に見つからなかった。長いあいだには、色々の男がそこへ通って来た。此方で好いと思う男は、先で思っていなかったり、親切にされる男は、此方で虫が好かなかったりなどした。年が合わなかったり、商売が気に入らなかったりした。双方いいのは親係りであった。主人持であった。

するうちに、お増は段々年を取って来た。出る間際のお増の心には、堅い一人の若いお店《たな》ものと浅井と、この二人が残った限《きり》であった。

男のために、始終裸になっていたお雪と自分とを、お増は心の中で比べていた。

「乱次《だらし》がないじゃないの。いつまで面白いことが続くもんじゃないよ。」お増は一緒にいる時分から、時々お雪に然う言ってやったことがあった。けれどもお雪自身は、それを奈何することも出来なかった。一つは、一時新造に住込んでまで、喰著いていた母親が、お雪に自分の事ばかりを考えさせておかなかったのではあったが、黒田の世話になっていた時分からの、お雪自身の体にも、然うした血が流れていたのであった。

しみじみした話が、日の暮まで絶えなかった。

「あの人の、どこがそんなに好いのさ。」お増はお雪に揶揄った。

「恁うなっちゃ、好いも悪いもありやしないよ。為方なしさ。」お増をそこまで送りに出たお雪は、そう言って笑った。

町には灯影が涼しく動いて、濡れた地面《じびた》から土の匂が鼻に通って来た。

九

日が暮れてからは、風が一戦《ひとそよ》ぎもしなかった。お増は腕車《くるま》から降りて、蒸暑い路次のなかへ入ると、急に浅井が留守の間に来ていはせぬかと云う期待に、胸が波うった。暫く居なじんだ路次は、いつに変らず静かで安易であった。先の望や気苦労もなさそうな、お雪などの取留のない話に、攪乱《かきみだ》されていた頭脳《あたま》が、日頃の自分に復ったような落著と悦びとを感じない訳に行かなかった。浅井一人に自分の生活の総てが繋っているように思われた。男の頼もしさが、何時もより強い力でお増の心に盛返されて来た。

「ただ今。」お増は鍵をあずけて出たお千代婆さんの家の格子戸を開けると、然ういって声かけた。

茶の室《ちゃま》のランプが薄暗くしてあった。水口の外に、女中が行水を使っているらしい気勢がしたが、土間には果して浅井の下駄もあった。

「おや二階でまた始まっているんだよ。」お増は浅井に済まないような、拗ねて見せたい様な可懐しい落著のない心持で、急いで梯子段をあがった。

風通の好い二階では、障子をしめた窓の片蔭に、浅井や婆さんや、能くここへ遊びに来る近所の医者などが一塊になって、目を光らせながら花に耽っていた。顔を見るたんびに、体《からだ》を診《み》てやる〳〵と云ってはお増に揶揄いなどするその医者は、派手な柄の浴衣がけで腕まくりで立膝をしていた。線の太いような其顔が、何となし青柳の気分に似通っているようで、気持が悪かった。

「お帰んなさい。」医者が声かけた。「どこへ何しに行っていたんです。お増さんがついていないもんだから、浅井さんが散々の体ですよ。」

浅井がハ、ハと内輪な笑声を立てた。

お増は火入に吸殻などの燻《いぶ》っている莨盆を引寄せて、澄まして莨を喫《ふか》していた。そして此二三日男が何をしていたかを探るように、時々浅井の顔を見たが、いつもより少し日焼がしているだけであった。

「神さんに感づかれやしないの。」お増は二年ばかり附合ってから、浅井と前後して直に家へ帰ると、蒸し蒸しする其処らを開放しながら言出した。向の女中が火種を持って来てくれなどした。

浅井はにやにやしていた。

「それでも些《ちっ》とは東京の町が歩けるようになったかい。」

「ううん、何だかつまらなかったから、浅草のお雪さんの家《うち》を訪ねて見たの。」お増は脊筋のところの汗になった襦袢や白縮緬の腰巻などを取って縁側へ拡げながら言った。

「こら、こんなに汗になってしまった。」お増は裸のままで、暫くそこに涼んでいた。

「何か食べるの。」

「そうだね。何か食べに出ようか。」

「ううん、つまらないからお止しなさいよ。」

お増は台所で体を拭くと、浴衣のうえに、細い博多の仕扱《しごき》を巻きつけて、角の氷屋から氷や水菓子抔《など》を取って来た。そして入口の板戸を直り《ぴった》締めて内へ入って来た。

お増はこの二三日の寂しさを、一時に取返しをつけるような心持で、浅井の羽織などを畳んだり、持物を仕舞込みなどして、ちびちび酒を飲む男の側で、団扇を使ったり、酒をつけたりした。そして時々時間を気にしている浅井の態度が飽足りなかった。

十

その晩そこに泊った浅井が、明朝《あした》目を醒したのは大分遅くであった。その日もじりじり暑かった。昨夜更けてから、寝床のなかで何処かの草間《くさあい》や、石の下などで啼いている虫の音を聞いた時には、もう涼しい秋が来たようで、壁に映る有明の灯影や、枕頭におかれたコップや水差、畳の手触までが、冷かであったが、睡の足りない頭や体《からだ》には、昼間の残暑は、一層じめじめと悪暑く感ぜられた。

浅井を送出してから、お増はまた夜の匂のじめついているような蒲団のなかへ入って、うとうと夢心地に、何事かを思占めながら気懈い体を横えていた。その懈さが骨の髄までも沁拡って行きそうであった。障子からさす日の光や、近所の物音——お千代婆さんの話声などの目や耳に入るのが、可恐しいようであった。

「こんな事をしていちゃ、二人の身のうえに迚も好いことはないね。」昨夜浅井が床のなかで言ったことなどが思出された。

「真実《まったく》だわ。罪だわ。」お増も、枕の上へ胸からうえを出して、莨を喫いながら呟いた。

お増の目には、麴町の家に留守をしている細君の寂しい姿が、ありあり見えるようであった。苦しい心持も、身につまされるようであった。

「何時かは必然《きっと》見つかりますよ。見つかったらそれこそ大変ですよ。」お増の顔には、悪い夢からさめかかった人のような、苦悩と不安とが漂っていた。

「ふふん。」浅井は鼻で笑っていた。

「こんな事が、貴方いつまで続くと思って？　私だって、夜もおちおち眠られやしないくらいなのよ。第一肩身も狭いし、つくづく厭だと思うわ。貴方だって、経済が二つに分れるから、つまらないじゃないの。」

「けれど、あの女も好くはないよ。彼奴さえ世帯持がよくて、気立の面白い女なら、己だって然う莫迦な真似はしたくないさ。実際あれじゃ困る。」

「でも貴方のためには、随分尽したと云う話だわ。」

「尽したと云ったところで、質屋の使でもさしたくらいのもので、然う厄介かけてると云う訳じゃないもの。己も今迄は相当な待遇をして来た心算《つもり》だ。」

　留守のまに、細君が知合の家で、よく花を引いて歩いたり、酒を飲んだり、買食をしたりすることなどを、浅井はお増にこぼした。それに病気が起ると、夜中でも起きて介抱してやらなければならなかった。それだけでも浅井の妻を嫌う理由は、十分であった。同棲している細君の母親も、浅井のためには、親切な老人ではなかった。部屋のなかが、始終引散らかっていたり、食物などの注意が、少しも行届かなかったりした。

お増には、浅井も気の毒であったが、細君も可哀そうであった。細君と別れさすのが薄情なような気がしたり、意気地がないように思えたりした。

お増は長く床のなかにも居られなかった。そして一時うつらうつらと睡に陥ちかかったかと思うと、直に目がさめた。

その日から、浅井は三四日ここに寝泊していた。ちょいちょい用を達しに外へ出て行っては、帰って来た。浅井はその頃色々の事に手を拡げはじめていた。

十一

「今日はちょっと家《うち》へ行って見て来ようかな。」

浅井は或朝床から離れると、少し開けてあった障子の隙から、空を眺めながら呟いた。空は碧く澄亙って、白い浮雲の片《きれ》が生物のように動いていた。浅井の眈り疲れた頭には、主のいない荒れた家のさまや、夜もおちおち眠れない細君の絶望の顔が浮んで来た。つい此頃余所《よそ》から連込んで来て、細君に育てさしている、今茲《ことし》四つになる女の子のことも、気にかかりだした。髪なども振散かしたままで、知合や友人の家をそっち此方《こっち》探しまわっているに決っている細君の様子も、目に見えるようであった。

「放心《うっかり》していると、ここへも遣って来ますよ。」お増も床の上に起上りながら言った。

やがて、浅井が楊枝を銜えて、近所の洗湯に行ったあとで、お増はそこらを片著けて、急いで埃を掃出した。そして鏡台を持出して髪を撫でつけ、鬢や前髪を立てて、顔を扮《つく》った。充血したような目や、興奮したような頬の色が、我ながら美しく鏡の面に眺められたが、頬骨の出たことや、鼻の尖って来たことが、ふと心に寂しい影を投げた。色が褪せてから見棄てられるものの悲しさが、胸に湧起って来た。

「商売をしたものは、奈何したってそれは駄目さ。」浅井の然う言ったことが思出された。

「私も早くどうかしなければ……。」体の弱い自分の計《はかりごと》をしなければならぬと云うことが、いつになく深くお増の心に考えられた。其からそれへと移って行くらしい、男の浮気だということも、思わない訳に行かなかった。いつ棄てられても、困らないことにさえしておけば、慾に繋がる男心の弱味をいつでも摑んでいられそうに思えた。お増は自分の心の底に流れている冷い或ものを感ぜずにはいられなかった。

「あの人の神さんなぞは、私に言わせれば莫迦だわ。」お増はそうも思った。勝利者のような誇すら感ぜられるのであった。

晴々した顔をして湯から帰って来た浅井は、昨宵《ゆうべ》の食物の残りなどで、朝飯をすますと、直に支度をして出て行った。お増は男を送出すとき何時でも経験する厭な心持を紛らそうとして、お千代婆さんの家を訪ねた。

「へえ、それでも能く飽きもせずに、三日《みっか》も四日《よっか》も、寝てばかりいられたものだね。」そう言っていそうなお千代婆さんの目の色が、嶮しかった。

お増は、昨日《きのう》浅井と一緒に出て買って来た、銘仙の反物を、そこへ出して見せた。

「これを私の袷羽織に仕立てたいんですがね。」

婆さんは反物を手に取りあげて見ていた。そして糸を切って、尺《さし》を出して一緒に丈を量りなどした。

「どうでしょう柄は。」お増は婆さんの機嫌を取るように訊ねた。

「じみでないかえ、ちっと。」

「私じみなものが好いんですよ。もうお婆さんですもの。」お増は自分の世帯持のいいことに、自信あるらしく言った。

十二

浅井の細君が、ふと其処へ訪ねて来た。

「御免下さい。」どこか硬いところのある声で、然ういいながら格子戸を開けた其女の束髪姿を見ると、お増は立ろに夫《それ》と感づいた。細君は軟かい単衣もののうえに、帯などもぐしゃぐしゃな締方をして、取繕わない風であった。丈の高いこと、面長な顔の道具の大きいことで、押出が立派であったが、色沢がわるく淋しかった。

細君は格子戸を開けると、見通になっている茶の室《ま》に坐った二人の顔を見比べたが、傘を持ったまま忸怩《もじもじ》していた。

お増は横向に俛《うつむ》いていた。

「おや誰方かと思ったら、浅井さんの奥さんですかい。」お千代婆さんはそこを離れて来た。

「さあ万望《どうぞ》。」

「有難うございます。」細君は手帕《ハンケチ》で汗ばんだ額などを拭いていたが、間もなく上にあがって挨拶をした。そして時々じろじろとお増の方を眺めた。

「この方は近所の方ですがね。」お千代婆さんは、お増を蔭に庇護《かば》うようにしながら言った。

「さいでございますか。」

顔の筋肉などの硬張ったお増は、適当の辞《ことば》も見つからずに、淋しい笑顔を外方《そっぽ》へ向けたきりであったが、其目は細君の方へ鋭く働いていた。そして細君が何を言出すかを注意していた。

「浅井さんも、此頃じゃ大分御景気が好いようで、何よりですわな。」お千代婆さんはお愛想を言いながら、お茶を淹《い》れなどした。

「何ですかね。」細君は気のない笑方をした。

「外《そと》じゃ奈何《どう》だか知りませんけれど、内は些《ちっ》とも好いことはないんですよ。加之《それに》御存じでしょうが、この頃は子供がいるもんですから、世話がやけて為ようがないんでございますよ。」

細君は断々《きれぎれ》に言った。

「然うですってね。お貰いなすったってね。」

「何ですか。料理屋とか、待合とかの女中と、情夫《いろおとこ》との間に出来た子だそうですよ。子供がないから、貰って来たっていうんですけれど、何だか解りやしませんよ。此方《こちら》へはちょいちょい伺いますの。」

「偶《たま》あに見えますがね。」

お増は莨をふかしながら、熟《じっ》と二人の話に聴入っていたが、平気で然うしたなかに置かれた自分を眺めている自分の心持が、可笑しいようであった。

「私後《のち》に来ますわ。」お増は反物を隅の方へ片づけると、そう言ってそこを出た。そして細目に開けてあった水口の方から、私《そっ》と家へ入った。

三十分ばかり、不安な待遠しい時が移った。細君は直に帰って行った。

「方々尋ねてあるいている様子だぜ。」お千代婆さんは、客を送出すと、急いで下駄を突かけてやって来た。

「お増さんも、あんなに長く引留めておくと云うのが悪いわな。」

「私を何だと思っていたでしょう。」お増は眉根を顰めた。

「それは解るもんじゃない。私も何とも言出しやしないんだから。」

十三

麹町の方へ引移ってから、お増はどうかすると買ものなどに出歩いている浅井の細君の姿を、余所ながら見ることがあった。

その頃には、一夏過したお増の様子が滅切《めっきり》変っていた。世のなかへ出た当時の、粗野《ぞんざい》な口の利方や、調子はずれの挙動が大分除《と》れて来た。櫛だの半襟だの下駄などの好みにも、下町の堅気の家の神さんに見るような渋味が加わって来た。どこか稜《かど》ばったところのあった顔の輪廓すら、見違えるほど和げられて来た。

「ほんとにお前さんは、憎いような身装《なり》をするよ。」新調の著物などを著て訪ねて行くお増の帯や、襦袢の袖を引張って見ながら、お雪が可羨《うらやま》しそうに言った。

「今のうち、もっと派手なものを著た方がいいじゃないの。」

「ううん、派手なものは私に似合やしないの。それに其様《そん》なものは先へ寄って困るもの。」

浅井はその頃、根岸の方の別邸へ引込んでいる元日本橋の可也大きな羅紗問屋の家などへ出入していた。店を潰してしまったその商人は、才の利く浅井に財政の整理を委すことにしていた。浅井は外にも、色々の仕事に手を染めはじめていた。会社の下拵などをして、資本家に譲渡すことなどに優れた手際を見せていた。

お増を移らせる家を、浅井は往復の便を計って、すぐ自分の家の四五町先に見つけた。

そこへ新しい箪笥が持込まれたり、洒落た茶箪笥が据えられたりした。

「燈台下暗しというから、此方が反っていいかも知れんよ。」浅井は初めてそこへ落著いたお増に、酒の酌をさせながら笑った。

もうセルの上に袷羽織でも引被《ひっか》けようという時節であった。新しい門の柱には、お増の苗字などが記されて、広小路にいた時分、余所《よそ》から貰った犬が一匹飼われてあった。ふかふかした絹布の座蒲団が、入替えたばかりの藺《い》の匂のする青畳に敷かれてあった。浅井の金廻りのいいことが、些《ちょっ》とした手廻の新しい道具のうえにも、気持よく現われていた。

ワイシャツ一つになって、金縁眼鏡をかけて、向前《むこうまえ》に坐っている浅井の生々した顔には、活動の勇気が、溢れているように見えた。お増の目には、その時ほど、頼しい男の力づよく映ったことは曾《かつ》てなかった。

浅井の調子は、それでも色の褪せた洋服を著ていた頃と大した変化《かわり》は認められなかった。人柄な低い優しい話声の調子や、けばけばしいことの嫌いなその身装《みなり》などが、長いあいだ女や遊場所などで磨かれて来た彼の心持と相応したものであった。

ここへ移ってからも、お増の目には、お千代婆さんの家で、穴のあくほど見詰めておいた細君の顔や姿が、始終絡《まつわ》りついていた。

「あなたのお神さんを、私つくづく見ましたよ。」お増はその当時よく浅井に話した。

「へえ。家内の方じゃ何とも言やしなかったよ。少しは変に思ったらしいがね。」

「そこが素人なんですよ。」お増は気の毒そうに言った。
「私あの人と二人のときの貴方の様子まで目につきますよ。」お増は興奮した目色をして、顎《おとがい》などのしっかりした、目元の優しい男の顔を見詰めた。

十四

迷宮へでも入ったように、出口や入口の容易に見つからない其一区劃は、通の物音なども全然《まるで》聞えなかったので、宵になると窟にでもいるように関寂《ひっそり》して居た。時々近所の門鈴《もんりん》の音が揺れたり、石炭殻の敷かれた道を歩く跫音が、聞えたりする限《きり》であった。二人きり差向《さしむかい》の部屋のなかに飽きると、浅井は女を連出して、可也距離のある大通の明るみへ楽しい冒険を試みたり、電車に乗って、日比谷や銀座あたりまでも押出したりした。

小綺麗な門や、二階屋の立並んだ静かな町を、或時お増は浅井につれられて歩いていた。二人は一緒に入るような風呂桶を買いに出た帰路《かえり》を歩いているのであった。桶を買うまでに、お増は小人数な家で風呂を焚くことの不経済を言立てたが、浅井は色々の場所におかれた女を眺めたかった。

灯影の疎なその町へ来ると、急に話を遏《や》めて、女から少し離れて溝際をあるいていた浅井の足がふと一軒の出窓の前で止った。格子戸の上に出た丸い電燈の灯影が、細い格子のはまった其窓の障子や、上口の土間にある下駄箱などを照していた。お増は直にそれと感づけた。

「およしなさいよ。」お増は此方から手真似をして見せたが、男は出窓の下を暫く離れなかった。家は閑寂《ひっそり》していた。

「へえ、あれが本宅?」お増は余程行ってから、後を振顧りながら言出した。

浅井は「ふん。」と笑った限《きり》であった。

「随分いゝ家ね。」お増は独語のように言った。

「でも前を通れば、矢張《やっぱり》好い心持はしないでしょう。可哀そうだとか何か思うでしょう。」

「ふゝ。」と浅井は笑声を洩した。

帰ってからも、お増は色々の事を浅井に訊ねた。

「それは毅然《しっかり》した女だ。人との応待も巧いし、私がいないでも、丁《ちゃん》と仕事の運びのつくように、用を弁ずるだけの伎倆《はたらき》はある。それは認めてやらない訳に行かんよ。その点は、私の細君として不足はないけれど――」浅井は言出した。

「じゃ、何故大事にして上げないんです。」

「そうも行かんよ。女はそればかりでも不可い。寧ろそんな伎倆《はたらき》のない方が、私にはいゝんだ。」然う言って浅井は笑っていた。

昼間お増は、その家の前を通って見たりなどした。ふと八百屋の店先などに立っている

細君の姿を見たこともあった。細君は顔の丸い、目元や口元の愛くるしい子供を、手かけ
で負いなどしていた。お増は急いで、その前を通過ぎた。
冬になると、浅井の足が一層家の方へ遠ざかった。偶《たま》に細君や子供の様子を見に帰って
も、一晩《ひとばん》とそこに落著いていられなかった。ヒステリーの嵩じか、って来た細君は、浅井
の顔を見ると、いきなり其胸倉に飛びついたり、瀬戸物を畳に叩きつけたりした。浅井は
蒼い顔をして貴重な書類などを入れた鞄をさげて、お増の方へ逃げて来た。
「こら、如何だ。」浅井は胸紐の乳《ち》をちぎられた羽織をそこへ脱棄てて、がっかりしたよ
うに火鉢の前に坐った。

十五

一週間の余も、放抛《うっちゃ》っておいた本宅の方へ、浅井は或日の午後、ふと顔を出してみた。
そこへ来ている筈の手紙も見たかったし、絶望的な細君に対する不安や憐愍の情も、少し
ずつ忿怒の消失せた彼の胸に沁みひろがって来た。長いあいだ貧しい自分を支えてくれた
細君の好意や伎倆《はたらき》も考えない訳に行かなかった。
「離縁するほどの悪いことを、私に対して為ていないんだから困る。」浅井は時々思出し
たように、当惑の眉を顰めた。その度にお増は顔に暗い影がさした。
「貴方は一体気が多いんですよ。」お増は男の心が疑われて来た。

「どっちへも好い子になろうったって、それは駄目よ。」お増はそうも言ってやりたかったが、別れさしてからの、後《あと》の祟の恐しさがいつも心を鈍らせた。

浅井の帰って行ったとき、細君は奥で子供と一緒に寝ていたが、女中に何か聞いている良人の声がすると、急いで起きあがって、簞笥のうえにある鏡台の前に立った。そして束髪の鬢を直したり、急いで顔に白粉を塗ったりして出て来た。

「お帰んなさいまし。」細君は燥《はしゃ》いだ脣に、ヒステリックな淋しい笑を浮べた。筋の通った鼻の上に、斑になった白粉の痕が、浅井の目に物悲しく映った。

「この前、愛子という女が、京都から訪ねて来たときも、恁うだった。」浅井は直其時《すぐ》のことを想出した。その時は浅井の心は、まだそんなに細君から離れていなかった。細君の影もまだこんなに薄くはなかった。長味のある顔や、すんなりした手足なども、今のように筋張って淋しくはなかった。

暫く京都に法律書生をしていた時分に昵《なじ》んだ其女は、旦那取などをして、可也な貯金を持っていた。そして浅井が家を持ったということを伝え聞くと、それを持って、東京に親類を持っている母親と一緒に上京したのであった。浅井はそれをお千代婆さんのところに託けておいて、それ以来の細君と自分との関係などを説いて聞せた。女は寧ろ浅井夫婦に同情を寄せた。そして一月ほどそっちこっち男に東京見物などさしてもらうと、それで満足して素直に帰って行った。縹緻《きりょう》のすぐれた、愛嬌のある其女の噂が、いつまでもお千代婆さんなどの話の種子に残っていた。

「浅井さんが、能くまあ、あの女を還したものだと思う。」お千代婆さんは、口を極めて女を讃めた。

女が京都へ帰ってからも、浅井は細君と相談して、よく色々なものを贈った。女の方からも清水《きよみず》の煎茶茶碗を寄越したり、細君へ襟正《えりしょう》の半襟を贈ってくれたりした。

「お愛ちゃんは奈何したでしょうねえ。」消息が絶えると、細君も時々その女の身のうえを案じた。

「もう嫁入したろう。」そう言っている矢先へ、思いがけなく女からまた小包がとどいた。女は矢張《やっぱり》自分の体を決めずにいるらしかった。宿屋かお茶屋の仲居でもしているのではないかと思われた。

浅井はその女の事を、時々思占めていたが、道楽をしだしてから逢った色々の女の印象と一緒に、それも次第に薄れて行った。

十六

浅井は、妻が傍に自分の顔を眺めていることを思うだけでも気窮《きづまり》であったが、細君も手紙などを整理しながら、自分の話に身を入れてもくれない良人の傍に長く坐っていられなかった。

「あの静《し》いちゃんがね。」細君は、押入の手箪笥のなかから、何やら古い書類を引くら返している良人を眺めながら、痩せた淋しげな襟を掻合し掻合し、可懐《なつか》しげな声で又側へ寄って来た。

「静《し》いちゃんがね、昨日から少し熱が出ているんですがね。」

浅井は押入の前に跪坐《しゃが》んで、手紙や書類を整理していたが、健かな荒い息が、口髭を短く刈込んだ鼻から通っていた。

「熱がある？」浅井の金縁眼鏡がきらりと此方《こっち》を向いたが、子供のことは深くも考えていないらしく、落著のない目が、また書類の方へ落ちて行った。

「……急にそんなものを纏めて、どこへ持っていらっしゃろうと云うの。」細君は、そこへべったり坐って嘆願するように言った。

「静《し》いちゃんも、あゝやって病気をして可哀そうですから、些とは落著いて、家にいて下すったって可いじゃありませんか。」

浅井は一片著片著けると、吻《ほっ》としたような顔をして、火鉢の傍へ寄って、莨をふかしはじめた。持主の知合に頼まれて、去年の冬から住むことになった其家は、蔵までついていて可也手広であった。薄日のさした庭の山茶花の梢に、小禽の動く影などが、障子の硝子越に見えた。

やがて奥へ入って行った浅井は、寝ている子供の額に触ったり、手の脈を見たりしていたが、子供はぱっちり目を開いて、物珍しげに浅井の顔を眺めた。

「静《し》いちゃん御父さんよ。」細君は傍から声をかけた。

「なに、大したことはない。売薬でも飲ましておけば、すぐ癒る。」浅井は呟いていた。

「でも私も心細ござんすから、お出になるなら切めて出先だけでも言っておいて頂かないと、真実《ほんと》に困りますわ。」

浅井は笑っていた。

「お前が素直にしていさいすれば、何のこともないんだ。それも台所をがたつかせるようなことをして置いて、女狂をしているとでも云うのなら、また格別だけれど。」

その晩長火鉢の側に、二人差向いになっている時、浅井は少し真剣《むき》になって言出した。

三四杯飲んだ酒の酔が、細君の顔にも出ていた。

「それに今迄は私も黙っていたけれど、お前は少し家の繰廻し方が下手じゃないか。」浅井は、不断の低い優しい調子できめつけた。

「人のことばかり責めないで、一体私の留守のまに、お前は何をしている。」

「それは貴方が、何かを包みかくしているから、私だってつまらない時は、偶《たま》にお花ぐらい引きに行きますわ。」

「私はそれを悪いと言やしない。自分の著るものまで亡して耽るのがよくないと云うのだ。」

浅井は此前から気のついていた、つい此頃買ったばかりの細君の指環や、ちょい〳〵著の糸織の小袖などの、箪笥に見えないことなどを言出したが、諄《くど》くも言立てなかった。

「どっちも悪いことは五分々々だ。」などと笑ってすました。

十七

ある晩浅井とお増とが、下町の方の年の市へ行っている留守の間に、いきなり細君が押込んで来た。

お増の囲われた家を突留めるまでに費した細君の苦心は、一通りでなかった。浅井が家を出るたびに、細君は車夫に金を握らしたり、腕車《くるま》に乗らないときは、若衆《わかいしゅ》を頼んで、後から見えがくれに尾けさしたりしたが、用心深い浅井は、如何な場合にも、真直にお増の方へ行くようなことはなかった。

「大丈夫でござんすよ奥さん……」若衆はそう言って細君に復命した。

「為様がないね。きっとお前さんを撒いてしまったんですよ。」

終に細君は素直にばかりしていられなくなった。大切な株券が、在る筈のところになかったり、債券が見えなくなったりした。それを発見する度に、細君は目の色をかえた。如何かすると、出来るだけ立派な身装をして、自身浅井の知合の家を尋ねまわるかと思うと、絶望的な蒼い顔をして、髪も結わずに、不断著のままで子供をつれて近所を彷徨《うろつ》いたり、蒲団を引被《ひっかつ》いで二日も三日も家に寝ていたりした。

偶《たま》に手紙や何かを取りに来る浅井の顔を見ると、いきなり胸倉を取って武者振りついたり、座敷中を狂人《きちがい》のように暴れまわったりした。

「そんな乱暴な真似をしなくとも話はわかる。」浅井は漸《ようよ》うのことで細君を宥めて下に坐った。

細君は、髪を振乱したまゝ、そこに突伏して、子供のようにさめぐ〳〵と泣出した。

跣足で後から追かけて来る細君のために、漸く逃出そうとした浅井は、二三町も先から家へ引戻さなければならなかった。

宵のうちの静かな町は、まだ其処此処の窓から、明がさしていたり、話声が聞えたりした。

「どこまでも私は尾いて行く。」細君はせいせい息をはずませながら、浅井と一緒に並んで歩いた。疲れた顔や、唇の色が全然《まるで》死人のように蒼褪めていた。寒い風が顔や頸にかゝった髪を吹いていた。

そんな事があってから二三日のあいだ細君は病人のように、床につき限であった。

「つく〴〵厭になってしまった。」浅井はお増の方へ帰ると、蒼い顔をして溜息を吐いていた。

「全然《まるで》狂気だ。」

「為様がないね、そんなじゃ……」お増も眉を顰めた。

「為方がないから、当分放抛《うっちゃ》っておくんだ。」浅井は苦笑していた。

お増の家のすぐ近くの通をうろついている犬に、細君はふと心を惹かれた。その犬の狐色の尨毛《むくげ》や、鼻頭の斑点《ぶち》などが、細君の目にも見覚えがあった。犬は浅井について時々自分の方へも姿を見せたことがあった。

「奥さん、あの尨犬が電車通に居りましてすよ。」買物などに出た女中が、いつも然う言って報したことも思出された。

やがて犬の後をつけて、静かなその地内へ入って行った細君は、其日も其辺へ買物に来ていたのであった。

「ポチ、ポチ、ポチ。」新建《しんだち》の新しい家の裏口へ入って行った犬が、内から聞える女の声に呼込まれて行ったのは、それから大分経ってからであった。

「為方がないじゃないか、こんなに足を汚して。」埃函などの幾個も出ている、細い路次口に佇んでいる細君の耳に、そんな声が聞えた。

晩方に細君は、顔などを扮って、きちんとした身装をして、そこへ出向いて行ったのであった。

十八

浅井とお増とが、子供に贈る羽子板や翫具などをこて〳〵買って、それを帰りがけに食べた天麩羅の折詰と一緒に提げながら帰って来たとき、留守を預っていたお増の遠い縁続きにあたる若い女が、景気よく入って来るその跫音を聞きつけて、急いで玄関口へ顔を出した。

「お今《いま》ちゃん唯今。」

鼻を鳴して絡《まつわ》りつく犬を劬《いたわ》りながら、鉄瓶の湯気などの暖かく籠った茶《ちゃ》の室《ま》へ、二人は冷い頰を撫でながら通った。

「貴方がたが出ておいでなさると、直《すぐ》其後へ女の人が訪ねて来たんですよ。」お今はそこへ持出していた自分の針仕事を、急いで取片著けながら、細君の来た時の様子を話出した。

「へえ。どんな女？」お増が新調のコートを脱ぎながら、気忙しく訊いた。

「能くは判らなかったけれども、何だか老けた顔していましたわ。脊の高い瘦せた人ですよ。それで私が、お二人ともお留守だと然う言いましたらば、名も何も言わずに、直《じき》に帰って行きましたわ。」

「てっきりお柳さんですよ。」お増は坐りもしないで言った。

「私もそう思いました。」お今も愛らしい目を二人の方へ動かしながら言った。その顔が美しく薔薇色に火照っていた。

「知れる訳はない筈だがね。」浅井は首を傾げながら呟いた。

「貴方がつけられたんですよ必然《きっと》。」お増は思案ぶかい目色をした。

浅井は目元に笑っていた。

「何、知れるものなら、此方《こっち》が何様《どんな》に用心したって何時か知れる。向はお前一生懸命だもの。」

「それにしても、あの人きっとまた来ますよ。事によると、何処かそこいらにまだ居るかも知れませんよ。」お増は不安そうに言った。

「恁うしているところへ踏込まれてごらんなさい、それこそ事ですよ。私はどんな事があったって、あの人と顔なぞ合わせやしないからよ。」

自分達の巣を、また他へ移さなければならぬことが、差詰め考えられた。

「わたしお雪さんのところへ、暫く行っていましょうか。」お増は言出した。

「とにかく此処を出ようよ。見つかっちゃ何彼と面倒だ。」

後をお今に頼んで、二人はそこを脱出した。そして用心深く通まで出ると、急いで電車に乗った。電車は空いていた。そして薄暗い夜更の町を全速力で走った。二人は疲れた体を揺られながら、お柳の気のつかないような家を、彼これと物色したが、蒼い顔したお柳が、何処までもへばりついて来そうに思えてならなかった。

「綺麗に手を切ってしまわなくちゃ駄目ですよ。」お増は暗い目をしながら言った。

手土産などをさげて、本郷の方の或友人の家の門を叩いたのは、其夜のもう十二時過であった。その友人は、近頃お千代婆さんの処で知合になった、ある雑誌の記者であった。「まあ大変おそく――」婆さんの家で浅井の旧《もと》から知っていた其細君は、寝衣《ねまき》姿で出て来て門を開けた。そこにお増が笑いながら立っていた。蔭にいる浅井の顔には、寒さ凌ぎに途中で飲んだ酒の酔があった。

十九

夜のものなどの一向手薄なそこの家に、落著のない一晩があけると、その午後浅井はつい近所に、当分お増を置くような下宿の空間を探しに出た。

「到頭見つかったんですかね。可怖い〱。」などと友人の細君が三つばかりの子供に乳を吞せながら、お増の身のうえを危ぶむような目色をしていた。

「じゃまあ今度談がつくんでしょう。」

「奈何なるか解りやしませんよ。」

その時二人はじめ〱した茶《ちゃ》の室《ま》の火鉢の側で、話込んでいた。

一時の避難所に択んだ下宿の方へ移って行ってからも、浅井が外へ出て行った後の部屋が気窮《きづまり》になって来ると、お増はちょい〱気のおけないそこの茶《ちゃ》の室《ま》へ茶菓子などを持込んで遊びに来た。そしてそこで髪などを結うことにした。

「私も子供が一人産んでみたいような気がするね。」お増は無雑作に自分の膝へ抱取った子供の柔かい顔に、頰擦などしながら言った。

「貰って下さいよ一人。私のところでは、どしどし出来そうですから。」

「うゝん、くれられるものか。大事に育てなけあ不可いよ。」

二三日たつと、何もなかった下宿の部屋へ、色々の手廻のものが持込まれた。お増は何事か起っていそうな自分の家の様子が気にかゝって来ると、私《そっ》とそこへ訪ねて行った。家には毎日裁縫や料理の学校へ通うお今の外に、気丈夫そうな知合の婆さんが一人、留守に頼んであった。

「あ、よし〳〵、お前ばかりだよ。そんなにしてくれるのは。」お増はくん〳〵鼻を鳴しながら、なつかしい主の膝や胸へ取りついて来る愛物の頭を撫でながら、買って来た干菓子などを壊して口へ入れてやった。

「あれから誰も来ない？」お増は家中を見廻りながら、明るい窓のところで、田舎へ出す手紙を書いているお今の後ろへ来て訊ねたが、矢張お柳の来たような様子はなかった。

「如何したというんだろうね。」

何事もなければ無いで、お増は矢張それが不安であった。そこに自分のために、不運な何物かが待設けているように思えた。

「こんな事していたって、姉さんつまらないじゃないの。」お今は簞笥から著替を取出しているお増の側から言出した。

「著物なぞいくらあったって日蔭者じゃ為様がないじゃないの。」

堅気の田舎の家庭から巣立して来たばかりのお今の生《うぶ》な目には、お増の不思議な生活が煩わしくも見えるのであった。

「それはお前さん方は然うさ。」お増は笑っていた。

外湯に入りつけないお増は、自身湯殿へおりて、風呂を焚きつけたり、しばらく手にかけない長火鉢に拭巾をかけたりして働いていた。

日の暮方にお増は独りで、透徹るような湯のなかに体を涵《ひた》して、見知らぬ温泉場にでも隠れているような安易さを感じながら、うっとりして居た。

二十

赤坂の方で新たに借りた二階建の家へ、漸《やっ》とお増の落著いたのは、その年もぐっと押詰ってからであった。それまでにお増は幾度となく、下宿と先の家との間を往来したが、通りがかりに見る暮の気の忙しい町のさまが、そうして宙に垂下《ぶらさが》っているような不安定の心持に、一層あわたゞしく映った。

「これじゃお正月が来たって、為様がありやしない。全然《まるで》旅にいるようなものだわ。」

お増はそう言いながら、何時引払って行くか知れない家の茶《ちゃ》の室《ま》で、不自由な下宿では食べることの出来ない、自分の好きな煮物などで、お今と一緒に飯を食べながら言った。

そこへ浅井も、一日会社や自分の用を達しに歩いていた其足で、寄って来た。

「今日ちょっと家へ行って見たよ。」浅井は落著のない目色をしながら、火鉢の側へ寄って来た。

「あの、奥様が旦那がお帰りになりましたらば、些《ちょい》とでい、から、おいで下さいましって。」そう言って昨日の朝、お柳の方から使が来た。それを聞いて、浅井は今日はそこへも廻って見たのであった。

「どんな様子でしたか。」お増は訊いた。

別れ談《ばなし》が巧く纏るか如何かが、あの事件以来、二人の頭に憮い刺戟を与えていたが、細君から悉皆《すっかり》離れて了った浅井の心には、まだ時々微な反省と苦痛とが刺のように残っていた。

「む、別に変りはない。」浅井は、自分から見棄ててしまった、寂しい荒れた家のさまや、絶望の手を広げてまだ自分に縋りつこうとしているようなお柳の遣瀬ない顔を、今見て来たままに思浮べながら、淋しく笑った。

「話を持出して見たのですか。」

「それも口を切って見たけれど、あゝなると女は解らなくなる一方でね、薩張要領を得ないから困る。」

「それは然うですよ。それでどう言っているんです。」

「要するにお前を突出してくれと言うに過ぎない。」

浅井はお柳がお増のことを色々聞きたがったことなどを思出していた。

「どうせ当人同士じゃ話の纏りっこはありませんよ。誰か人をお入れなさいよ。」

「それにしても、目と鼻の間じゃ仕事がしにくい。早く家を見つけなくちゃ。」

新しい家の方へ、間もなく荷物が私と運込《そっ》まれた。綺麗な二階が二室《ふたま》もあるようなその家は、前の家からみると周囲《まわり》なども綺麗で住心地がよさそうであった。暫くの間に滅切《めっきり》殖えた道具を、お増は朝から一日かゝって、それ〳〵片著けた。そして久振で燥《はしゃ》いだような心持になって、そこらを掃いたり拭いたりしていた。

洒落た花形の電燈の笠などの下った二階の縁側へ出て見ると、すぐ目の前に三聯隊の赭い煉瓦の兵営の建物などが見えて、飾竹や門松の悉皆《すっかり》立てられた目の下の屋並には、もう春が来ているようであった。賑かな通の方から、浮立つような楽隊の囃なども聞えて来た。

「ちょいと、こゝならば長くいられそうね。」置物などを飾っている浅井を振顧ってお増は悦しそうに浮々した調子で言いかけた。

二十一

心のわさ〳〵するような日が、年暮《くれ》から春へかけて幾日《いくか》となく続いた。お増は暮の町を珍しがるお今をつれて、ちょい〳〵した物を買いに、幾度となく通の方まで出て行ったり、台所で重詰など拵えるのに忙しかったが、初めて一家の主婦として、色々の事に気を配っている自分の女房振が、自分にも珍しかった。

羅紗問屋の隠居が、引越祝に贈ってくれた銀地に山水を描いた屛風などの飾られた二階の一室《ひとま》で、浅井の棋敵《ごがたき》の小林という剽軽な弁護士と、芸者あがりのその妾と一緒に、お増夫婦は、好きな花を引いて、楽しい大晦日の一夜を賑かに更かした。

お歳暮に来る人達の出入するたびに鳴っていた門の鈴の音も静って、その度にお今に呼ばれて下へ降りて行ったお増は、漸《やっ》と落著いて仲間に加わることが出来た。本宅の方での交際《つきあい》も、今年残らず此方《こっち》へ移されることになったのであった。水引のかゝったお歳暮が階下《した》の茶の室《ちゃのま》に堆く積まれてあった。

お増はお今などの前にもそれを矜《ほこら》しく思った。

「へえ、またビールなの。そんなものを担込む人の気がしれないね。」

お増は宵のうちに、早手廻しに結って貰った丸髷の頭を据えながら、長火鉢の傍から顔を顰めていた。

「奥さん〳〵、今年は貴女有卦に入っていますよ。」酒ずきな弁護士は、ぐで〳〵に酔っても、未だにちや〳〵する猪口を手から離さなかった。

「お柳さんの方は大丈夫、私が談《はなし》をつけてあげます。その代り私が怨まれます。少し殺生だが、そのくらいのことは奥さんのために、私が必然《きつと》しますよ。」弁護士は、太い青筋の立った手で、猪口をお増に差しつけた。

「い、え。如何いたしまして。私はどうだって可いんです。」お増は横を向いて、莨をふかしていた。

除夜の鐘が、ひっそり静った夜の湿っぽい空気に伝って来た。やがて友達の引揚げて行った座敷に、夫婦はしばらく茶を淹れなどして、しめやかに話しながら差向いでいた。綺麗に均された桐胴の火鉢の白い灰が、底冷のきびしい明方ちかくの夜気に蒼白めて、酒のさめかけた二人の顔には、深い疲労と、興奮の色が見えていた。表にはまだ全く人足が絶えていなかった。夜明にはまだ大分間があった。

明朝《あした》は麗かな、好い天気であった。空には紙鳶《たこ》のうなりなども聞かれた。昨夜のまゝに散らかった座敷のなかに、ふか〳〵した蒲団を被いて寝ている二人の姿が、懈いお増の目に、新しく婚礼した夫婦か何かのように、物珍しく映った。部屋には薄赤い電気の灯影が、夢のように漂っていた。

「何だか貴方と私と、御婚礼しているようね。」

著替をしたお増は屠蘇の銚子などに飾られた下の座敷で、浅井と差向いでいるとき、独りでそう思った。そこへお今も、はれ〴〵した笑顔で出て来て、「おめでとう。」と可羞しそうにお辞儀をした。健かな血が、化粧した肌理のいゝ頰に、美しく上《のぼ》っていた。

綱引の腕車《くるま》で出て行く、フロック姿の浅井を、玄関に送出したお増は、屠蘇の酔にほんのり顔をあからめて、恭々しくそこに坐っていた。

家のなかゞ、急にひっそりして来た。羽子の音などが、もうそこにも此処にも聞えた。自分は自分だけで年始に行くときの晴著の襦袢の襟などをつけているうちに、もう昼になって、元日の気分がどことなくだらけて来た。

二十二

長火鉢の側の柱にかゝった日暦の頁に遊び事や来客などの多い正月一月が、幻のように剝がれて行った。

お増は春になってから一度、二人打揃うて訪ねてくれた根岸の隠居の家へ浅井と一緒に出かけて行ったり、その連中と芝居を見に行ったりした。何時か浅井の骨折で、それを抵当に一万円ばかりの金を借りたりなどした別荘に、隠居はお芳と云う妾と一緒に住んでいた。そして方々に散らかっている問屋時代の貸などを取立てて月々の暮しを立てていたが、贅沢を為慣れて来た老人は、矢張それだけでは足りなかった。時々古い軸が持出されたり、骨董品が売払われたりした。色白の肉づきのぼちゃ〳〵した、目元などに愛嬌のあるお芳は、上がもう中学へ通っているくらいの子供達と一緒に、劇しいヒステリーで気が変になって、東京在の田舎の実家《さと》へ引込んでいる隠居の添合《つれあい》が、家政を切廻している時分には、まだ相模の南の方から来て間もないほどの召使であった。

五十三四になった胃病持の隠居は、お増の訪ねて行ったときも、何時ものとおり、朝から酒に酔っていた。癇癪の強いらしいその目が、どんよりした色に濁って、調子が相変らず突拍子であった。

庭木や、泉水の金魚などに綺麗に霜除のされた、広い平庭の芝生に、暖かい日が当って、隠居の居室《いま》は、何不足もなく暮している人の住居のように、安静であった。

「お揃でおいでになったんだ。一つ何処かへ美《うま》いものでも食べに行こうじゃごわせんか。」

隠居は少しふらつくような、細長い首を振立てて、妙な手容《てつき》をした。

どこが可かろうかと云う評議が始まった。

「そのうえ酒を召食って、皆さんに迷惑かけるよりか、今日はどこぞお芝居がいいじゃございませんか。」お芳が傍から言出した。

「芝居もいゝが、どこか顔を知らねえところへ行こう。知ったところは金がかゝって為様がねえ。」隠居は捲舌で言った。

「私はな、いくら零落《おちぶ》れても、遊場所などへ出かけて行って、吝々《けちけち》するのは大嫌だ。浅井さん、私は大体然う云った性分だ。」

今に行詰って来ずにはおかぬ隠居の身のうえが、浅井にもお増にも見透されるようであった。

「お芳さんは、あ、やっていて終《しまい》に如何するんでしょうね。」外へ出ると、お増は不安そうに訊いた。

「あの人、自分でお金をよけておくと云う風でもないのね。著物や何か、いくら拵えたって知れたものですわ。」

「古川に水絶えずで、それでも、まだ二年や三年はね。」浅井は薄笑をしていた。

二組の夫婦は、時々誘いあわして、浅草を歩いたり、相撲見物に出かけたりした。そしていつも酔払って、隣の客に喰ってかゝりなどする隠居のそばに、浅井もお増もはらはらしていたが、お芳は手帕を口にあてて、顔を赧めながら、後《うしろ》でくすくす笑っていた。

「何が可笑しいんだい。」隠居は額に筋を立てて、お芳を呶鳴りつけた。それがまた可笑しいといって、お芳は浅井夫婦と顔を見合せて腹を抱えた。

二十三

「私暫くのあいだお宅に御厄介になっていてもよくて?」

月が代ってから、痔に悩んでいた浅井が、伊豆の方へ湯治に行った留守に、お雪が不断著のままで、ふと或日お増のところへやって来た。

お雪が前の家にいる時にも、青柳と喧嘩したとかいって、一度泊りがけで遣って来たことがあったが、その時は直《じき》に青柳が来て連れて行った。

黒い眼鏡などをかけた青柳は、そのおり浅井にも些《ちょっ》と逢って挨拶をして行った。余り風体のよくない、そんな男の出入りすることは、浅井には快くなかったが、お増は浅井に秘密《ないしょ》で、時々お雪に小遣などを貸していた。

「何だか自分の作った唄の本を出すんだとさ。」

お雪は芝居の方が悉皆《すっかり》駄目になった青柳が、流行節のような自作の読売を出版するその費用の融通を、お増に頼みに来たりした。

「あの人駄目よ。あんた一生苦労しますよ。それよりかあの人と手を切って、今のうちに黒田に泣きついて、何とかしてもらったら如何。その話なら宅《うち》の浅井に相談したら、先方へ交渉《かけあ》ってもらえないこともなかろうと思うがね。」

お増は、お雪が先に見込もない芸人などに引摺られているのを、歯痒く思ったが、長いあいだ腐れあった二人のなかは、手のつけようもないほど廃頽し切っているのであった。前垂がけに、半襟の附いた著物を著て、ずるりと火鉢の傍へ寄って来たお雪は、地の荒れた顔にだらけた笑を浮べていた。一時此女にあった棄鉢な気分さえ見られなかった。

「へえ。また喧嘩したの。」お増は気なしに訊いた。

「いゝえ、然うじゃないの。」お雪は莨をふかしながら、にや〳〵していた。

「青柳が少し仕事をするんだとさ。」

「仕事って何さ。」

「大変な仕事さ。」お雪は矢張笑った。

「後家さんでも瞞すのかい。」

「まあ然う云ったようなもんさ。その相手が余所《よそ》のお嬢さんなの。」

「へえ、罪なことをするね。」お増はそう思いながら、友達の顔を眺めていた。

お雪は少し顔を顰めながら、「それには私が家にいては都合が悪いのだとさ。」

「家へ引張り込むの。」

「多分そうでしょうよ。」お雪は極悪《きまりわる》そうに俛《うつむ》いていた。

「わたし、あの男あんなに悪い奴じゃないと思っていたら……どうして」お雪は呟いた。

「芸じゃ駄目だから、色で金儲をするなんて、あの男も堕落したものさ。あんな男に引かゝるお嬢さんがあるのかと思うと、気の毒のような気がするわ。それあお前さん、先は名誉のある人だもの、そんなことが新聞にでも出てごらんなさい、堪ったもんじゃありゃしない。そこが此方《こっち》の附目なのさ。」

「そのお嬢さん見たの。」

「いゝえ。」

二十四

「だけど私もう一度あんな気になって見たいと思うよ。若い時分には、大なり小なり皆そんなような事があったじゃないの。」

お雪は青柳が受取ったと云う手紙の、心をこめた美しい文句やら、指環だの髪の道具だのの、青柳の手に渡った持物などから顔も様子も略《ほぼ》想像のできるような、その令嬢の淡々しい心持を思出していた。令嬢は些《ちょっ》とした実業家の娘であったが、まだ年の若い派手ずきなその継母が堅気の女でないことだけは解っていた。

「ほら、二人で楽屋へ入って行ったことがあるじゃないかね。」

お雪は田舎の町で、お増などと一緒に通っていた、常磐津の師匠の処へ遊びに来る、土地の役者の舞台姿などに胸を唆られて、その役者から貰った簪を挿して、嬉しがっていたことや、手を引合いながら、暗い舞台裏を通って、可怕々々その部屋へ遊びに行ったことなどを、能く覚えていた。朝顔日記の川場の深雪《みゆき》などをしていた役者の面影が、中でも一番印象が深かった。

「……何でも三人で行った時だったよ。何が悲しかったのか、三人とも舞台も見ないで、おいおい泣いていたじゃないの。泣かなくちゃ悪いとでも思ったものだろうよ。」

お雪はお増の手を打って、目に涙の入染《にじ》むほど笑った。

「莫迦だね。」お増も苦笑した。「あの時分はまだ真《ほん》の子供だもの。漸《やっ》と十四か五だよ。」

「でも色気はあったんだわねえ。」

紫の袴をはいたお今が、「たゞ今。」と云って帰って来たとき、お増は台所で瓦斯の火で、晩の食物を煮ていたが、その傍に、お雪も何かの皮を剝きながら、無駄話に耽ってい た。

「段々好くなるよ、あの娘は――」お雪は自分の部屋へ入って行くお今の後姿を見送りながら、呟いた。

「あんな娘を傍におくと、険難《けんのん》だよ。」

「うゝん、まさか。」

「初めて見た時から見ると、全然《まるで》変ったよ。――あんな時分が一番いゝわね。何の気苦労もなさそうで。私なんか、長いあいだ何をして来たんだろうと、然う思うよ。――係うしてこんな事して終に死んじまうんだわね。」

そう言うお雪の横顔が、お増の目に惨に見えた。張合のなさそうな、懈い其の生活が坐《そぞろ》に惘れまれもした。

「私まだ彼処《あすこ》にいた方が、いくらか気に引立があったよ。出てしまって、反ってつまらなくなって了いましたよ。」

「でも青柳さんが、そんな事していれば、矢張好い気持はしないでしょうね。」

「何でもありゃしませんよ。」

お雪は剝くものを剝いて了うと、それを目笊に入れて、水口にいる女中の方へ渡した。そして柱に背《せなか》を凭せて、そこに跪坐《しゃが》んでいた。

「ちょいと、貴女とこのこれは如何して？」お雪は小指を出して見せて、「もう片著いて？」

「うん、未だ駄目なの。」お増は眉を顰めた。

「月が代ったら、お柳の兄さんが田舎からその談に出て来ることになってはいるんですけれどもね。」

「家の青柳も、堅気になって、何かこんなような事でも出来ないものかしら。」お雪は独語のように言っていた。

二十五

「お増さん、今日は私ちょっと家《うち》へ行って見てきますわ。」

お増と差向いの無駄話や花などに、うか〳〵した四日五日は直《じき》に過ぎてしまった或日の晩方、お雪はふと憶出したように、毎日火鉢の傍に放下《ほうか》してあった煙管を袋に収めて出て行った。

「貴方ほんとに仕合だよ。」お雪は簞笥から出してみせる、お増の新調の著物などを眺めながら、そう云って可羨しがっていたが、こゝに居昵《いなじ》むにつれて、近頃滅切お増の生活の豊になったことが、適切に解って来た。

その日は午後にまわって来た髪結に、二人一緒に、髪を結わしなどしたが、お雪は鏡に向って見る自分の、以前はお増などより髪の多かった頭顱《あたま》の地が滅切すけて来たことが、心細かった。鏡台を据えた縁側の障子からは、薄い日影がさして、濁った顔の色が、黄色く鏡に映っていた。

「こら、こんなに禿が大きくなったよ。」お雪は下梳《したずき》が、癖直しをしているとき、真中のすけた地を、指頭で撫でまわしながら、面白そうに笑った。

「もう十年も経ったら、此辺は全然《まるで》毛がなくなって了うよ。」

お増は結立の頭を据えて、側に莨をふかしながら見ていた。十六七時分から、妾にやられたり、商売をさせられたりして来た、友達のこの十五六年間の暗い生活が振顧られた。

「鼠の子を黒焼にして飲むと好いなんて、能くそんなことを言ったものだけれど、当《あて》になりゃしない。」お増はそんな事を思出していた。

「矢張体が弱っているんだよ。」

「迚も遣切れないと思うことがあるものね。」

二人はそう言って、大話をしながら、髪結と一緒に笑った。

家へ帰って行ったお雪が、二三日してまた訪ねる頃には、もう浅井の湯治場から帰って来た家のなかが、何となくごたついていた。

　来客のある二階から降りて来たお増の顔は、どこかいつもより引締って、物思わしげであったが、食物《たべもの》の支度に取散らかされた長火鉢の傍に坐って、銅壺に浸《つか》った酒の燗などを見ながら、待っているお雪の顔を見ると、意味ありげな目色をして、にやりと笑った。お雪は直《すぐ》にそれと呑込めた。

「お柳さんの兄さんと云う人が、田舎から出て来たもんだから、急に話をつけることになったの。」

「へえ、その兄さんが来たの。」

「い、え、間《なか》へ入る人――弁護士よ。」

「うまく行きそう。」

「う、ん如何だか。」

　お増は煙管を取りあげて、莨をふかしながら、考え深い目色をしていた。

「これは、迚も承知しませんよ。」お増は小指を出してみせた。

「だけど、兄さんと云う人が、田舎で役人をしていて、慾張なんですって。それがお金次第で如何でもなりそうなんだと。」お増は不安そうに呟いた。

「それに、宅じゃ随分綺麗な話をしているんだもの。先の身の立つように。」お増は落著いてそこに坐ってもいなかった。

「いつかの話のあのお嬢さん如何《どう》したの。」立ちがけにお増が聞いた。

「駄目よ、到頭物にならずじまいだと。」お雪は苦笑して、

「誰が、あんなお爺さんに引っかゝるものか。それに、来てみて、家の汚いのに呆れたでしょうよ。」

二十六

やがて銚子を持って、二階へ上って行ったお増は、色々の打合をしている浅井と小林弁護士との側に、お酌などしながら、二三十分も坐って話を聴いていると、直《すぐ》にまた下へ降りて来た。

お柳の兄が来たと云う電報を受取って、浅井が東京へ帰って来るまで、小林はもう二度もお柳の家で兄に会見しているのだと云うことであった。

「どんな人です。」小林の口から話される、談判の進行模様などを聞きながら、お増が訊きたがるのであった。

小林の談《はなし》によって想像される彼以来《あれいらい》のお柳は、持病のヒステリーが一層嵩じているらしかった。春になってからは、浅井の一度も姿の見せぬ、物寂れた家のなかに、絶望的な某日々々を送っていたが、時々子供などをつれて、浅井の様子を捜りかた〴〵小林の細君の

方へ私と遊びに来た。是迄に、浅井と一緒に苦労して来たことが、その度に其口から繰返されるのであった。

「少し懐《そっ》が温まって来ると、もうあんな女などに引っかゝって、女が悪いんですよ。浅井だって今に目がさめますよ。」

お柳はそう言いながら、如何かすると、居所さえ明してくれぬ小林に突かゝるような様子を見せたが、其都度小林の細君に慰められて帰って行った。

小林が迚も自分の味方でないことが、直《じき》にお柳に解って来た。

「小林さんだって、酷いじゃありませんか。」

お柳は、田舎から出て来た兄と談判を進めようとしている小林の傍へ来て、口を開さないまでに、いきり立って畳みかけた。夜もおち〳〵眠らないらしい其顔が、げっそり肉が落ちていた。

「私にくれるお金を、その人にくれて手を切らして下さい。」お柳はそう言って肯《き》かなかった。

「そんなら其人を、自宅へつれて来ておけば可いじゃありませんか。」お柳はそこまでも終に気が折れて来たのであった。

お柳のそうした苦悶を、お増は自分の胸にも響けて来るように感じた。お千代婆さんの家や、途中などで、二度も三度も見かけたことのある、お柳の蒼白い顔や、淋しい痩ぎすな後姿などが、彷彿《まざまざ》目に浮んで来た。

「矢張《やっぱり》貴方が悪いんですよ。」お増は浅井の顔を眺めながら、そう思った。どんなことにも驚かないような優しい浅井の目は、怜悧そうにちろちろ光っていた。

「お柳さんの兄貴ですか。そうさね。」小林はお増の顔を眺めて、

「彼此私くらいの年輩でしょう——四十六七だね。収税吏も余り好いところじゃないらしいよ。一度御馳走でもして、金の顔を見せさえすれば、それは請合って綺麗に纏まる。金のほしいと云うことは、歴々《ありあり》見えすいているんだ。」

「お金はみんなその人の懐へ入ってしまうんでしょう。」お増は訊いた。

「どうせ然うさ。」浅井は淋しく笑った。

「可いじゃないか、お金がお柳さんの身につこうと附くまいと。」

階下《した》へおりると、お雪が飛んだところへ来合せたと云うような顔をして、淋しそうに火鉢の側で膝を崩していた。その前へ来て坐るお増の顔には、胸に溢れる歓喜の情が蔽いきれなかった。

二十七

飲出すと、何時も後を引く癖のある小林が、浅井と二三番も碁を闘わしてから、帰って行ったのは、大分遅くであった。

「また始まったよ。」

二階に碁石の音が冴えだした時に、丁度お雪からその令嬢の話など聞かされていたお増は、傍に針仕事をしているお今と、顔を見合せながら呟いていた。お雪の口からは、お今が熱《ほて》る顔に袖をあてて、横へ突伏してしまうほど、極《きまり》の悪いような事が話出された。

「今度私にも加勢しろと、青柳が然う言うんだけれど、いくら何でもそんな罪なこと私に出来やしませんわ。つまり、私が現場へ呶鳴り込むか奈何かするんでしょう、美人局ね。」

「へえ、そんな人の悪いことするの、まるでお芝居のようだね。」お増は目を丸くした。

「ほんとに私も厭になってしまったのよ。」お雪は可恥しそうに俛《うつむ》いた。

「そんな事して、法律の罪にならないか知ら。」

「如何だか解りやしないわ。」お雪は苦笑していた。

そこへ、ふら〳〵と降りて来た小林が、茶《ちゃ》の室《ま》へ入って、女連に揶揄いながら帰って行った。

「奥さん今夜から貴女は安心して寝られますよ。」小林は酒くさい息を吹きながら、

「その代り、今度は貴女の番ですよ。私が明言しておく。」

小林はそう言いながら、衆《みんな》に送出されて出て行った。

「厭なこと言う人だよ。」

お雪やお今が寝静ってから、お増は蒲団のなかに横わっている浅井の枕頭《まくらもと》へ来て、萓

を喫しながら、それを気にしていた。可悔しまぎれに、小林に喰ってかゝるお柳の険相な顔や、長いあいだ住みなれた東京の家《うち》を離れて、兄と一緒に汽車に乗込んで田舎へ帰って行く姿などが、目に見えるようであった。

「あれだけは、己の失策だったよ。」浅井が興奮したような顔を擡げて言出した。

「己は他に人から非難を受けるような点はないんだ。あれに懲りて女には今後断然手を出さんと云うことにしよう。」

「然うは行きませんよ。」お増はまじ〳〵其顔を眺めていた。

「いや、あんな女もちょっと希しいよ。恁うなるのが、彼奴の当然の運命だよ。己は決して可哀そうとは思わん。」長いあいだお柳に苦しめられて来たことが、浅井の胸に考えられた。

「でも、私は一生あの人に祟られますよ。」

「莫迦言ってら。」浅井は笑った。

「後悔するのが当然だ。今でこそ話すが、あの女が二日《ふつか》も三日《みっか》も家をあけて、花を引いてあるく裏面には、何をしていたか解るものか。あの女の貞操を疑えば疑えるのだ。」

「何かそんな事でもあったんですか。」

「まあさ……然う云うことはないにしてもさ。左に右これで瀟洒《さっぱり》したよ。己はこれ迄に、幾度あの女のために、刃物を振廻されたか知れやしない。それに、あの持病と来ている。

まず辛抱できるだけして来た心算だ。」

「お鳥目《あし》がなくなったら、また何とかいって来ますよ、必然《きっと》。」

「そんなことに応じるものか。」浅井は鼻で笑った。

二十八

お柳の手許に育てられて来た女の子が、お増の方へ引渡されたのは、お柳母子が愈東京を引払って行こうとする少し前であった。小林の家から、浅井が途中で買った翫具などを持たせて、その子をつれて戻った時、お増は物珍しそうに、話をかけたり、膝に抱上げたりした。

「これが坊やの阿母さんだよ。今日から温順しく言うことを聞くんだよ。」

浅井に然う言われて、子供はにや〳〵笑っていたが、誰にも人見知をしないらしいのが、お増にも心嬉しかった。

昼からつれて来た子供は、晩方にはもう翫具を持って、独りでそこらにころ〳〵遊んでいた。

「気楽なもんだね。」お増はお今と、傍からその様子を眺めながら言った。

「ちょいと、何処か旦那に似ていやしなくて。」

お増はその横顔などを瞶めながら呟いたが、それは矢張自分の気の所為だとしか思われなかった。浅井の言ったとおりに、日本橋の方の、或料理屋に女中をしていた知合の女と、その情夫《おとこ》の或学生との間に出来た子だと言うのが、事実らしく思えた。女が情夫《おとこ》と別れて、独立の生活を営むにつけて、足手纏になる子供を浅井にくれて、東京附近の温泉場《ゆば》とかへ稼ぎに行っているのだと云うことも、真実《ほんとう》らしかった。

「孰《どちら》にしたってい丶じゃないか。お前だって、今に子供の欲しいと思う時機《おり》があるんだから、これを自分の子だと思っていれば、それで可い訳だ。」浅井はそう言って、淡白に笑っていた。

年の割に子供のませたことが、日がたつに従って、お増の目に映って来た。子供はいつかお増の顔色などを見ることを知っていた。自分だけでは、子供と何の交渉も持ち得ないことが、段々お増に解って来た。憎むときには打《ぶ》ったり撲《は》ったりして、可愛がるときは頰っぺたに舐めついたり、息のつまるほど抱きしめたり、ヒステリカルなお柳に、長いあいだ子供は弄られていたらしかった。

「……可愛くも、憎くもありませんよ。」

子供を傍に据えて、自分の箸から物を食べさせなどしながら、晩酌の膳に向っている浅井に、子供のことを訊かれると、お増は、いつも然う言って答えるより外なかった。

著飾らせた子供の手を引いて、日比谷公園などを歩いている夫婦を、浅井もお増も、如何かすると振顧って見たりなどしたことが、三人連立って出歩いている時の、お増の心に寂しく浮びなどした。

「もう二人で歩くのは可笑しい。」浅井はそう言っては、子供の悦びそうな動物園や浅草へ遊びに行った。子供も一緒に見る、不思議な動物や活人形などがお増の目にも物珍しく眺められたが、電車の乗降《のりおり》などに、子供を抱いたり擁えたりする浅井の父親らしい様子を見ているのが、何とはなしに寂しかった。

「静《し》いちゃん、静《し》いちゃん……」お増は時々うっかり物に見入っている子供の名を呼んで、柔かい手を引張りなどしたが、矢張気乗がしなかった。

「母ちゃん――」子供は父親のいない家のなかが寂しくなって来ると、思出したように、抱いてでももらいたそうにお増の側へ寄って来るのであったが、女らしい優しさや母親らしい甘い言葉の出ないのが、お増自身にも物足りなかった。

お増は茶箪笥の鑵のなかから干菓子を取出して、子供にくれた。

二十九

静子と同じ年頃の男の子が、時々門の外へ来て、「静子ちゃん遊びまちょう。」などと声かけた。「はーい。」と奥から返事をして、静子は護謨鞠《ゴムまり》などを持って駈出して行くのであったが、男の子は時々呼込まれて家のなかへも入って来た。色の蒼い、体の尫弱《ひよわ》そうなその子は、色々な翫具を取出して暫く静子と遊んでいるかと思うと、直《じき》に飽きて了うらしかった。

「坊ちゃんの御父さんは何をなさるの。」

二人で仲善く遊んでいる子供のいたいけな様子に釣込まれながら、お増はいつか自分の荒く育った幼年時代の事などを憶出していた。町垠《まちはずれ》にあったお増の家では、父親が少し許りあった田畑へ出て、精悍《まめ》々しく能く働いていた。夏が来ると、柿の枝などの年々可懐しい蔭を作る廂のなかで、織機《はた》に上って、物静かにかち〳〵梭《ひ》を運んでいる陰気らしい母親の傍に、揺籃《つづら》に入れられた小さい弟がおしゃぶりを舐って、姉の自分に揺られていた。夏になるとその子を負って、野川の縁にある茱萸《ぐみ》の実などを摘んで食べたりした自分の姿も憶出せるのであった。

男の子は、直《じき》に迎いに来る女中につれられて帰って行った。

「僕の父さん博士です。」子供はお増の問に答えた。

その博士が、或大学の有名な教授であることが、おり〳〵門口などで口を利合うほどに心易くなった女中の口から、お増に話された。

「旦那さまは、それでも一年に四五回も入らっしゃるでしょうかね。」

そう言う女中は、小石川の方にある博士の邸のことについては何も知らなかった。しかし子供の母親が、逗子にある博士の別荘に召使として住込んでいる時分に、ふと博士の胤を娠んだのだと云うことや、或権門から嫁いで来た夫人の怒を怖れて、その事が博士以外の誰にも絶対に秘密にされてあることだけは知られてあった。

門へ出て、時々子供を見ている、醜いその母親の束髪姿が、それ以来お増の注意を惹いた。年の比《ころ》五十ばかりの博士は、不断著のまゝ、辻俥などに乗って、偶《たま》にそこへやって来るのであったが、それは単に三月とか四月とかの纏った生活費と養育費とを渡しに来るだけに止まっていた。女は長いあいだ頑な独身生活を続けて来た。そして三千四千と、自分の貯金額の、年々増加して行くと同時に、子供の育って行くのを楽しみに、気の張りつめた其日々々を送っていた。女と子供との関係は、母子というよりは、保姆と幼児との間柄に近かった。一生夫をもたずに、子供を仕立てて行こうと誓った女の志は、益々堅かった。

「おそろしい厳しい躾をしますよ。」その母親とも親しくなったお増は、可笑しいほど子供に対する言葉遣などを上品ぶる女の様子を見て来て浅井に話した。

「それごらん、そんなお手本が、ちゃんと近所にあるじゃないか。」浅井が言出した。

「それも矢張《やっぱり》慾にかゝっているからですわ。」

「それもあるが、子供に対する感情もある。」

「それは腹を痛めた子ですもの、如何したって違いますわ。」

外へ出るときお増はいつも静子をつれて行った。子供は日増に母親と気安くなって来た。

田舎へ帰ってからのお柳の病気がちなことが、夫婦の耳へもおり〳〵伝って来た。

「死んだらお前にとっつくだろう。」浅井は時々お増を揶揄った。

三十

盆過に会社から休暇を貰った良人と一緒に、静子をつれて、一月たらずも、そっちこっち旅をして帰って来たお増は、顔や手首が日に焦けて、肉も緊って来たようだったが、健康は優れた方ではなかった。一日青々した山や田圃を見て暮したり、びち〳〵する肴に、持って来た葡萄酒を飲んだり、胸のすが〳〵するような谿川の音にあやされて、温泉場《ゆば》の旅館に、十幾年来覚えなかった安らかな夢を結んだりした時には、爛れきった霊《たましい》が蘇ったような気がしたのであったが、濁った東京の空気に還された瞬間、生活の疲労が、また重く頭に蔽被《おっかぶ》さって来た。

汽車がなつかしい王子あたりの、煤烟に黝んだ夏木立の下蔭へ来た頃までも、水の音がまだ耳に著いたり、山の形が目に消えなかったりした。長いあいだ見た重苦しい自然の姿が、終《しまい》に胸をむか〳〵させるようであった。

「静《し》いちゃん、もう東京よ。」お増は胸をどきつかせながら、心が張詰めて来るのを感じた。

日暮里へ来ると、灯影が人家にちら〳〵見えだした。昨日《きのう》まで、瀑《たき》などの滴垂《したた》りおちる巌角に佇んだり、緑の影の顔に涼しく揺れる白樺や沢胡桃などの、木立の下を散歩したりしていたお増の頭には、長いあいだ熱閙《ねっとう》のなかに過された自分の生活が、浅猿ましく振顧られたり、兄や母親達と一緒に、田舎に暮しているお柳の身のうえが、憐れまれたりした。

「こんな風に一生暮したらどんなに好いでしょう。」お増は涙含んだような目色をして、良人に呟いた。

子供の時分、二三度遊びに行ったことのある、叔父の住っている静かな山寺のさまが、可懐しく目に浮んだりした。

「貴方に棄てられたら、私あすこへ行って、一生暮しますよ。」気を紛らすもののない山の生活が、孤独の手頼なさと、生活の果敢なさとに、お増の心を引入れて行った。

「何といったって、自分の家《うち》が一番い、のね。」お増は、お今などに世話をしてもらった風呂から上ると、ばさ〳〵した浴衣姿で、縁側の岐阜提灯の灯影に、団扇づかいをしながらせい〳〵したような顔をしていた。

簾を捲きあげた軒端から見える空には、淡い雲の影が遠く動いていた。星の光も水々していた。

濡れた髪に綺麗に櫛を入れて、浅井の坐っているお膳のうえには、お今が拵えた料理が二三品並んでいた。浅井は、この夏期の講習で、大分料理の品目の多くなったらしいお今の手際を、物珍しそうに眺めながら、もうちびく〳〵酒を始めていた。

お今が一夏《ひとなつ》のうちに、滅切《めっきり》顔や目抔《など》に色沢《つや》や潤いの出て来たことがお増の目に際立って見えた。

「お前さん、余程《よっぽど》幅がついたよ。」

「滅切《めっきり》女振があがった。」浅井も気持好げに其顔を眺めた。

「若いものは矢張《やっぱり》違いますよ。私なぞ、いくら旅行したって何したって駄目。」

「あら、あんな……田舎の女ばかり見ていらしったせいでしょう。私こんなに肥って、如何しようかと思いますわ。」

お今はそう言って浅井の出した猪口にお酌をした。

三十一

冬になってから、お増は再び浅井に送ってもらって、伊豆の温泉へ入浴に出かけて行ったが、その時も長くそこに留まっていられなかった。

冷えがちな細い腰に、毛糸や撚《ネル》などの腰巻を、幾重にも重ねていたお増は、それまでにも時々医者に診てもらいなどしていたが、ちょっとやそっとの療治では快くなりそうもなかった。

「思いきって、根本療治をしてもらわなくちゃ駄目だよ。」浅井は、下《おり》ものなどのした時、蒼い顔をして鬱込《ふさぎこ》んでいるお増に言ったが、お増は矢張その気にもなれずにいた。

「前には平気で診てもらえたんですけれど、此節は、あの台のうえに上るのが、厭で〳〵堪りませんよ。」お増はそう言って、少しの間毎日通うことになっている、病院の方さえ無精になりがちであった。

伊豆へ立つときも、此頃何かのことに目をさまして来たらしいお今のことが、気になって為方がなかった。浅井の傍に、飯の給仕などをしている、処女らしい其束髪姿や、弾みのある若々しい声などが、お増の気を多少やきもきさせた。

自分がお今に浅井の背《せなか》を流さしておいた湯殿の戸の側へ、お増は私と身を寄せて行ったり、ふいに戸を明けて見たりした。

「い、気持そうね。」などと、お増は浅井の気をひいて見た。

浅井は「ふ、。」と笑っていた。

お今は何の気もつかぬらしい顔をして力一杯背《せなか》を擦《こす》っていた。

お増と二人で行きつけの三越などで、お今に似合うような柄を択って、浅井は時のものを著せることを忘れなかった。

「お今ちゃん、旦那がこれをお前さんのに買って下すったんですよ。仕立てて著ると好いわ。」

お増は品物をそこへ出して、お今にお辞儀をさせたが、自分にもそれが嬉しく思えたり、嫉ましく思えたりした。お今の年頃に経て来た、苦労の多い自分の身のうえを、考えない訳に行かなかった。

伊豆の温泉場《ゆば》では、浅井は二日ばかり遊んでいた。海岸の山には、木々の梢が美しく彩られて、空が毎日澄みきっていた。小高いところにある青い蜜柑林には、そっちこっちに黄金色した蜜柑が、小春の日光に美しく輝いていた。

湯からあがって、谿川の音の聞える、静かな部屋のなかに、差向《さしむかい》に坐っている二人のなかには、初めて一緒になった時のような心の自由と放佚《ほういつ》とが見出されなかった。そして何か話合ったり、思出したりしていると思うと、それが過去のことであったり、前途のことであったりした。

「前やい――」浅井は海や人家などの幽かに見える山の麓に突立っていたとき、大きな声を張上げて叫んだ。そして独りで侘しげに笑った。声は何ほどの反響をも起さないで、淋しく山の空気に掻消えた。

「おっと危い〱。」浅井は足元の崩《ぐ》れだした山腹の小径に踏留まって、お増の手に掴った。

「いやね。」とお増はその手を引張ったが、心は寂しい或ものに涵《ひた》されていた。蜜柑の匂などのする四下《あたり》には、草のなかに虫がそこにも此処にも、ちゝ、ちゝと啼いていた。

にやく〱している男の顔を、お増は時々じっと瞶めていた。悪戯な企みが、そこに浮いてみえるようであった。

三十二

浅井の行ってしまった寂しい部屋のなかに、お増は毎日湯疲れのしたような体を臥たり起きたりして暮したが、如何かすると草履ばきで、外へ散歩に出かけることもあった。

部屋の硝子障子から見える川向《かわむこう》の山手の方に、がったん〳〵と懈い音を立てて水車が一日廻っていたが、小雨などの降る日には、そこいらの杉木立の隙に藁家から立昇る煙が、淡蒼く湿気のある空気に融込んで、子供の泣声や雞の声などが其処此処に聞えた。春雨のような細い雨が、明るい軒端に透《すか》しみられた。

埒《はずれ》の部屋へ来ている、気楽な田舎の隠居らしい夫婦ものの老人の部屋から碁石の音や、唐金の火鉢の縁にあたる煙管の音が、始終《しょっちゅう》洩れて来たが、つい隣の隅の方の陰気くさい部屋にごろごろしている一人の青年の、力ない咳の声が、時々うっとりと東京のことなどを考えているお増の心を脅かした。

「毎日雨降りでいけませんな。」

廊下へ出て、縁に蘇鉄や芭蕉の植った泉水の緋鯉などを眺めていると、褞袍《どてら》姿のその男が、莨をふかしながら、側へ寄って来て話しかけた。男はまだ三十にもならぬらしく、色の小白い、人ずきの好さそうな顔をしていた。時々高貴織《こうきおり》の羽織などを引っかけて川縁《かわべり》などを歩いている其姿を、お増は見かけていた。

「然ようでございますね。」お増は愛想らしく答えたが、よく男に出鱈目な話の応答《うけごたえ》などの出来た以前の自分に比べると、恁うした見知らぬ男などと口を利くのが不思議なほど億劫であった。

どの部屋もひっそりと寝静った夜更《よなか》に、お増の目は時々雨続きで水嵩の増した川の瀬音に駭《おどろ》かされた。電気の光のあか〳〵と照渡った東京の家の二階の寝室《ねま》の様などが、目に映って来た。そこに友禅模様の肩当をした夜著の襟から口元などのきりゝとした浅井が寝顔を出していた。階下《した》に寝ているお今のつや〳〵した髪や、むっちりした白い手なども、幻のように浮んで来た。疲れた頭の皮一重が、時々うと〳〵と眠に沈むかと思うと、川の瀬音が苦しい耳元へ、また煩く寄せて来たり、隣室の男の骨張った姿が、有明の灯影に可恐しく見えたりした。

そこへ夜番の拍子木の音が近づいて来た。

夜のあけるに間もない頃に、お増は湯殿《ゆどの》の方へ独り出て行った。まだ人影の見えない浴槽のなかには、刻々に満ちて来る湯の滴垂《したたり》ばかりが耳について、温かい煙が、燈籠の影にもや〳〵していた。

婦人病らしい神さん風の女や、目さとい婆さんなどが、やがて続いて入って来た。

お増が湯からあがる頃には、外はもうしらしらと明けて来た。

「翌朝《あした》こそ帰りましょう。」

昨夜一晩思続けていたお増は、朝になると、いくらか気が晴れて、頭脳《あたま》のなかのもやもやした妄想が、拭うように消えて行った。

雨の霽《あが》った空には、山の姿が希しく分明《はっきり》して見えた。部屋から見える川筋にも、柔かい光が流れていた。

朝飯の膳のうえに、病気の容体を気にしているお今の葉書が載っていた。家には何の事もないらしかった。

三十三

三週間というのを、漸《やっ》と二週間そこそこで切揚げて来たお増は、嶮しい海岸の断崖をがたがた走る軽便鉄道や、出水の跡の心淋《うらさび》しい水田、松原などを通る電車汽車の鈍いのにじれじれしながら、手繰りつけるように家へ着いたのであった。何時も、じーんと耳の底が鳴るくらい淋しい湯宿の部屋に居つけた頭脳《あたま》は、入って来た日暮方の町の雑沓と雑音に、ぐらぐらするようであった。

お増はがっかりしたような顔をして、べったり長火鉢の前に坐って、そこらを見廻していた。

「まあ早かったこと。」

お今が荷物を持込みなどした。浅井はまだ帰っていなかった。

「この頃はそれはお帰りが遅いのよ。だから淋しくて〳〵為様がなかったの。ねえ静《し》いちゃん。」

お今は今迄台所にいた、白いエプロンをかけたまま、散らかった雑誌などを片附けていた。静子は含羞んだような顔をして、お増が鞄から出す、土産ものの寄木細工の小さい鏡台などを弄っていた。

「へえ、好いもの貰ったわね。」お今もそこへ顔を寄せて行ったが、彼女は冬になってから、皮膚が一層白くなっていた。

お増は物足りなさそうな顔をして、火鉢の傍を離れると、箪笥などの据った奥の室《ま》へ入って見たり、二階へあがって人気のない座敷の電気を捻って見たりした。押入をあけるとそこに友禅縮緬の夜具の肩当や蒲団を裹《くる》んだ真白の敷布の色などが目についた。

「何も変ったことはなかったの。」

お増は階下で着更をすると、埃っぽい顔を洗ったり、袋から出した懐中鏡で、気持のわるい頭髪《あたま》に櫛を入れたりしていた。

「え、別に……姉さんがいないと、家はそれは閑寂《ひっそり》したものよ。それに如何したって兄さんがお留守がちでしょう。」

「浮気しているのよ必然《きっと》。鬼のいない間にと思って。」

お増は淋しく笑った。そして脱棄た著替を畳みつけて、奥へ仕舞込もうとするお今に、
「それは然うやっておいて頂戴。一遍干すから。」と声をかけた。
湯の熱の体にさめないようなお増は、茶漬で晩飯をすますと、まだ汽車に揺られている
ような体を、少し座蒲団のうえに横になって、そこにあった留守中の小使帳や、書附など
を眺めていた。
「誰も来なかったの。」
「ええ誰方《どなた》も。」とお今は箸を休めて、考えるような目色をして、「そうそう、根岸のあの
神さんが二度ばかり来てよ。何だかあすこに事件が持上ったようなんですよ。」
「へえ、そう。」とお増は頭をあげたがお今は赤い顔をして、笑ってばかりいて、後を話
さなかった。
「可笑しな子だよ、お前さんは。」お増はじれったそうに呟いた。
「姉さん、男って皆《みんな》そんなもんでしょうか。」お今は真面目な顔を此方へ向けたが、直《じき》に
横を向いて噴笑《ふきだ》して了った。
「何がさ。」
「だって可笑しいんですもの。」お今は、また顔に袖を当てて笑いだした。
「いやだね。この子は、色気がついたんだよ。」お増は眉をしかめた。
「謔よ。」

た。

「旦那に、何か揶揄われたんだろ。」

お増は苛めて見たいような気がしたが、お今のけろりとしているのが、張合がなかった。

三十四

一時頃に、浅井が腕車《くるま》で帰って来るまで、お増は臥床《ねどこ》に横になったり、起きて坐ったりして待っていた。時々下の座敷へも降りて見た。つい先刻程《さきほど》まで、此頃静子と一緒に寝ることになっているお今が、枕頭《まくらもと》に明をつけて、何やら読んでいたのであったが、それもその頃にはもう深い眠に陥ちていた。

宵にお今が話しかけたことを、お増は二度も訊いて見たが、ふと子供らしい無邪気さから、大人のような取澄した態度に変る癖のあるお今は、「つまらないことなの。」と言ったきりで、何にも話さなかった。お今は一通り家政科に通ってから、帰って行くことになっている、自分の田舎で生活したものか、それとも好きな東京で暮したものかと、時々それをお増などに相談するのであったが、結婚とか独立生活とか云うことについても、自分自身の心持が可也混乱しているらしかった。

「旦那に相談して、好いお婿さんを世話してもらったら可いじゃないの。」お増はその度に、無雑作に然う言った。

「伎倆《はたらき》のある商人か、会社員がいゝよ。男振などはどうでも可いのよ。」お増はそうも言ったが、お増にもちらちら感ぜられた。最初手寄《たよ》って来た時から見ると、お今の心が大分自分から離れていることなどが、お今の家庭が、自分の思いどおりに作られないことが寂しくもあり安易でもあった。自分の家のような心易さで、お互に往来《ゆきき》のできそうなお今の家庭が、自分の思いどおりに作られないことが寂しくもあり安易でもあった。

「段々生意気になりますよ。」お増は夫婦でお今の噂をしている折々などに、浅井に話したが、笑って聞いている浅井はそれを受入れそうにも見えなかった。

「貴方がちやほやするから、尚更なんですよ。」

「まさか。世間が然うなんだよ。」

「貴方は矢張《やっぱり》若い女がいゝんだから。」

浅井はにやにやしていた。

「だから、好い加減に田舎へ還す方がいゝんですよ。折角世話して、喧嘩でもしちゃ満《つま》らないから、きっと然うなりますよ。終には……」

「それも可かろう。」浅井は争いもしなかったが、お今を排斥することは、お増にも心寂しかった。後から後からと、機嫌を取って行く、お今の罪のない様子が、可愛く思われた。

「そんな深い考えを持ってやしないよ。」お増が少し悔いたような時に浅井の言出す言葉が、男だけに大様《おおよう》だとも感心されるのであった。

玄関へあがって来た浅井は、どこか落著がなかった。酒の気のある顔の疲れが、お増の一瞥《ひとめ》にも解った。

「ちと早いじゃないか。」浅井は火の気のまだ残っている火鉢の前に坐ると、言出した。此頃ちょいちょい逢っている女の家で、今日もそれ等の人達に取捲かれて花など引いて夜を更したのであったが、この三四日の遊びに浸っていた神経が、興奮と倦怠とに疲れていた。お今の若々しい束髪姿が、そんな時の浅井の心に、悪醇《あくど》い色にたゞれた目に映る、蒼い果か何ぞのように描かれていた。

「己は少《わか》い女は嫌いだよ。」何か言出すお増に始終そう言っていた浅井の頭脳《あたま》に、お今のことが時々考えられた。

三十五

猫板のうえで、お増が途中から買込んで来た、苦い羊羹などを切って、二人は茶を飲みながら、ぼそ〱話していたが、直《すぐ》にそこを片著けて二階へ上って行った。

「あんなものに手を出すなんて、あの爺さんも余程《よっぽど》焼がまわっているんですよ。」

召使の小女が妊娠したと云う、根岸の隠居の噂が、生欠《なまあくび》まじりに浅井の口から話された時、お増は然う言って眉を顰めた。夜更けて馴染の女から俥に送られて帰って来た良人と暫振でそうして話しているお増の心には、以前自分のところへ通って来る浅井を待受けた時などの、焦燥《いらいら》しさがあった。

東京近在から来ている根岸の召使を、お増も一二度見かけたことがあった。女の身元保証人になっている、女の伯父だと云う男から持込まれた難題に、お爺さんも妾のお芳も青くなっていた。それが浅井が間《なか》へ入って、綺麗に話をつけて遣ったのであった。女には、別の男のあるらしいことが、直に浅井の目に感づかれた。浅井は商業に失敗して深川の方に逼塞している其伯父と一度会見すると、此方《こっち》から逆捻を喰わして、少許の金で、事件の片がぴたりついて了った。

「でも隠居は、矢張《やっぱり》自分の子だと思っているらしい。私の遣方が、少してきぱきし過ぎると云った顔をしているから可笑しい。」

浅井は重い目蓋をとじながら、憫そうに笑った。

「貴方だって、女には随分のろい方ですよ。」お増はまだ離さずにいた莨を、浅井の口に押しつけなどした。

「ふゝ。」と、浅井は今まで一緒にいた女の匂が、まだ嗅ぎしめられるような顔をして、溜息を洩した。浅井のその女と、可也深い関係を作っていることは、前からお増にも感づかれていたが、そんな時には、浅井の活動振も、一層目ざましかった。収入も多かったし、自分の我まゝも利いた。お増はその隙に、家をつめて物を拵えたり、金で除けたりすることを怠らなかった。

「余りやかましく言っちゃ駄目ですよ。遊ぶような時でなくちゃ、お金儲は出来やしないの。」

小林の妾などと、女同士寄って、良人の風評《うわさ》など為あうとき、お増はいつも然う言っていた。

「浮気されると思や、腹も立つけど、きり〳〵稼がしておくんだと思えば、何でもないじゃないの。私はこの頃そう思っていますの。」お増はそうも言った。

翌朝《あした》目のさめた頃には、縁側の板戸がもう開けられてあった。欄干《てすり》には、昨夜のお増の著物などがかけられて、薄い冬の日影が、大分たけていた。聞きなれた静子の唱歌の声も階下《した》から洩れて来た。

三十六

直《じき》に、思いがけない縁談の事で、お今が一旦田舎へ戻されることになった。

お今が、如何しても厭な田舎へ、些《ちょっ》とでも行って来なければならぬことに決るまでに、二度も三度も、兄から手紙が来た。兄は郡役所などへ勤めて、田舎でも野良へなど出る必要もない身分であったが、可也な製糸工場をも持って、土地の物持の数に入っている或家の嫁に、お今をくれることに、肝を煎ってくれる人のあるのを幸い、浅井に一切を依託してあった妹を急に自分の手に取戻そうとするのであった。

婿にあたる男は、以前東京にも暫く出ていたことがあった。妙に紛糾《こぐらが》った親類筋を辿ってみると、其家とお今の家との、遠縁続きになっていることや、其製糸工場の有望なことや、男が評判の堅人だということなどが、兄の心を根柢から動かしたらしかった。

東京の生活の面白みに、漸《やっ》と目ざめて来たお今の柔かい胸に、兄の持込んで来た縁談が、押石のように重くかゝって来た。日々に接しているお増夫婦の肆《ほしいまま》な生活すらが、美しい濛靄《もや》か何ぞのような雰囲気のなかに、お今の心を涵《ひた》しはじめるのであった。

「兄さん、私どうしたら可いんでしょう。」

お今に長いその手紙を出して見せられた時、兄の言条《いいじょう》の理解のないことが、浅井に腹立しく思えた。

お今が、田舎へ呼戻されることに、同意しているらしいお増が、丁度子供をつれて、行きつけの小林の妾宅へ遊びに行っていた。

「如何といっても、私が喙《くち》を出す限りでもないが……」浅井もお今のために、安全な道を選ばない訳に行かなかった。

「しかしお今ちゃんは如何思うね。」浅井は手紙を巻収めながら、お今の顔を眺めていた。

「わたし？」お今は甘えるような目色をして、「私東京がいゝんですの。東京で独立ができさえすれば、私田舎へなぞ行くのは、気が進まないんです。私独立ができるでしょうか。」

「然うなれば、また其談《はなし》にしなければならんがね。それは後の問題として、田舎へ引込むのが如何しても厭なら、一応私の方から、兄さんの方へ言って上げても可い。私にしたところで、兄さんの為方《しかた》は少し勝手だと思う。」

しかし浅井の言ってやった事は、田舎でも受取られそうもなかった。左《と》に右《かく》、本人を一度寄越して下さい——然う言って兄の方から折返し浅井に迫って来た。その手紙は、お増の前にも展げられた。夫婦は丁度お今をつれて、暮の買物をしに、銀座の方へ出かけて行こうとしているところであった。新しい足袋を穿いて、入替えたばかりの青い畳のうえをそっち此方わさわさ歩いていたが、お今の衣摺《きぬずれ》の音が忙しそうに聞えたり、下駄を出すお今の様子が、浮々して見えたりした。浅井は外出のそわそわした気分を攪乱《かきみだ》されて、火鉢の傍へ坐って、手紙を繰返し眺めていた。

「矢張《やっぱり》返してくれと云うんでしょう。」お増も半襟を掻合せなどしながら、傍へ寄って来た。

「返した方が可ござんすよ。」お増は顔を顰めながら言足した。

「田舎の人は、これだから困る。」浅井は手紙を火鉢の抽斗へ私《そっ》と入れて起ちあがった。

「それなら其で、立たす支度もしなけあならん。」

三十七

明日は愈お今が立って行くと云う日が来た時などは、浅井は外へ出ても直《じき》に帰って来た。そこにお増が病院へ行っている留守を、お今は独りで、階下の座敷で新しい自分の著物を縫っていた。静子もお増に一枚々々縫ってもらった人形の蒲団や著物や、大きい小さい色々の人形の入った箱を出して、傍に遊んでいた。箱のなかはいつも為るように、屏風などを立て、人形の家族が寝かされてあった。

「女の子って、こんな時分から厭味なことをして遊ぶのね。」お増は時々不思議そうにそれを眺めて笑っていた。

「姉さんが帰ってしまったら、お前もう人形の著物など縫ってもらえあしないぜ。」寒い外から入って来た浅井は、そこに突立って、手袋を取りながら言った。

「謔ですね。姉さんは直《じき》帰って来るんですよ。」お今は淋しげに自分を眺める静子に言いかけて、糸屑を払いながら起ちあがると、浅井の著替をそこへ持出してきた。翌朝《あした》著て行く襦袢が、そこに出かけていた。お今の胸には、悉皆《すっかり》東京風に作って、田舎の町へ入って行くときの得意さ、兄や母に逢って、自分の動かしがたい希望を告げて、自由な体になって、再び東京へ出て来る時の楽しさや不安などが、ぼんやりと浮んでいた。

「帰ってしまえば、どうせ其れ限《きり》になっちまいますよ。」お増はお今の前でも然う言っていたが、お今の頭脳《あたま》には、自分の陥ちて行く道が分明《はっきり》していなかった。

「私どうしても、帰って来ますわ。お正月までには、必然《きっと》来てよ。」お今はその度《たんび》に言張った。

浅井は火鉢の傍で、買って来た汽車の時間表などを、熱心に繰って見ていた。

「これが可い。朝の急行が……」などと浅井はそこの処を指《ゆびさ》して、茶をいれているお今に示《み》せた。お今はそこへ手をついて、顔を突合せるようにして、畳のうえにある時間表を眺めていた。強い力で、体を抱きすくめられたような胸苦しさが感ぜられて来た。田舎へ立つことになってから、今迄間に挟っていた何ものかが、急に二人の心に取除かれたのであった。

「私今度出て来たら、また此方へ来てもいゝでしょうか。」お今はふと想出したように顔を擡げた。

「いゝとも。」浅井は頷いて見せたが、女を別のところに置いてみたいような秘密の願が、新しく心に湧いていた。

「しかし十分お今ちゃんの力になろうというには、此処では都合がわるいかも知れない。」

浅井は女を煽動するような、危険な自分の好奇心を感じながら言った。

静子の後向きになって、人形に着物を著せたり脱したりしている姿が、しんとした部屋の襖の蔭から見られた。その目が、時々此方を振顧った。

野菜ものを買いに出て来た婆やと、病院から帰ったお増とが、丁度一緒であった。

翌朝《あした》お今のたつ時、浅井は二階の寝室《ねま》でまだ寝ていた。階下《した》のごたごたする様子が、うとうとしている耳へ伝って来た。

やがてお今があがって来て、枕頭《まくらもと》へ旅立の姿を現した。

「それでは些《ちょっ》と帰ってまいります。」そこへ手をついてお今が更まって挨拶をした。

三十八

お今を還してしまってからの浅井は、この日頃張詰めていた胸の悩しさから、急に放たれたような安易な寂しさが、心に漲って来た。静子をつれて、停車場まで見送って行ったお増が、二時間ばかり経ってから帰って来るまで、浅井はうと〳〵と寝所《ねどこ》のなかに、取留のない物思に耽っていたが、展開せずに、幕のおりて了ったような舞台の光景が物足りなく思えた。やがて新しい幕が、自分の操り方一つでそこに拡がって来そうであった。

「唯今。どうも色々有難うございました。」お増は帰りに静子の手をひいてぶら〳〵歩いた序に銀座から買って来たセルロイドの小さい人形や、動物などを、浅井の枕頭《まくらもと》へ幾個《いくつ》も〳〵転しながら、面白そうに笑った。

「ちょいと御覧なさいよ。」

「ふゝ。」浅井も笑いながら、尻に錘のついた動物どもを、手に取りあげて眺めていた。

「外へ出てみると、年の少《わか》い女が目につきますね。」お増は枕頭《まくらもと》を起ちがけに思出したように呟いた。

「奈何したって、女は十六七から二十二三までですね。色沢が全然《まるで》ちがいますわ。男はさほどでもないけれど、女は年とると駄目ね。」

浅井は矢張《やっぱり》ふゝと笑っていた。

浅井が床を離れて、朝飯をすまし、新調の洋服に身を固めて、家を出たときには、活動の勇気と愉快さが、また体中の健かな脈管に波うっていた。込合う電車のなかで、新聞を拡げている彼の頭脳《あたま》には、今朝立ったお今の印象さえ、もう忘れかけていたが、帰ってからの女の身のうえの奈何なって行くかが、何となし興味を惹いた。

殺人や自殺などの、血腥い三面雑報の刺戟づよい活字に、視線の落ちて行った浅井の心に、田舎へ帰ってから、気が狂ったというお柳のことが、ふと浮んで来た。浅井は目を瞑って、別れた其女の悲惨な成行を考えて見た。一緒にいる頃、心に絡《まつわ》りついていた女の厭わしい性癖や淫蕩な肉体、乱次《だらし》のない生活、浪費、持病、ヒステリカルな嫉妬――それらが、今も考え出される度に、劇しい憎悪の念に心を戦かせるのであった。

「お今なども、年とったら矢張《やっぱり》あんなになるかも知れない。」浅井はそうも考えた。

金に目の晦んだ兄に引摺られて、絶望の淵へ沈められて行った、お柳に対する憐愍の情が、やがて胸に沁拡《しめひろ》がって来た。

お柳の狂気になったことは、小林へあてての、お柳の兄からの手紙によって知れた。持って行った手切の金などの、直《じき》に亡なってしまったことなどが、その手紙の文句から推測された。東京にいる時分に、もう大分《だいぶ》兄の手で費消されたような様子も、小林の話でわかっていた。田舎へ帰ったときには、お柳のものといっては、もう何ほども残っていないらしかった。兄は不時に手にした大金に、急に大胆な山気《やまけ》が動いて、その金を懐にして相場に手を出したらしかった。

お柳がふと或晩、東京へ行くといって、騒出したのは、この冬の初めのことであった。子供などを多勢かかえた嫂から厄介ものあつかいにされるのを憤って、お柳はそれまでにも、二度も三度も、兄と大喧嘩を始めたのであった。

「今となっては、君よりも、君の細君よりも、自分の兄を呪っているらしいのだ。」浅井は小林からそんな事も聞かされたのであった。

三十九

会社の事務室へ入って行った浅井は、いつもかけつけの、帳簿などのぎっしり並んだデスクの前に腰かけたが、心が落着かなかった。建築物の受負や地所売買の仲介などを営業としている其会社で、浅井は近頃可也な地位を占めて来たが、そこ迄漕ぎつけるまでには、一身上に色々の変遷があった。会社内の誰にもそんなに頭を下げずに通されるようになった浅井は、時々過去を振顧ったり、立っている自分の脚下を眺めずにはいられなかった。関係した様々の女が、頭脳《あたま》に閃いた。経済や自分の機嫌を取ることの上手なお増と一緒になってから、めきめき自分の手足が伸びて来た。

「お柳さんのような人と一緒にいては、迚も有達《うだつ》があがりませんよ。」いつか其様《そん》なことをお増にいわれたが、それは然うかも知れないと、浅井も心に頷けた。

「それに、己も丁度働きざかりだ。これで女にさえ関係しなければ、己も一廉《ひとかど》の財産ができる。」浅井は呟いたが、それだけでは矢張《やっぱり》其日其日の満足が得られそうもなかった。

「ちっと女からも取っておいでなさいよ。」

お増は笑談《じょうだん》らしく言うのであった。

「それじゃ矢張《やっぱり》駄目だ。金を費うからこそ面白いんだ。」

客に接したり、手紙の返事を書いたりしていると、直《じき》に昼になった。紛糾《こぐらが》った事務に没頭した彼の忙しい心に、時々お今のことが浮んだ。隔ってからの少女から、どんな手紙が書かれるかが、待遠しいようであったが、仮に女を自分のものにしてしまってからの、内外の事件の煩わしさが、今から想像できるようであった。

四時頃に、会社を出て行った浅井と、一人の友達の姿が、直《じき》にそこから程近い、とある新道のなかへ入って行った。隘いその横町には、こまごました食物屋が、両側に軒を並べていた。やがて二人は、浅井が行きつけの小ぢんまりした一軒の料理屋の上口《あがりぐち》に靴をぬぐと、堅い身装をした女に案内されて、しゃれた二階の小室《こま》へ通った。

箸と猪口の載った会席膳が、直《じき》に二人の前におかれて、気づまりな程行儀のいゝ女が、酒のお酌をした。程のい、軽い洒落などを口にしながら、二人はちびちび飲みはじめたが、会社の重役や理事の風評《うわさ》なども話題に上った。女遊びの話も、酒の興を添えていた。そこを出た頃には、もう灯影がちらついていた。

退ける少し前に、会社へ電話のかかって来た赤坂の女の方へ、浅井は心を惹かれていた。浅井はその女と、暫く逢わずにいたのであった。

「奈何なすって。何時かけても貴方は在らっしゃらないのね。」女は笑いながら、浅井の安否をたずねた。

「私貴方のことで、少し余所《よそ》から聞いたことがあるのよ。」

「何だ〳〵。」と、浅井は少しまごついたような返事をしたが、多分知合の小林の妾からでも聞いた内輪のことだろうと思った。

そこを出てから、幾年振かで、浅井はその晩、お増がもといた家を私《そっ》と訪ねて見た。その頃の女の、もう殆ど一人もいなくなった其家の、広い段梯子をあがって行く浅井の心にはそこを唯一の遊場所にした以前の自分の姿が目に浮んで来た。

「おや黴の生えたお客様が入らしたよ。よく道を忘れませんでしたね。」

浅井は廊下で見つかって古い昵《なじ》みの婆さんに、呆れた顔をしてそこに突立たれた。

四十

帰って行った当座、二三度手紙が来たきり、ふっつり消息の絶えていたお今が、不意に上京して来たのは、翌年の一月を十日も過ぎてからであった。

親や兄の意志一つで、悉皆《すっかり》取決められてしまった縁談が、お今の思いどおりに、壊されそうもない事情が最初の手紙でわかっていたが、談《はなし》の長引くうちに、先方の親達の気の変って来そうな様子が、後の音信でほゞ推測された。お今の家よりも、身代などの聢《しっか》りした嫁の候補者が、他からも持込まれて来た。前にしかけた談で、可也親達の気に入った口も一つ二つはあった。

「……標緻《きりょう》ばかりやかましく言う人だそうですから、これ迄にも幾度となく、世話人を困らせたのだそうです。見合は媒介人《なこうど》の家でしたので、私はその人と見合もしましたが、どんな人でしたか能くも見ませんでした。私は目をつぶって、その人と結婚することに決心しました……」

そんな事が、初めのうち手紙に書かれてあった。

「……媒介人の無責任から、話に少し行違が出来たのだそうでございます。そんな財産家のうちへ、私を世話しようとしたのが、頭から間違っていたのです……」

暮に来た手紙には、そんな事が書かれてあった。

「財産家々々々って、一体いくらあるんだ。」浅井は手紙を読んで聞かせながら、お増に訊いたが、お今の萎れている様子が、可憐《いじら》しいようであった。

「出来たと言っても、一代身上ですからね、大したことはないんでしょう。」

上京したお今の頭には、そんな事件の前後に経験された動揺がまだ全く静まりきらずにいた。お増の古い仕立直しのコートなどを著て、一旦送返された荷物を、また持込んで来た時、浅井夫婦は、晩飯の餉台の側で、静子を揶揄いながら、賑かな笑声を立てていたが、気の引けるお今は長く居昵《いなじ》んだ、そこへ顔を出すさえ極《きまり》が悪そうであった。

「ほら姉さんが来ましたよ。貴方の好きな姉さんですよ。」

お増は自分の膝に凭れかかって、含羞んだようにお今の顔ばかり眺めている、静子に言いかけたが、顔には何の表情もなかった。

「ふむふむ。」と、浅井は莨を喫しながら、少しずつ釈《ほぐ》れて来るお今の話に、気軽な応答《うけこたえ》をしていたが、直《じき》に目蓋の重そうな顔をして、二階へ引揚げて行った。

「今年ほど詰らないお正月はございませんでしたよ。」お今は次へさがって、行李から取出して来た土産物を、そこへ出すと、漸と落著いたような顔をして言出した。

「それに、行って見て、熟々《つくづく》田舎の厭なことが解りましたわ。奈何なことをしても、私東京で暮そうと思いましたわ。」

「それじゃ、矢張《やっぱり》此方で片附くのさ。」お増は無造作に言った。

「お婿さん奈何な人。もう縁談がきまったの。」
お今のことがまだ思断れずにいる、其男の縁談のまだ紛擾《ごたつ》いている風評《うわさ》などが、お今の耳へも伝っていた。

四十一

婿に定められようとした其男の、両親達などとの間《なか》の、擦れ擦れになった感情が衝突して、お今の上京後一人で東京へ逃出して来たと云う事実が、直《じき》にお今にあてて寄越した、その男の手紙で知れた。

室鉄雄と署名された其手紙の文句は、至極簡短であったが、お今を慕う熱情が、行の間にも溢れていた。室は漸《やっ》と二十四になった許りであった。……一度貴女にお目にかかって、胸にあることだけを、十分聞いて頂きたいと思います。僕はそれで満足を得られます——そんな卑下した言葉が聯ねられてあった。

「莫迦な男ね。」お増は浅井の低声《こごえ》で読みあげるその手紙を笑出したが、お今は何の感情も動かぬらしかった。

「でもこんなに迷わせて、可哀そうじゃないか。何とかしてやったら可いじゃないの。」お増はお今を振顧った。

「こんな手紙を貰って、どんな気がするの。」

浅井に訊ねた。

「悪い気持はしないさな。」浅井は笑いながら手紙をそこに置いた。

「本人同士で、話ができてしまったら、親達は奈何するでしょう。」お増はそうも言って

帰郷前よりも一層潤いをもって来たお今の目などの、浅井に対する物思わしげな表情を、お増は見遁すことができなかった。

夜一つに寝ているときに、お増は浅井のいないのに気がついたように考えて、ふと目のさめることがあった。活動写真でいつか見たような一場の光景が、今見た夢のなかへ現われていたことが疲れた頭に思出された。風に揺られる蒼々した木立の繁みの間に、白々した路が一筋何処までも続いていた。そこに男の女を追いかけている姿が微かに見透された。それが浅井とお今とであるらしかった。ふと白いベッドのなかに、雑種《あいのこ》のような目をしたお今の大きな顔と、浅井の形のいい頭顱《あたま》とがぽっかり見えだしたりしていた。今迄いなかったような浅井の寝顔が、薄赤い電燈の光のなかに、黄色く濁ったように眺められるのが、覚めたお増の目に、気味が悪いようであった。

まじまじ天井を見詰めているお増の目に、いつか気の狂って死んだと云うお柳の姿が、まざまざと浮出して来た。

時々兄や母の圧えつける手から脱れて、東京へ行くといっては、悶踠苦《もがき》しんだり、家中《うちじゅう》暴れまわったりしたと云うお柳が到頭死んだという、兄からの報知《しらせ》が浅井のところへ

来たのは、つい此頃のことであった。

お柳は夜中に、寝所から飛出して、田舎の寂しい町を、帯しろ裸の素足のままで、すたすた交番へ駈著けたりなどした。

「ちょいと恐入りますがね、今私を殺すといって、家へ男が押込んで来ましてね……」

お柳はそう言いながら、蒼い死人のような顔をして、落窪んだ目ばかり光らせていた。

そこへ兄が、跡を追ってやって来た。兄とお柳との劇しい格闘が、道傍《みちばた》に始まった。可恐しい力が、瘦細ったお柳の腕にあった。引摺られて行ったお柳は、兵児帯で縛られて、寝所《ねどこ》に臥されたが、もう悶踠《もが》く力もなかった。

兄の留守のまに、お柳は時々荒出して、年老った母親を手甲擦らせた。近所から寄って来た人々と力を協《あわ》せて、母親はやっと娘を柱に縛りつけた。

狂気《きちがい》の起りそうな時に、井戸端へつれて行って、人々はお柳の頭顱《あたま》へどうどうと水をかけた。

お柳の体は看々衰えて行った。

四十二

お柳の訃が来たときに、お増からも別に幾許《いくら》かの香奠を贈ったのであったが、兄はその頃、床についた妹を、碌々好い医者にかけることも出来ないほど、手元が行詰っているらしかった。死ぬまでに、小林を通して、幾度となく金の無心が浅井のところへ来た。浅井は三度に一度は、その要求に応じていた。

「そのお金が、お柳さんの身につけば可ござんすがね。」

「どうせそれは兄貴の肥料《こやし》になるのさ。狂人《きちがい》が何を知るものか。」浅井が苦笑していた。

悲惨なお柳の死状《しにざま》が、さま〴〵に想像された。可恐しい沈鬱に陥ってしまった発狂者は、不断は兄や嫂などと滅多に口を利くこともなかった。別室に閉籠められた病人を看護している母親に、おどおどした低声《こごえ》で時々話をする限であった。兄を怕れたり、嫂に気をかねたりする様子が、ありあり其動作に現われていた。些《ちょっ》とした室外の物音や、話声にも、不安な目を瞬るほど、鋭い神経が疑《うたぐり》深くなっていた。

大分たってから、一度上京した序に訪ねて来た母親から、そんな事が小林によって伝わってから、お増は時々お柳の夢を見ることがあった。

「お前の神経も少し異《あや》しいよ。ふとしたらお柳が祟っていないとも限らない。」浅井はそう言って揶揄った。

お今から、何の返辞をも受取ることのできなかった室が、大分たってから、一度浅井の方へ出向いて来た。室は幾度となく、門前を往来《ゆきき》してから漸《やっ》と入って来た。丈の高い瘦ぎすな其姿が、何気なしにそこへ顔を出したお増の目に映ったとき、一瞥で此間の手紙の主だと云うことが知れたが、浅井の留守に、上げていいか悪いかが判断がつかなかった。しかし、お増の田舎の家のことなども、能く知っている其青年を、そのまま還す気にもなれなかった。

良久《やや》あって、二階へ通された室は、途中で買って来た手土産などをおいて、これと云う話もせずに、直《じき》に帰って行ったが、当分東京にいて、また学校へ入ることになるか、それも聴かれなければ、何処かへ体を売って、自営の道を講ずる心算《つもり》だという、自分自身の決心だけは雑談のうちに微見《ほのめか》して行った。

「お今ちゃん、お前さんお茶でも持って出たら可いじゃないか。」

お増は階下《した》へ降りると、奥へ引込んでいるお今に私語《ささや》いたのであったが、お今は応じなかった。

「いずれ御主人にもお目に懸って、何彼と御意見も伺いたいと思っております。」室は然う言って、いくらか満足したような顔をして出て行った。

「そんなに厭な男でもないじゃないか。彼ならば上等だよ。」お増は、後で座敷を片著けているお今に話した。

「だって、先方から破談にしたのじゃありませんか。」

「けど、軽卒《かるはずみ》なことは出来やしないよ。その人のためにも好くない。」

晩方に帰って来た浅井は、お今の話を聞きながら、そう言っていたが、自分の出方一つで、二人の運が奈何でもなりそうにさえ思えた。

四十三

浅井はそれからも、ちょいちょい訪ねて来る室を、一度などはお増も一緒に下町の方へ飯を食べに連出したりしたほど、好意と好奇心とを以て迎えた。

酒の二三杯も飲むと、直《じき》に真赤になってしまうような室は、心のさばけた浅井に釣出されて、思っていることを浚け出して、饒舌るのであったが、偏執の多い、神経質な青年の暗い心持が、浅井には気詰りであった。

「若い時分には、誰しもそんな経験がありますよ。世間の他の女が少しも目に入らないと云うような時代があるものです。」浅井は軽く応《う》けていたが、同情のない男のように思われるのも厭であった。

「左に右《とかく》今少し待って、時機を見て、今一度田舎の方へ話して見たら奈何ですか。」浅井はお今の保護者らしい、穏健な意見を述べたが、何時までも女の心を自分の方へ惹きつけておきたいような興味が、一層動いていた。仮にお今が、この男と結婚するような時が来る――その場合が、色々に想像された。

「失礼ですが、あなたのお考えで、御本人の意志はどうなんでしょうか。この場合の私に取ってそれが先決問題なんですが……」室はそう言って訊ねた。

「別にこれと云って、分明《はっきり》した考えのありようもないのです。何分年が若いのですから。」

浅井は答えたが、お増も傍から口を出した。

「今のうちなら、あの娘は奈何でもなりそうですよ。」

そこを出てから、途中で室に別れた浅井夫婦は、この頃、根岸の別荘を売払って、神田の通へ洋酒や鑵詰、莨などの店を開けた、隠居の方へ些《ちょっ》と立寄ってから、家へ帰った。

「ああして一人の女を思詰めて、思が叶ったら、どんな気持がするでしょうね。」お増は電車のなかで、今別れた室の姿を目に浮べながら、言出した。

「あの男なら、一生お今一人を守り通すでしょうね。」

浅井はふふと口元に笑っていた。

「だけど、そんなでも面白かありませんね。」

神田の隠居の家では、初め思ったよりも、店の景気のいゝ事が、お芳の口から話された。隠居は飲過ぎで腹を傷めて、丁度奥の室に寝ていた。若い男達が二三人お芳の坐っている帳場の前で、新聞を見たり、店の客を迎えたりしていたが、こゝへ移ってからお芳の気に引立《ひきたち》の出たことが、浮々したその顔の様子でも知れた。そんな商売に経験のある、清吉という二十四五の男が、一切を取仕切っているらしかったが、それらの若い店のものを対手に、売揚をつけたり、商をしたりすることが、長いあいだ気むずかしい隠居のお守に、気を腐らしていたお芳には物珍しかった。

「お蔭さまでね、まあどうか恁うか物になりそうなんでござんすよ。」お芳は珍しい食物《たべもの》などを猟って歩く二人に話しかけた。

物腰のやさしい清吉が、そこへ来て、色々の品物を出して見せたりなどした。

「旦那は貴方、それこそ何にも解りやしないんでござんすよ。」お芳は莨をつけて、お増に渡しながら言った。

「この人でもいてくれなかったら、全然《てんで》商売は出来やしません。」

お芳は傍に夫婦の買物を包んでいる、清吉の方を見ながら言った。切長な大きいその目が、みずみずした潤いをもっていた。

「お芳さんも、まだ三十にならないんですからね。」お増はそこを出たとき、浅井に話しかけた。

四十四

ふとした感冒《かぜ》から、可也手重い肺炎を惹起した静子が、同じ区内の或小児科の病院へ入れられてから、お増は殆ど毎日そこに詰切っていなければならなかった。

会社へ出ていても、静子の病気の始終心にかゝっている浅井は、碌々仕事も手につかぬほど気に落著がなかった。少し緩んで来た寒気がまた後戻をして、春らしい軟かみと生気とを齎して来た桜の枝が、とげとげしい余寒の空に戦くような日が、幾日も続いた。病室のなかには、懸け詰にかけておく吸入器から噴出される霧が、白い天井や曇った硝子窓に棚引いて、毛布や蒲団が、いつもじめ〳〵していた。

途中で翫具などを買って来ることを怠らない浅井は、半日の余も高い熱のために、うとうとと昏睡状態に陥っている病人の番をしながら、病室に寝たり起きたりしているような事が多かったが、静子はぜいぜい苦しい呼吸遣をしながら、顔や髪に、細《こまか》い水滴《しずく》の垂れて来るのを煩がる力もないほど、体が弱っていた。

濛々《もやもや》した濃い水蒸気のなかに、淋しげな電燈のつきはじめる頃に、今つけて行った体温表などを眺めていた浅井は、静子に別を告げて私と室《そっ》を出て行った。

「翌日《あした》父さんがまた好いものを買って来てあげるからね。煩くとも、湿布は丁《ちゃん》としなくちゃ不可ませんよ。」浅井は帽子を冠ってからも、また子供の顔を覗きながら言った。

「矢張《やっぱり》自分の子なのかしら。」いつも思出す隙もなしに暮して来た疑問が、こんな時のお増の胸に、また考えられて来た。血をわけない子供に、恁うした自然の愛情の湧くものか奈何かの判断が、子を産んだ経験のない自分には、迚もつきかねるように思えた。

「この子の母親が見たければ、何時でも己が紹介する。」浅井は東京附近の田舎にいる、その女の事を言出したが、そんな女と往来《ゆきき》して、静子の里心の出るのが、お増自身にも好ましいこととは思えなかった。

「お今ちゃんを、直此方《すぐこっち》へよこして下さいよ。」お増は出て行く浅井に、ドアの外まで顔を出しながら言いかけた。二人は病床の傍で、看護婦のいない折々に、先刻《さっき》からお今のことで、一つ二つ言争《いいあらそ》いをしたほど、心持が紛糾《こぐらか》っているのであった。「己が結婚前の娘を手元において、奈何しようと云うのだ。お今には、室という者もある。浅井は鼻頭《はなさき》で笑っていたが、病院へ来てから奈何かすると二人きりの浅井とお今とを、家に遺しておくような場合の出来るのが、お増には不安であった。

「父さんと姉さんと、此処で何のお話していたの。」病人の側につけておいたお今が、交替に出て行った後などで、お増は怜悧そうな曇《うる》んだ目をして、自分の顔を眺める静子に、然ういって訊ねたりなどしたが、子供からは、何も聴取ることが出来なかった。

来ようの遅いお今を待ちかねて、お増は病人を看護婦にあずけて、朝から籠っていた息苦しい病室を出て来た。

外はもう大分更けていた。空にはみずみずしい星影が見えて、春の宵らしい空気が、しっとりと顔に当った。

腕車《くるま》から降りて、からりと格子戸を開けると、しんみりした静かな奥の方から、お今が急いで出て来たが、浅井は火鉢の傍に何事もなさそうに寝そべっていた。晩飯の餉台がまだそこに出ていた。

四十五

入院してから三週間目に、ある暖かい日を選んで、静子が家へつれられて来るまでに、室も一二度気のおけない病院を見舞った。

室は日本橋にある出張所の方から、時々取って来る金などで奈何か恁うか不足のない月々の生活を支えていた。母親からそこへ宛てて内密に送ってよこす著物や手紙の中などに封じ込められた不時の小遣も、少い額ではなかった。

「事によったら、僕東京で一軒家を借りようかと思っています。」

室は病人の枕頭《まくらもと》へ来て、自分と家との関係が、初め心配したほど険悪の状態に陥っていないと云う内輪談などするほど、お増に昵《なじ》んで来た。

「でも田舎の方では、迚もお今を貰ってはくれないでしょう。」お増は時々訊ねてみた。

「いや、然うでもないですよ。浅井さんと云う後援者のあることも知れて来ましたからね。」

「田舎の方へ談《はなし》がつきさえすれば、良人《うち》だって放擲《うっちゃ》っておくような人じゃありませんよ。勿論大した事は出来やしませんけれど、相当なことはする心算《つもり》でいるんでしょうよ。」

お増は、ふと東京で懇意になった遠縁続きの此の男に、自分の身のうえや、生計向《くらしむき》のことまで打明《うち》けるほど、可懐味《なつかしみ》を覚えて来た。

家出した兄を気遣っている妹から来た手紙などを、お増は室から見せられた。その文句は、いきなりに育って来たお増などには、傷々しく思われるくらい、幼々《ういうい》しさと優しさを保っていた。

自分がまだ商売をしている時分に、脚気衝心で死んだ兄のことなどが思出された。幼い時分に別れたその兄は、長いあいだ神戸の商館に身を投じていた。田舎にいる母親の時々の消息を通して、漸《やっ》と生死がわかるくらい、二人のなかは疎々《うとうと》しかった。

「無駄なお鳥目《あし》なぞつかって、皆さんに心配かけちゃ不可ませんよ。」お増は帰って行く室を、病室の戸口に送りながら、然う言って別れた。しんみりしたような話が、暫く続いたのであった。

退院させた静子が、階下《した》の座敷に延べられた蒲団のうえに、まだ全く肥立って来ない蒼い顔をして、坐らせられていた。バスケットで運んで来た人形や世帯道具、絵本などの翫具が、一杯そこに拡げられてあった。

外には春風が白い埃をあげて、土の乾いた庭の手洗鉢の側に、斑入《ふいり》の椿の花が咲いていた。

「いや御苦労々々。」浅井は碌々髪なども結う隙《ひま》のないほど、体《からだ》の忙しかった女達に声かけながら、漸《やっ》と自分のものにした病人を眺めていた。子供は碧みのある、うっとりした目を大きく瞬って、物珍しくそこらを眺めていた。

「今ちゃんにお礼として、何かやらなけれあならんね。」浅井は言いかけた。

「指環をほしがっているから、指環を買ってやろうか。」

お今は日に干すために、薬の香の沁込んだ毛布やメリンスの蒲団を二階へ運んでいた。

四十六

床揚の配りものなどが済んでから、浅井がふと通りがかりに、銀座の方から買って来たと云う真珠入の指環が、ある晩お増の前で、折鞄のなかから出された。

「へえ、些《ちょっ》と拝見。」などと、お増はサックのまま取上げて眺めた。

「洒落てますわね、十八金かしら。」お増は自分の細い指に嵌めて、明に透しなどして見ていた。

「安ものだけれど、些《ちょっ》と踏める。お今におやり。」

些《ちょっ》としたルビー入のと、ハート型のと二つしか持たぬお今が、外出などの時に、如何かするとお増の手と比べて、満《つま》らながっているのを、浅井は長いあいだ知っていた。

お今の不足がましい顔を見せるのは、指環ばかりではなかった。月々に物の殖えてばかり行くお増の箪笥や鏡台のなかなどが、最初あんなに侮蔑の目を欹《そばだ》てていたお今の心を、次第に惹著けるようになった。いつか田舎へ行く前に仕立直して著せられたセルのコートなどが、今のお今には些《ちょっ》とした外出にも、酷く見窄らしいもののように思えて来た。

「こんなコートなど、もう著ている人ありませんよ。」お今は、それがお増の所為《せい》か何ぞのように、ぶつぶつ言立てるのであった。お今の我儘の募って来たことが、お増には腹立しくも、情なくもあった。

「それで沢山よ。今からそんなに好いものばかり慾しがって奈何するのさ。お今ちゃん些《ち》と来た時のことを考えてごらんなさい。」

お増はここへ来たての頃の、まだ東京なれないお今の様子や、これ迄に世話して来た、浅井や自分の好意を言出さずには居られなかった。

浅井と一緒に余所《よそ》へ出たりなどするお増に、お今は時々厭な顔をして見せたりした。

「真珠のがないから、これは私のにしておきますわ。」お増はそう言って、指環をサックに収った。

「そんなら其をお前のにしておいて、何か高彫のを一つ代りにやるからね。」浅井は笑いながら言った。

「不可ませんよ。貴方が余りちやほやするから、増長して為様がないんです。この頃大変変って来ましたよ。貴方が悪いんです。」

「けど、それは為方がないよ。見込んで託けられて見れば、此方《こっち》だって相当の事はしなければならん。これから室の方の話が纏るものとすれば尚更のこと、放抛《うっちゃ》ってはおけない。」

いつも能く出るお今のことが基で、それからそれへと、喧嘩《いさかい》の言《ことば》が募って行った。時々花などに託けて耽《かこつ》っている、赤坂の女の事なども、お増の口から言出された。

「私がいくら骨おって始末したって、迚も駄目ですよ。内は内でお今ちゃんなぞがいて贅沢を言うし、外では外で絞られるところがあるんだもの、私一人で焦燥《やきもき》したって為様がありやしない。」お増の調子が較高《やや》くはずんで来た。

「莫迦いいなさい。誰のお蔭で、お前は著物なぞ満足に著られるとおもう。外で遊ぼうが何しようが、お前に不足いわれるような、無責任なことはしていないぞ。」気優しい浅井にしては、珍しいような言《ことば》もつい口から出るのであった。

お今はことりとも音のしない、台所でそれを聞いていた。

四十七

翌朝《あした》になると、お増は毎朝お今のすることに決《きま》っている浅井のお膳拵などを、自分の手一つに引取って、さも自信ありそうな様子で、こまこまと立働くのであった。漬物の切方や、盛方などにも、自分の方が、長いあいだ気心を知っている浅井の気分に、しっくりと適《あ》うところがあるように思えた。

「お早うございます。」お増はお今の前を、わざと生真面目な顔をして、更《あらた》まったような挨拶を良人にして見せた。浅井が丁度二階から下りて来たのであった。病院以来、滅切《めっきり》気分のだらけて来たお今は、まだ目蓋などの脹れぼったい、眠いような顔をして、茶の室《ま》の薄暗い処にある鏡の前へ立っては髪を気にしたり、白粉を塗ったりしていた。

いつも気のさわさわしているお今は、今朝は筋肉などの硬張った顔に、活々した表情の影さえ見られず、お増などに対する口も重かった。昨夜《ゆうべ》お増夫婦の言　争《いいあらそい》が募って、浅井が二階へあがってからも、自分に機嫌の悪かったお増が、とげとげした調子で二階へあがって行くまで、猫板のところに投出《ほうりだ》されてあった、自分の貰いにくくなって辞退した指環の、どこか姿を隠してしまったことや、夫婦の争の鎮まった闃寂《ひっそり》した夜更の二階のさまなどが、眠られない頭脳《あたま》を掻挘るように苛立たせて、腹立しさと悲しさとに、びっしょり枕紙を濡していたくらいであった。

しっとりした雨のふる或晩に、病院か、さもなければ何時もの馴染の何子とか云う芸者のところだとばかり思っていた浅井の、表の戸をさしてしまった夜中過に、酒に酔って帰って来たときの事などが、お今の目に、まざまざと浮んで来た。周章てて火を起したり湯を沸したりする自分の傍にいる浅井と、何時とはなしに話に耽って、二階へあがって臥床を延べたのは、もう二時過であった。不安と恐怖とに、幻のような短い半夜があけた。

それ以来秘密の機会が、浅井によって二度も三度も作られたのであった。

病人の枕頭《まくらもと》などで、可恐しいお増の顔と顔と、向合っている時ですら、お今は遣瀬ない思に、胸を啖られるのであった。甘えるような驕慢《おごり》と、放縦な情慾とが、次第に無恥な自分をお増の前にも突きつけるようになった。

お増は楊子や粉を、自身浅井にあてがってから、銅壺から微温湯《ぬるまゆ》を汲んで、金盥や石鹸箱などを、硝子戸の外の縁側へ持って行った。庭には椿も大半錆色に腐って、初夏らしい日影が、楓などの若葉にそそいでいた。どこからか緩い余所の時計の音が聞えて来た。

朝飯のときも、お増は直《ぴった》り浅井の傍に坐って、給仕をしていた。そして浅井が何か言いかけると、「ハア、ハア。」と、行儀よく応答をしていた。毛に癖のない頭髪が綺麗に撫でつけられて、水色の手絡《てがら》が浅黒いその顔を、際立って意気に見せていた。

「二階の方は私がしますよ。」お増は蔭にばかり隠れているお今の、二階へあがって行《ゆ》く姿を見ながら言いかけた。二階はまだ床なども、其まゝになっていた。

「来ちゃいけませんよ、静《し》いちゃん――」お増は段梯子の中途へ顔を出した静子に、上から邪慳そうな声をかけた。

四十八

浅井のいない家のなかに、お増はお今と顔ばかりも突合してもいられなくなると、静子をつれだして、向《むこう》の博士の落胤《おとしだね》だと云う母子の家へ遊びに行ったり、神田の隠居の店へ出かけて行ったりした。そんな時に、気のおけない身の上ばなしの出来るお雪が、青柳と一緒に暫く東北の方へ旅稼に出ていて、東京にいないことが、お増には心寂しかった。

「今度は私も芝居をするんですとさ。」

お雪は旅へ出る少し前に、お増のところへ暇乞《いとまごい》に来て、何時ものとおり、二日ばかり遊んでいながら、然う言って、変って行く自分の身のうえを嗤っていた。青柳は東京ではもう、どこも上るような舞台がなかった。

それは丁度収穫《とりいれ》などのすんで、田舎に収入《みいり》のある秋の頃であった。どこかとそんな契約が成立ったと見えて、お雪は身装《みなり》なども比較的綺麗であった。新調のコートや傘なども、お増の目を惹いた。お増は、「この人はいつまでこんな気楽をいってるのだろう。」と、何時もお雪について考えるようなことを、その時も熟々《つくづく》考えさせられたのであったが、気心に少しの変化もみえないお雪には、それを得意がっているような様子もあった。

「それで、私の出しものが阿古屋なんですと。」

お増は阿古屋が何であるか、よくも知らなかった。

「へえ、そんなものが出来るの。」

「どうせ真似事さ。事によったら、それを持って北海道の方へ廻るかも知れないのよ。然うすればお金がどっさり儲かるから、その時は借りたお金を、貴女にもお返しするでしょうよ。」

そう言って出て行った限《きり》、お雪からは何の消息もないのであった。何時迄たっても、頭の上りそうもない芸人などに喰ついて、浮々《うかうか》と年の老けて行くお雪の惨さが、情なくも思えるのであったが、気のくさ〳〵するような時には、寸時もお雪のような心持ではいられない苦労性の自分が、窮屈でもあった。

「あの人終に、野倒死《のたれじに》でもしやあしないか知ら。」お増は時々浅井と、お雪の噂をしていたが、色々の女に心の移って行く男一人に縋っている自分の成行も、思って見ない訳に行かなかった。

「まだ、そんな事を思っているのかい。」

然うなる時の自分の行末のために、金や品物などを用意することを怠らぬらしい、お増の箪笥の著物や、用箪笥の貯金の通帳などの目に入る度に、浅井は然ういって、不断は苦笑していたが、嫉妬喧嘩《やきもちけんか》の時などには、忌々しげに其が言立てられた。

しかし仲のいゝ時に、そんな金がまた何時か、其時々の都合で浅井の方へ融通されていた。

「また旦那に取られてしまった。」お増は後でハッと思うような事があったが、その場合には、矢張《やっぱり》隠立をすることが出来なかった。

静子をつれて、一日外を遊歩いていると、家を出るとき感じていたような、お今に対する憎しみの念が、いつか少しずつ淋しいお増の胸に融けて行かないでおかなかった。

神田の店は段々繁昌していた。

お芳の若やいで来た顔の色沢《いろつや》が、お増には可羨しいようであった。茶の室へ坐込んで、厭な内輪ばなしなどに晷《とき》を移していたお増は、行った時とは、全然《まるで》別の人のような心持で、電車に乗った。

四十九

　お増は、浅井がもう帰っている時分だと思うと、電車のなかでも気が急くのであったが、隠居にいわれたことなどが、繰返し考え出された。

「今のうちにお今さんを、何処かへ出しておしまいなさい。事によったら、当分のうち何処ぞ私の親類へお預りしても可うがすよ。」

　隠居は相変らず、酒気を帯びた顔を振立て〻言ってくれたのであった。

　そんな事には何の意見も挟まないお芳は、時時顔を赧めて、お増の話に応答《うけこたえ》をしていた。

「お今さんも可哀そうですな。お婿さんが欲しいでしょうに、その金満家の子息《むすこ》さんと、一緒にしてあげたら如何です。」

　お増は退《ど》けてしまってからの、若い女の体の成行も考えてやらない訳に行かなかった。自分の良人のしたことを、田舎のお今の兄などに、知られるのも厭であった。単純に、二人の所業を憎んでばかりもいられないと思った。

　灯影のちらちらする町や、柳の青い影が、暗い思を抱いているお増の目の前を、電車の進行と一緒に、夢のように動いて行った。窓からは、夏の夕らしい涼しい風が吹込んで、萎えたような皮膚がしっとり潤うようであった。

「そう先の先まで考えたって、如何なるものか。」お増は直《じき》に何時もの自分に返った。何時までも、こんな厭な思をしてばかりいられないと思った。

いつか側に引著けて、油を搾ったときのお今の様子などが、思返された。お増はそれと前後して、浅井からも謝罪めいた懺悔を聞いたのであったが、二人のなかは、矢張それきりでは済まなかった。

「奈何したの。私に残らず話してごらんなさいよ。」お増は落著いた調子で、お今を詰《なじ》ったが、お今は黙って、俛《うつむ》いている限《きり》であった。目が涙に曇《うる》んでいた。

「……それじゃお今ちゃん、余《あん》まりひどいじゃないの。」お増は、到頭そんな事をされるようになった自分が可憐《いじら》しいようであった。嫉しさに、掻捲ってもやりたいようなお今に、しゃぶりついて泣きたいような気もしたのであったが、矢張自分を取乱すことが出来なかった。

後悔と慚愧とに冷めていた二人の心が、また惹著けられて行った。家でも寝るときの浅井の姿の、側にいないことが、時々夜更に目のさめるお増の神経を、一時に苛立たせるのであった。淋しい有明の電燈の影に、お増は惨酷な甘い幻想に苦しい心を戦《わな》かせながら、時のたつのを、じっと平気らしく待っていなければならないのであった。

「はやくお今を引離そう。」お増はじれじれと、そんな事を思窮《おもいつ》めるのであったが、その手段が矢張考えつかなかった。

「あの子に傷をつける日になれば、それはどんな事だって出来ますよ。」お増は浅井に愚痴をこぼした。

「そうすれば、お前のためにも、どうせ好いことはないよ。」浅井は笑っていた。

五十

書生の時分に、学資などの補助を仰いでいた叔父の病気を見舞いに、浅井が暫く田舎へ行っている留守の間を見て、お増が小林などと相談して、到頭お今の姿を隠さしてしまったのは、その年ももう涼気《すずけ》の立ちはじめる頃であった。

それまでにも、お増とお今との間には時々の紛紜《いざこざ》が絶えなかった。お今は如何かすると、小蔭で自分の荷物などを取纏めて、腹立まぎれに私と家を出て行こうとしたり、死ぬ決心でもするかと、お増が気味悪がるくらい、二日三日も暗い顔をして、台所の隣の陰気らしい四畳半に閉籠ったりしていた。小林がお今のために持込んでくれた縁談なども、お今の反抗的な心を一層混乱せしめた。

「姉さんに御心配かけて済みません。私の体《からだ》などは如何なっても可うございますから、どうぞ皆さんの宜しいように……」

お今はそんな棄鉢のような口を利きながら、目には涙を入染《にじ》ませていた。

「左《と》に右《かく》、本人の希望どおり、独立さしてやるような事にしてやったら可いじゃないか。引受けた以上は、己にも責任がある。」

浅井のそう云う反対説に、そんな話も矢張成立たずにしまった。

浅井が田舎へ立ってから、お増は思いついて室をも一緒につれて、三人で浅草辺をぶらついたり、飯を食べたりして、お今を男に昵《なじ》ませようと試みた。

「今でも矢張貴方は、あの人のことを思っていて。」お増は、お今のいないおりに、私《そっ》と室に訊いてみたが、この男に秘密を打明けないでいることが、空可恐しいようであった。

「何故です。」室はそう云いたげに、にやりと笑っていた。

「あの人にも困ったもんですよ。」お増は口までそう出そうにする其秘密を、矢張引込めておかない訳に行かなかった。

「一度貴方から、能く訊いてみて頂戴よ。」

そこへ小用に行ったお今が、入って来た。三人はある小綺麗な鳥料理の奥まった小室《こま》でビールやサイダなどを取りながら話していた。廊下の手欄《てすり》に垂れた簾の外には、綺麗に造られた庭の泉水に、涼しげな水が噴出していたり、大きな緋鯉が泳いでいたりした。碧い水の面には、もう日影が薄らいでいた。湯に入って汗を流して来た三人の顔には、青い庭木の影が映っていた。お今は肥った膝のうえに手巾を拡げて、時々サイダに咽喉を潤していたが、室と口を利くような事は滅多になかった。

室はどうかすると、幽鬱そうに黙込んでしまった。

「貴方はほんとに真面目だわ。」お増はビールを注いでやったりなどしたが、室は苦しそうに時々飲んでいるだけであった。

「今度二人で、どこかへ行ったら如何？」お増は調子づいたように言いかけたが、矢張自分でしくじった。

夕方に三人はそこを出て、直《じき》に電車で家へ帰った。

「駄目々々。」お増は家へ入ると、著物もぬがずに、べったり坐って溜息をついた。

「人の気もしらないで、この人は如何したと云うんだろ。」

五十一

お増がある物堅そうな家を一軒、小林の近所に見つけて、そこへお今を引移らせてから大分たって、浅井が丁度田舎から帰って来たのであった。

そこは小林の妾の身続きにあたる、或勤人の年老った夫婦のものであった。お増から身のまわりの物などを一通り分けて貰って、その家の二階に住うことになった。お今は、初めて世帯でも持つときのような不安と興味とを感じながら、ある晩方に、浅井の家を出て行ったのであった。

お増がそこいらから見附けだして、お今のために取纏めようとした品物は、大抵お今には不満足であった。お今はお増の鏡台や、櫛笄だの襟留だの、紙入などのこまこました持物に心が残った。

「私が新しく買ったら、それをあなたにあげますがね、当分それで間に合してお置きなさいよ。鏡立《かがみだて》があれば沢山ですよ。」

お増はそう言って、長火鉢の傍で莨を喫《ふか》していたが、お今の執念が絡《まつわ》り著《つ》いているようで厭であった。

いつまでも自分の部屋で、何かごそ〳〵していたお今は、軈《やが》て人顔の見えなくなった頃に、悄々《すごすご》と家を出た。

「静《し》いちゃん、さよなら。」お今は荷物などを作る自分の傍に、始終著絡《つきまと》って離れなかった静子に声かけながら、門を離れて行った。

その翌朝《あくるひ》早く、お今は何やら忘れものをしたとか言って入って来ると、自分の居馴れた部屋の押入など、其方《そっち》こっち掻廻していたが、お増は黙って見ていた。

「今のうちなら、幾度来たって介意《かま》やしないけれど、旦那が帰ってからは不可ませんよ。」お増は駄目を押すように言って聴かせた。

「えゝ、大丈夫来やしませんとも。」

お今は昨宵《ゆうべ》一晩自分の身のうえなどを考えて、おちおち眠られもしなかった体《からだ》の疲が、白粉を塗った、荒れた顔の地肌にも現われていた。目のうちも曇《うる》んでいた。朝の夙《はや》い階下《した》の夫婦が寝静ってからも、お今は時々消した電気をまた捻って、机の前に坐ったり、蒸暑い部屋の板戸を私《そっ》とあけて、熱《ほて》った顔を夜風にあてたりした。部屋にはまだ西日の余熱《ほとぼり》が籠っていた。病人のようないらいらしい一夜が、寝苦しくて為方がなかった。怨めしいような腹立しいような、遣瀬ない思に疲れた神経の興奮が、しっとりした暁方の涼気《すずけ》に、漸《やっ》とすやすや萎《なや》されたのであった。

お今は静子などを相手に、暫く遊んでいたが、直《じき》に帰って行った。

「室さんが必然《きっと》お前さんのことを訊ねますよ。どう言っておこうか知ら。」お増はお今の気を引くように、二度も三度も室の噂を持出したが、お今はいつも澄していた。

「従姉《ねえ》さんも随分勝手ね。」お今はそうも言いたげであった。

お増の方からも、二三度静子をつれて途中で茶菓子などを買ってそこの二階を訊ねて行った。格子のはまった二階の窓からは、下の水道栓に集って来る近所の人や、其人達の家の裏口などがあけ透けに見えた。水道端には残暑の熱い夕日が、じりじりと照っていた。退屈な日が、幾日も幾日も続いた。じっと部屋に坐っていると、お今は時々澱んだ頭脳《あたま》が狂いそうに感ぜられた。

五十二

「貴方に相談しようかとも思いましたけれど、それでは話が面倒ですから、私お留守のまにお今ちゃんを出してしまいましたよ。」

旅から帰って来たばかりで、それとも気づかずにいる浅井に、お増は更《あらた》まった調子で言出した。

浅井は癒るとも癒らぬとも片著かぬ叔父の田舎から貰って来た土産などを、漸《やっ》と鞄から取出している処であった。むかし若い時分に、その妻が、自分の実の妹と良人とのなかを知って、腹立しさと恥かしさとで喉を切って死んだなぞと云う惨劇のあった、その叔父の家のことをお増もいつか浅井に聞かされて知っていた。

「それは然うなりますよ。」

姉から、何を言われても、義兄《あに》と切ることの出来なかった妹や、倉へ入って、白小袖を著て、剃刀で自殺したと云う姉のことを、浅井から聞いたとき、お増はそれを浄瑠璃か何ぞにあるような、遠い田舎の昔風な物語とのみ聞流していたのであった。

「お前が其姉だったらどうする。」浅井は笑談《じょうだん》を言っていた。

「私なら死んだりなぞ為やしませんわ。逐出して了いますよ。」お増はそういって笑っていた。

長いあいだ憶出しもせずにいた其出来事が、生々しくお増の心に浮んで来た。村で葡萄を栽培したり、葡萄酒の醸造に腐心したりしていたと云う、その叔父の様子なども見えるようであった。自殺した連合《つれあい》は、どんな女だったろうと想像されたり、叔父と甥の浅井との体に、同じ血が流れているらしく思われたりした。

お今の姿の匿されたことに心著いた浅井は、その当座深く問窮《といつ》めもしなかったが、お今の身のうえを、お増の考えで取決められたことが不安であった。

「出したのなら出したでも可い。どこへ遣ったか、それを聞こうじゃないか。」浅井は酒気のある時なぞに、憶出したようにお増を詰《なじ》った。

「私に隠してそんな事をしようと云うのなら、私も嚮後《こうご》一切《さい》お今のことについては、相談を受けんと云うことにしよう。」浅井は真面目《むき》になってそうも言った。

「いくらお前が隠したって、捜そうと思えば訳はないよ。罷《まかり》間違えば、警察の手を仮りることも出来るし、田舎を騒がして、突きだすと云う方法もある。」そうも言って脅した。

「そんなら然うして捜したらいいでしょう。」お増は言張ったが、矢張隠通すことが出来なかった。室の方の話を纏めるにしても、浅井の力を借りない訳には行かなかった。

居所を知らさないで、お今が浅井のところへ出入するようになったのは、それから間もなくであった。

五十三

「姉さんのとこへ来ると、ほんとに気がせいせいしてよ。」

気づまりな宿の二階に飽きて、お増の方へ遊びに来たお今は、道具などに金のかかった綺麗な部屋のなかや、掃除の行届いた庭などを眺めながら言った。袖垣のところにある、枝振のいい臘梅の葉が今年ももう黄色く蝕んで来た。ここに居るうちに、能く水をくれてやった鉢植の石榴《ざくろ》や欅の姿《なり》づくった梢にも、秋風がそよいでいた。近頃物に感傷しやすいお今の心は、そんなものにも遣瀬ない哀愁を入染《にじ》ませていた。浅井の家では、若い女中が一人殖えたり、田舎から托《あず》けられた、浅井の姉の子だと云う少年が来ていたりして、偶《たま》には傍から来ているお今が、軽い反感を覚えるほど賑かであった。衆《みんな》は、宵のうちに下の座敷に集って、この頃取寄せた蓄音器などに、笑い興じていた。最近の一夏で、滅切おしゃまさんになった静子の様子も、変って来た自分の身のうえの心持を、お今の目に際立たせて見せた。

「お今ちゃんも愈々室さんと御婚礼かな。」まだ晩酌の餉台を離れずにいる浅井は、避けてばかりいるようなお今が、ふとそこへ来て坐ると、然ういって声かけた。お今は絡みついて来る静子と、敷物などのしっとりした縁側にいた。

「室さんは、時々来るかね。」浅井は訊ねた。

「いいえ。」お今は今日もお増につれられて宿へ訪ねて来た室のことを訊かれるのが、擽ったいようであった。

「少し都合があって、余所《よそ》へ出してあるんですがね。」お増は初め然ういって、お今の居所を室に明すことが出来ずにいたのであったが、自分に絡《まつわ》りついて来るような、男の心持が、見ていても苦しそうであった。差向いにいても余り口数をきかぬお今の様子が、室の心を一層いらいらさせた。別居さしてある理由などに、疑を抱いているらしい懊悩《もどか》しさが、黙っている室の目に現われていた。宿を出た三人は、途中その問題に触れることなしに別れたのであった。

「お今も可哀そうですよ。」お今が歩遅れているときに、お増は謎でもかけるように呟いたが、室はそれを問返そうともしないのであった。

座敷では、色々のレコードが差替えられた。

お増の顔色を見て、浅井の側を離れて行ったお今は、衆《みんな》と一緒にそれに聴入っていたが、甲高《かんだか》な謳の声や三味線の音に、寂しい心が一層掻き乱される丈であった。

「運動がてらみんなで其処まで送ろう。」帰りかけようとするお今に、浅井は言いかけた。浴衣のうえに、羽織を引っかけて、パナマを冠った浅井に続いて、お増も素足に草履をつゝかけて外へ出た。

暗い町続きを三人はぶらぶらと歩いていた。空には天の川が低く流れて、夜がしっとりと更けていた。

「一人帰えすのは可哀そうだ、別荘まで送ろう。」浅井は笑いながら、何処までもとついて来た。三人はお今の宿のすぐ二三町手前まで来ていた。

「不可ませんよ。入浸りになっちゃ困りますよ。」お増は笑いながら、とある四辻の角に立停った。水のような風が、三人の袂や裾を吹いていた。

五十四

室がちょいちょい訪ねて行くお今の二階へ、浅井もお増と一緒に行ったり、静子を連れたりして、偶《たま》には顔を出した。

室の身内にあたると云う出張店をあずかっている若い男が、お今のことでちょいちょい浅井を訪ねてから、浅井も自らその話に肩を入れない訳には行かなかった。

「老人の方だって、何もこちらの縁談が絶対に不可いと云うんじゃないんでござんすからな。」前垂などをかけて、堅気の商人らしい風をしたその男は、そう言って話を進めた。

「もう一つ外の縁談を纏めてくれた方に対して、今更義理が悪いと云うだけのことなのです。」

そんな話を一々素直に受入れた浅井は、自分からお今にも説き勧めた。そういう時の浅井の頭には、何等の矛盾もないらしく見えた。時がたちさえすれば、罅《ひび》の入ったお今の心が、それなりに綺麗に縫合《とじあわ》されたり熨《の》されたりして行くとしか思えなかった。

浅井の見立で、お今に著せて見たいと思う裾模様をおかせた紋附などが、お増と三人で三越へ行ったとき註文されたのは、それから間もない十月の末であった。お今が同意とも不同意とも、分明《はっきり》言切らないうちに、話が自然《ひとりで》に固められて行った。

お今はどうかすると、燥《はしゃ》いだような調子で、支度などについての自分の慾望を、浅井一人の前に言出した。お増の立てた見積が、反抗的な甘えたお今の気分には、一つ一つ不満足であった。

浅井のところで、如何かすると室と落合う時などの、髪や著物を気にする、お今のそわそわした様子が、お増の目にも憎らしく見えて来た。お今は室が帰って行くあとから、お増に見せつけ気味らしく直に出て行ったりなどした。

「ああなると、此方が厭になってしまいますね。もう貴方のことなどは何とも思っていやしませんよ。」お増は腹立しそうに、後で浅井に話した。

「出来るだけ、支度でも余計に拵えてもらおうと云う、慾だけなんですよ。」

年のうちに内祝言だけを、東京ですますことに話が決るまでに、例の店員が、幾度となく浅井のところへ遣って来たが、お今の兄からも手紙が来たり、支度の入費が送られたりした。話が何の蟠《わだかまり》もなく進んで行った。

新しい著物が仕立てあがる度に、浅井はお今を呼びにやって、座敷でそれを著せて眺めなどした。下座敷の明るい電燈の下などで、お今はふっくらした肌理《きめ》のいゝ体に、ぼと〱するような友禅縮緬の長襦袢などを著て、うれしそうに顔を熱《ほて》らせていた。汚れた足袋をぬぎすてた足の爪はずれなどが、媚めいて見えた。

「素敵だ。」浅井は此方《こっち》からその姿を眺めながら声かけた。

「いゝね、お今ちゃんは。」お増も傍から、うっとりした目をして眺めていた。

「私なぞ一度もそんな事なかったよ。」

「己もないな。」浅井も傍から溜息をついた。

「貴方はあったじゃありませんか。前のお神さんの時に。」

「うゝん。」浅井は薄笑をしていた。

「見惚れていちゃ不可ませんよ。」

興奮したような浅井の目に、お増は気づきでもしたように、急いでそれを脱がせた。

五十五

「どうも有難うございました。」脱いだ著物をきちんと畳んで、元の通り紙をかけて仕舞ってから、お今の帰って行ったあとで、夫婦は、何か物足りないように甘いいら〳〵しさを心に感じた。そこには萌黄の布の被った簞笥のうえに新しい鏡台が置かれてあった。

「お前もちょっと著てごらん。」浅井はお今の長襦袢を畳むとき、お増に言いかけた。

「私？　私にこんな派手な物は似合やしませんよ。」体の瘦ぎすな、渋い好みのお増は、著物の上へちょっと袖を片方通しただけで直《すぐ》に止めてしまった。

「若い時分から私は然うでしたよ。」

写真に遺っている、お増のその年頃の生々《ういうい》しい姿が、浅井の目にも浮んで来た。勝気らしい口元のきりゝと締った、下脹《しもぶくれ》の顔は、今よりもずっと色が白そうで、睫毛の長い冴えた目にも熱情があった。写真のお増は、たっぷりした髪を銀杏返に結って、その頃流行った白い帛を顎まで巻きつけて、コートを著ていた。田舎の町で勤めていた家の子息《むすこ》の学生と、思断った恋をしたという頃のお増は、漸《やっ》と十八か九であった。

古い話が二人の間に、また掘返されはじめた。初めて商売に出て、その男を知った時のことなどが、情味に餒えているような浅井の耳に、また新しく響いた。

「ねえ、貴方。」お増はしみ〴〵した調子で言出した。

「あの人の婚礼がすんだら、私達も誰かを媒介に頼んで、お杯をしましょうか。余り年を取らないうちに、そんな写真も取っておきたいじゃないの。」お増はそう言って、淋しげに笑った。

「心細いやね。」浅井も女を憫むように空虚な笑声を立てた。

「まだ我々はそんな年でもないよ。」横になっていた浅井は、二筋三筋白髪のちかちかする鬢のところを撫でながら言った。そうして冬になってから、いくらか肉がついて来たが、目角などにまだ曇みのとれない妻の顔を眺めた。

「そうするには先ずお前の体から癒してかからなけあならない。入院して、思断って手術をしてみたら奈何だ。一月の辛抱だ。」

「厭々。」お増は頭を振った。一月の入院のあいだに、家がどうなるか知れないという不安が、これまでにも始終お増の決心を鈍らせた。

「今年も来年も年廻がわるいから、明後年にでもなったら、療治をしましょうよ。」

しみじみした話に、時が移って行った。

その頃色稼業を止めて、溜めた金で、芝の方に化粧品屋を出した女のところからの帰りがけなどに、ふと独りで浅井はお今の二階へ寄って、疲れた体を休めに行くことなどがあった。お今は押入から掻巻を出して来て、横になっている浅井に私と被《そっ》せかけなどした。花で夜更しをして、今朝また飲んだ朝酒の酔のさめかゝって来た浅井は、戦くような薄寒さに、目がさめた。綺麗にお化粧をして、羽織などを著替えたお今が、そこに枕頭の火鉢の前に孑然《ぼつねん》と坐っていた。

それからお今のいれてくれた茶に、熱《ほて》った咽喉や胃の腑を潤しながら、浅井は何事もなさそうな顔をして、日の迫って来たお今の婚礼の話などをしていた。

五十六

埃っぽい窓の障子に、三時頃の冬の日影が力なげに薄らいで来た頃に、浅井は漸《やっ》とそこを脱出したが、遊びに耽り疲れた神経に、明るい外の光や騒がしい空気が可怖しいようであった。先刻《さっき》まで被ていた掻巻などの、そのまゝそこに束《つく》ねられた部屋の空気も、厭わしく思えて来た。

「私もそこまで出ましょうかしら。」お今も今まで二人で籠っていた部屋に、一人残されるのが不安であった。

「ねえ、いけないこと。」お今は甘えるように然ういって、鏡の前で髪を直していた。弄ばれた自分の感情に対する腹立しさと恥しさとを押包んでもいるような、可憐《いじら》しい其横顔を、浅井は皮肉らしい目でじっと眺めていた。

「お別れに一度どこかへ行こうかね。」浅井は先刻そういって、その時の興味でお今を唆ったのであった。お今は躊躇しているらしく、紅い顔をして、俛《うつむ》いていたのであった。

「どこへ行くね。」浅井は調子づいたような女に、興のさめた顔をして訊いたが、淡い物足りなさが、心に沁出していた。

「どこでも可いわ。私まだ見ないところが沢山あるから。」

「婚礼がすんだら、方々室さんに連れていってもらうと可いよ。」

「それは然うだけれど、その前に……」

室の名を聞くと、お今は間近に迫って来ている晴がましい婚礼が、頭脳《あたま》に分明《はっきり》閃いたが、その考えは矢張確実ではなかった。何時とも知らず、乗せられて来たその縁談が、支度などに気のそわそわする、其日々々の気分に紛らされて来たことが、一層心苦しかった。その間にも、お今は自分の手で切盛《きりもり》をする世帯の楽さや、人妻としての自分の矜などを、時々心に描いていた。財産家だと云う室の家を相続する日を考えるだけでも、お今の不安な心が躍るようであった。

「ほんとにお前さんは幸福だよ。辛抱さえすれば、何十万円と云う財産家の家を、切廻して行けるんだもの。」

室を嫌っているとしか考えぬお増の然ういって聞かす言葉《ことば》の意味が、お今には可笑しく思えたり、自分から勧めた縁談に、気のいら〳〵するようなお増が、蔑視《さげす》まれたりした。

電燈のちら〳〵する頃に、二人は銀座通をぶらぶら歩いていた。

日の暮れたばかりの街に、人がぞろぞろ出歩いていた。燥いだ鋪道のうえに、下駄や靴の音が騒々しく聞えて、寒い風が陽気な店の明先《あかりさき》に白い砂を吹立てていた。

「こんな処、いつ来たって同じね。」お今は蓮葉のような歩方《あるきかた》をして、不足そうに言った。近頃出来たばかりの、新しい半コートや、襟巻に引立つその姿が、おりおり人を振顧らせた。

「何処かもっと面白いところへ連れていって頂戴よ。」お今は体を浅井に絡みつくようにして低声で言った。

五十七

翌朝お今が訪ねて行った時、浅井もお増もまだ二階で寝ていた。

浅井の甥の学校へ行ったあとの茶の室《ま》は、しんとしていた。そこに静子が、千代紙などを切刻みながら、寂しげに坐っていた。昨夜《ゆうべ》すぐこの近所で別れた浅井が帰ってからの家の様子を嗅出そうとでもするように、お今はいら〳〵しげに、そっちこっちの部屋のなかを歩いていた。若い方の女中は、縁側の硝子《ガラス》障子に、せっせと雑巾がけをしていた。時計が九時を打ってから、漸《やっ》と二階から降りて来たお増は、明るい階下《した》の光に、目眩しそうな目をして、火鉢の前に坐ると口も利かずにぼんやりと莨をふかしていた。

近頃浅井の入浸っている情婦《おんな》の店の近所を、お増は一昨日《おととい》の晩も、長いあいだ往来《ゆきき》していた。その情婦《おんな》のところへ、浅井はお柳のいた頃の自分にしたように、株券や貴重な書類の入った手提金庫などを運んでいることが知れてから、二人の情交《なか》が段々深みへ入っていることが、お増に解って来た。情婦《おんな》の母親が、菓子折や子供への翫具などをもって、ある日浅井の留守に、奥さんにお昵近《ちかづき》になりたいといって、挨拶に来たことが、一層お増の心を深い疑惑の淵に沈めた。

「今度こそ真《ほん》ものだ。」お増は小林などの讖言《しんげん》が、到頭自分の身のうえに廻って来たように思えてならなかった。

お今の縁談が決ってから、浅井の心は一層情婦《おんな》の方へ惹かれて行った。

「ほんとに憎らしい婆さんだよ。あゝやって機嫌を取って、私を手掌《てのうち》に丸めこもうとするんだよ。」

お増は普通の女のように、野暮な仕向もしたくなかった。そして当らず触らずに、その場は愛想よく遇《あしら》って還したのであったが、肉づきなどのぼちゃ〳〵した、腰の低いその婆さんの、にこにこした狡そうな顔が、頭脳《あたま》に喰込んでいて取れなかった。

「旦那には色々とお世話さまになっておりますので、一度御挨拶に出なくちゃならないと始終然う申していたんでございますがね、何分店があるものですから……」

婆さんは茶の室《ま》へ上り込んで、お増や子供に、親しい言葉《ことば》をかけたのであった。

浅井が留守になると、お増はその婆さん母子にちやほやされている状が、直《すぐ》に目に浮んで来た。まだ逢ったことのない女の顔なども、想像できるようであった。

「これを御縁に、手前どもへもどうぞ是非お遊びに入らして下さいましよ。そして仲よく致しましょうよ。」婆さんの然ういって帰って行った語《ことば》にお増ははげしい侮辱を感じた。

「どうして、喰えない婆さんですよ。母子《おやこ》してお鳥目《あし》取にか丶っているんでさ。」お増は可悔しそうに後で浅井に突かかったが、浅井はにやにや笑っていた。

帰りのおそい浅井を待っているお増の耳に、美しい情婦《おんな》の笑声が聞えたり、猥な目つきをした白い顔が浮んだりした。

お増は寒い風にふかれながら、婆さんに教えられた、その店の居周《いまわり》を、何時までもうろ〱して居た。そして時々向側にまわって、遠くからその方を透して見たが、硝子《ガラス》障子をはめた店のなかは、分明《はっきり》見えなかった。

旋《やが》てそこらの店がしまって、ひっそりした暗い町の夜が、痛しいほど更けて来た。お増はやっぱりそこを離れることができなかった。

五十八

その翌日、お増は半日外で遊暮すつもりで、静子をつれて、お芳の店などを訪ねて見たが、色々引懸《ひっかかり》のある気が滅入って、話が何時ものようにはずまなかった。

「今度という今度は、どんなことをしたって駄目なの。」お増はいつもの茶の室《ま》で、お芳夫婦に話した。

「私が理窟を言えば、お前に理窟を言われるような、乱次《だらし》のないことはしておかないって言うし、それじゃ田舎へ帰りますと然ういえば、お前の方で勝手に出て行くんだから、お金なんざ一文もやらないって言うし、それは私も色々やって見ましたの。だけど、ああなっちゃ迚も駄目なの。」

諍えば諍うほど、お増は自分を離れて行く男の心の冷たい脈搏に触れるのが腹立しかった。ある晩などは、お増は可悔しまぎれに、鏡台から剃刀を取出して、咽喉に突立てようとしたほど、絶望的な感情が激昂していたが、後で入り込んで来るであろう情婦のことが頭脳《あたま》に閃いて、気が萎かされた。

「私は奈何したって、お柳さんのようにはならない。」お増は、直《じき》に自分と自分の心を引締めることが出来た。

「浅井さんを、旧《もと》の人間にしようっていうにゃ、奈何したって貴女の体から手を入れてかゝらなけあ、駄目だと私は思うがね。」隠居は笑いながら言った。

「家《うち》のお芳をごらんなさい、体《からだ》がぼちゃぼちゃしていますから、私のような老人《としより》じゃ喰足りねえとみえて、店の若いものに、色目をつかやがって為様がありませんよ。」隠居はふらふらした首つきをして、顔を顰めた。

お芳はみずみずと碧味がかった目を瞬って、紅い顔をしていた。

「それでまた不思議なもんでして、こいつを店へ出しておくと、おかねえとでは、売高の点で大変な差がありますよ。」

調子づいて自分のことばかり言立てる、お爺さんの元気のいゝ、話を聞いているお増の胸には、しおらしい寂しさが、次第に沁拡がって来た。お芳を誘出して、うんと買物をしようと目論でいた自棄な慾望が、何時か不断の素直らしい世帯気に裏切られていた。

お増は、帰りに日比谷公園などを、ぶらぶら一周《ひとまわり》して、お濠の水に、日影の薄れかかる時分に、そこから電車に乗った。

「お帰りなさい。」

昨夕《ゆうべ》浅井がおそく帰ったときも、出迎えたお増は、玄関に両手をついておとなしやかに挨拶をした。そして誰が著せたか知れないような著物をぬがして、褞袍に著替させると、それは簞笥に仕舞込んでしまうのであった。お増は髪なども綺麗に結って、浅井の好きな半衿のかかった襦袢を著込んでいた。

遊びに倦みつかれたような浅井には、幾夜ぶりかで寝る、広々した自分の寝室《ねま》の臥床に手足を伸すのが心持よかった。

お増は顔を洗って、髪に櫛を入れなどしてから、昨夜《ゆうべ》室の親元から、色々浅井に頼んで来た手紙を見せたりなどして、いつものようにお今の婚礼の話などを為かけた。

五十九

仮にお今を迎えるための室の家が、出張店の人達によって、直《じき》に山の手の方に取決められた。

結納の目録などが、ある晩浅井へ出入する物知の手によって書かれたり、綺麗な結納の包が、その男の手によって、水引をかけられたりした。やがて、そんな品が、座敷の床の間に景気よく並べられた。お芳夫婦から祝ってくれた紅白の真綿なども、そこに色を添えていた。

「気持のいゝものね。」お増は座敷の真中《まんなか》に坐ってそれを眺めながら呟いた。

二三日前から、また此方《こちら》へ引移って来ているお今は、そんなものを持込まれる度に、気がひけるようで、不安な瀬戸際まで引寄せられて来た自分の心が疑われて来たが、今となっては矢張避ける訳に行かなかった。

「私はほんとに厭な気持がして、為様がないのよ。」お今はお増のいないところで、溜息を吐きながら浅井に言いかけたが、浅井も為方がないと云うように黙っていた。

台所の隅などに突立って、深い深い思に沈んでいるお今の姿が、時々お増の目についた。

「お今ちゃん、お嫁に行くのが厭になったんだよ。」お増は気遣しげに訊ねた。何か、思いがけない破綻が来はしないかと云う懸念が、時々お増の心を曇らせた。

「進まないものを、私だって無理にやろうというんじゃないのよ。壊すなら、今のうちですよ。」お増は用事の手を休めてそこへお今を引据えながら気を揉んだ。

「分明《はっきり》したことを言って頂戴よ。妄《むやみ》なことをして、後で取返のつかないようなことになっても困るじゃないの。」

結婚を破ってからの、自分とお増との不愉快な感情や、お増一家に一層澱んでくる暗い空気、自分の不安な生活などを、お今は思わない訳に行かなかった。

お今は脣を噛んで、目に涙を入染《にじ》ませていた。

「厭になっちまうね。お今ちゃんより、私の方が泣きたいくらいなものよ。」

お増はまた起って、奥の方へ行った。浅井は明朝《あした》結納を持って行くことになっている、その世話焼の男と、前祝に酒を飲んでいた。結婚の調度の並んだ、明るい部屋のなかには、色っぽい空気が漂っていた。浅井はその男の講釈などを聞きながら、ちび〳〵酒を飲んでいた。

「可笑しな人、お今ちゃんが泣いているのよ。」

お増はその男の帰ったあとの、白けた座敷の火鉢の前に坐って、莨をすいながら言出した。膳や銚子などが、そこに散らかったまゝであった。

「貴方から、あの人の気をよく聞いて頂戴よ、私には何にも言いませんよ。」

浅井は座蒲団のうえに、ぐったり横になって、目を瞑っていた。電気の火影が、酔のひいたようなその額を、しら〴〵と照していた。

「まあい、。羽織をおだし。」などと浅井はむっくり起上ると、帯のあいだから時計を出して見た。

「お前から、よく然う言ってお置き。私が今口を出すとこじゃない。」浅井はそう言いながら、起ちあがった。

「もう奈何だって介意やしない。」

素直らしく浅井を送出してから、お増はむしゃくしゃしたように、座敷へ来て坐った。

六十

内輪だけの式を挙げると云うその当日には、媒介役《なこうどやく》のその世話人夫婦と一緒に、お増夫婦もついて行った。

五台の腕車《くるま》が、浅井の家を出たのは、午後五時頃であった。島田に結って、白襟に三枚襲《がさね》を著飾ったお今の、濃い化粧をした、ぽっちゃりした顔が、黄昏時の薄闇のなかに、幌の隙間から、微白《ほのじろ》く見られた。その後から浅井夫婦が続いた。

会社の用事で、今朝から方々駈けまわっていた浅井が、ぼんやりした顔をして帰って来た時には、お増やお今はもう湯から上って、下座敷にすえた鏡台の前で、結いつけの髪結の手伝で、お化粧《つくり》をすましたところであった。道具の持出されてしまった部屋には、三人の礼服の襲《かさね》に、長襦袢や仕扱《しごき》などの附属が取揃えられ、人々は高い声も立てずに、支度に取りかゝった。厳かな静さが部屋の空気を占めていた。

丸髷に、薄色の櫛や笄をさしたお増は、手捷《てばしこ》く著物を著てしまうと、帯のあいだへ仕舞込んだ莨入を取出して、黙って莨をすいながら、お今の扮装《つくり》の出来るのを待っていた。

「こんな騒をしていったって、一年もたてば世帯持になって、汚れてしまうんだよ。」

お増は髪結が後から背負揚を宛《か》っている、お今の姿を見あげながら呟いた。

「真実《ほんとう》でございますね。」物馴れた髪結は、帯の形を退《しさ》って眺めていた。

「でも一生に一度の事でございますからね。私みたいに、亭主運がわるくて、二度もあっちゃ大変でございますけれど。」

髪結はお愛想笑をした。お増も浅井も空洞《うつろ》な笑声を立てた。お今はきついような、不安らしい含羞んだ顔をして、黙っていた。室との結婚の正体が、分明頭脳《はっきりあたま》に考えられないようであった。

来るとか来ないとかいって、長いあいだ決しなかった父親や母親の、家の都合で到頭来ないことになった、その日の式は、至極質素であった。

杯のすんだ後のお今は、黒紋附を著た室と並んで、結納や礼物などの飾られた床の前の方に坐っていた。松に鶴をかいた対の幅がそこに懸けられてあった。田舎から代りに出て来た室の親類の人達や、出張店の店員などが、それに聯って居並んだ。世話焼夫婦の紹介で、一同の挨拶がすむと、親類の固めの杯が順々にまわされた。互に顔を見合っているような重苦しい時が、静かに移って行った。

室の叔父分にあたるという、田舎の堅い製糸業者らしい、フロックの男が、持って来た猪口を、浅井夫婦に差出した頃、一座の気分が、漸くほぐれはじめて来た。

「今回は不思議な御縁で……」と、その男は両手を畳について、更めて慇懃な挨拶をした。浅井も丁寧に猪口を返した。製糸業などの話が、直《じき》に二人のあいだに始まっていた。

お増夫婦のそこを出たのは、席がばたばたになってからであった。疲れたようなお今の姿も、其席にはもう見えなかった。

「これからです。徹夜《よっぴて》飲みましょうよ。」

叔父は起上る浅井の手を取って、引留めた。

帰ったのは大分おそかった。夫婦は、静子などの寝静った茶の室《ま》で、そのままの姿で、茶を飲みながら、何時までも向合っていた。

「私達も、あの人を頼んで、一度お杯をしてみたいじゃないの。」

お増は晴々した顔をして、奥へ著替に起《た》って行った。

（大正二年）

秋声文学の「人生を襲いとる方法」の核心

解説　宗像和重

田山花袋「生」「妻」「縁」、島崎藤村「春」「家」など、自然主義の大作には漢字一字を冠した標題が多い。もちろん、夏目漱石「門」、森鷗外「雁」などもあるから、自然主義の専売特許というより、明治末から大正にかけての時代的な傾向というべきかもしれない。漱石の「門」にいたっては、森田草平と小宮豊隆が戯れに開いた本（ニーチェの『ツァラトゥストラはかく語りき』であったという）の中から、目にとまった単語をそのまま用いたとも伝えられているが、小説というのは曖昧模糊として複雑きわまる人生をありのままに描く器である、というのが自然主義の一番大きな理念であったから、どのような多弁なタイトルにもまして、意味と形、そして発音の織りなす漢字一字のイメージの喚起力こそが、作品世界を表象するにふさわしいと考えられていたのだと思う。

徳田秋声の「黴《かび》」「爛《ただれ》」は、いわゆる自然主義の作品という意味でも、明治末から大正初期の作品という意味でも、こうした傾向に棹さす漢字一字を標題に冠した作品である。しかしそれにしても、これらの画数の多い黒々とした漢字の醸しだすイメージは、陰湿淫靡でジメジメ、ジュクジュクとした作品世界をただちに想像させるほど、際立って暗い。「黴」をとりあげた中沢けい氏「引用の難しさ」（『徳田秋聲全集』月報12、平成十一年九月、八木書店）の言葉を借りれば、「今時ならば編集者から大反対を受けそうなタイトル」ということになるが、氏が続けて、「にもかかわらず、私は「黴」というタイトルのなかにえも言われぬ豪奢なものがひそんでいるのを感じる」と指摘していることが興味深い。氏のいう「えも言われぬ豪奢なもの」とは、たとえば次のようなものである。

「ウィスキーを熟成させる蔵がある林の樹木にはびっしりと黴が着く。林の中の木という木の幹はどれもこれもビロードのように黒い黴をまとわりつかせ、これが季節毎の林の表情とコントラストをなしている。黒いビロードでなければ煤を思い出してもらっても良い。ウィスキーの熟成の過程で、黴が育つのだそうだ。（中略）酒精にしたい寄る黴のいとおしさはウィスキーを育てている人にしか解らないのだろうか。「黴」というタイトルから私はそういう種類の黴を思い出す」

中沢氏はこれを、「人生の汚れを静かにいとおしんで行く感覚」とも言い換えているけれども、実はこの感覚こそが、秋声文学の秋声文学たるゆえんである、といっても過言ではない。明治の批評家長谷川天渓は、自然主義の文学を「現実暴露の悲哀」と評したが、その悲哀の底に降り立ってはじめて感得できる確かな人生の手触りと肌触りを、秋声ほど肌理《きめ》細かく、また曇りのない眼で掬いあげようとした作家はいない。そこに描かれるのは、「たゞ消極的で、沈滞的で、惰性的で、機械的で、而して敗滅的」（相馬御風）であるような、むきだしにされた人間の生活であるけれども、それがどれほど複雑な味わいに富んでいるか。――中沢氏が「豪奢」というのは、このことを指しているので、秋声とその作品世界が、しばしば「いぶし銀」とか「底光り」と称されるのも、そのような「人生の汚れを静かにいとおしんで行く感覚」のなせる業にほかならない。

＊

ところで、「徳田秋声の文学の道は長かった」と始まる感動的な「徳田秋声論」のなかで、広津和郎は「『新世帯』あたりから確固とした足取りで始まった彼の作風は、『足迹』『黴』『爛』『あらくれ』に至って、とうとう日本の自然主義小説の最高峰に達してしまったのだ」と書いている。明治四（一八七一）年に金沢で生まれ、第四高等学校中退後に上京してから転々とした生活を送り、同郷の泉鏡花に後れて尾崎紅葉門下に名前を列ねることになった彼が、その存在を広く知られるようになったのは、むしろ紅葉の没後、「何事も露骨でなければならん、何事も真相でなければならん、何事も自然でなければならん」（田山花袋「露骨なる描写」）ことを標榜した、自然主義の時代に入ってからのことだった。

明治四十一（一九〇八）年の「新世帯」は、東京の新開の町に酒屋を営む新夫婦の、妻お作の妊娠と流産、夫新吉の友人の妻お国との関わりなどを、つき放した筆致で描いて、秋声が新生面を開いた作品である。

この間、明治三十五（一九〇二）年に彼は、友人の貸家に一戸を構え、その手伝いに雇われた小沢さちの娘はまが同居することで、彼女との関係が生じ、やがて長男一穂の出産を契機として結婚することになる。その夫人はまの、秋声と出会うまでの半生に題材を仰いだのが、「黴」の前作にあたる「足迹」（『読売新聞』明治四十三年七月三十日〜十一月十八日）にほかならない。崩壊した地方中農一家の離散を背景にして、お庄という一人の女性が放恣に、そしてたくましく人生を渡り歩いていく姿が描かれている。この作品は、婚家から逃げ出したお庄が、母親の雇われている「近所の知人の復《また》知人の書生の新世帯」に入り込み、「お庄は母親の隠家《かくれが》へでも落着いたような気がして、狭い茶の室《ま》へ坐《すわり》込んで日の暮まで話込んでいた」という一節で結ばれるが、このお庄が「黴」のお銀であり、「知人の復知人の書生」というのが同じく笹村であることは、いうまでもない。

そして、「黴」においては、「お銀が初めてここへ来たのは、つい此頃であった。ある日の午後、何処かの帰りに、笹村が硝子製の菓子器やコップのようなものを買って、袂へ入れて帰って来ると、茶の室《ま》の長火鉢のところに、素人とも茶屋女ともつかぬ若い女と、細面の痩形の、どこか小僧気《こぞうけ》の取れぬ商人風の少《わか》い男とが、駢《なら》んでいた」（三）という初対面の一節以後、笹村とこの家に住み込んだお銀の交渉が、おもに笹村の目を通して描かれることになる。笹村は作家であり、紅葉を思わせるM—先生も作中に登場するから、自身とその妻を題材にした私小説的な作品ということになるが、秋声は作品を掲載した『東京朝日新聞』の予告に、「断っておきたいのは、描こうとする事柄は、僕の他の作と同様必ずしも事実其儘でないと云うことである」と記している。

＊

あらためて確認すれば、「黴」は明治四十四（一九一一）年八月一日から十一月三日まで、『東京朝日新聞』に八十回にわたって連載され、のち単行本『黴』（明治四十五年一月、新潮社）に収録された。『東京朝日新聞』は、夏目漱石が専属で小説を書き、また文芸欄の責任者もつとめていたが、前年夏のいわゆる「修善寺の大患」以後、静養中の漱石に代わって執筆を依頼された作品である。秋声は、右にも掲げた予告のなかで、「「読売」に「足迹」を書いた時分から、もう一つ書いておきたいものがあるような気がして、それが今「黴」と題してみた此一篇であったが、」と記しているが、その連載初日にあたる八月一日付で、漱石が小宮豊隆に宛てた手紙に「秋声の小説今日から出申候。文章しまって、新らしい肴の如く候」と述べていることは、よく知られている。「新らしい肴の如く」と漱石を喜ばせたものは、何だったろうか。

「肉体と共に、若い心の摺りへらされて行くお銀の胸には、まだ時々恋愛の夢が振顧られた。充しがたい物質上の慾求も、絶えず心を動揺させていた。それを踏みつけようとしている良人の狂暴な手は、年々反抗しがたいものとなった」（七十八）という一節が末尾近くにあるが、「黴」は一言でいえば、男のために肉体を消費され尽くした女と、女のために精神を消費され尽くした男との、荒涼たる生活の物語である。もとより、その「精神」と「肉体」の非対称性こそが、「黴」といわず自然主義といわず、日本近代文学の根底には常に埋め込まれているのだが、「一皮ずつ剝《へ》がして行くように妻のお銀を理解することは、笹村に取って一種の惨酷な興味であると同時に、苦痛でもあった」（六十六）という「黴」ほど酷薄に、近代日本における男女、とりわけ夫婦の関係を、そして文学が何を表現するかを、あからさまにさらけだしたものはない。

ただ、いま「荒涼たる生活の物語」と述べたが、「物語」には当然そなわっているはずの始めと終わり、そして途中の経過というものが、ここにはない。小説は、「笹村が妻の入籍を済したのは、二人のなかに産れた幼児の出産届と、漸く同時くらいであった」と始まるが、これは小説の書き出しではあっても、作品の起点をなす時間でもなければ、これが終点として設定されているわけでもない。すぐにそれ以前の放浪時代に遡り、お銀との出会いや妊娠、出産を経て、小説の時間が冒頭の入籍や戸籍届に辿り着くのは、第三十五章の「この婆さんの報知《しらせ》で上京して来たお銀の父親が、また田舎へ引返して行ってから間もなく籍が笹村の方へ送られた」のあたりだが、もうそのことは忘れられたように素通りされ、ただ「爛合ったような心持で暮している」（十）ことだけが、嫉妬と和解、憎悪と親愛の小さな起伏のなかで、延々と繰り返されている。

そして、転居や二人目の子供の誕生も、彼らとその家を安定させることにはならず、小説は「午後に笹村は、長く壁にかかっていた洋服を著込んで、ふいとステーションへ独で出向いて行った。そして丁度西那須行の汽車に間に合った」（七十九）という一節で、――あたかも「家を持つということが唯習慣的にしか考えられなかった」（一）放浪時代の繰り返しのような既視感をもって、結ばれるのである。これが、秋声の小説における時間の錯綜ということが問題になるゆえんで、松本徹氏が『徳田秋声』（昭和六十三年六月、笠間書院）のなかで、秋声の小説においては、「過去から現在をへて未来へと流れる時間の基本的構造そのものを無視するほど、徹底した「必然性ある発展」の排除」がなされている、と述べていることは、秋声文学の根本にかかわる重要な指摘だといわなければならない。私はここに、過去・現在・未来という「時間の基本的構造」そのものを疑い、「想起」のなかに時間の本質を見出す大森荘蔵の時間論などを持ち出してみたい誘惑にかられるが、秋声にとってそのようなことは、いうまでもなくさかしらな行為だろう。

＊

この「黴」によっていわゆる文壇的な地位を定めた秋声が、大正初期に「一段と円熟を示し」（猪野謙二）たと評されるのが、「爛」である。「爛」は、大正二（一九一三）年三月二十一日から六月五日まで、「たゞれ」の題名で『国民新聞』に六十回にわたって連載され、「爛」と改題されて、単行本『爛』（大正二年七月、新潮社）に収録された。のち、岩波文庫『爛』（昭和十五年一月）に収録されるにあたって、秋声が寄せた「あとがき」に、次のような一節がある。

「それから「足迹」、「黴」を経て此の「爛」へ来た訳だが、「爛」の創作態度は時日が近いだけに、主観の色の濃い「黴」に似ているかと思う。勿論「爛」は「黴」のような私小説ではなく、「新世帯」や「足迹」と同じく、客観的事象を取扱ったものだが、男女の情痴を描くに当って、作者の主観が多分に入染《にじ》み出しており、決して、「足迹」のように突き放してはいないのみならず、抒情的でさえある」

ここに「足迹」の名前があげられているが、「爛」のお増《ます》は、「足迹」のお庄、後に描かれる「あらくれ」（『読売新聞』大正四年一月十二日〜七月二十四日）のお島らとともに、秋声が得意とした、粗野だけれども生活感と生命力にあふれた女性像の一人である。冒頭に「最初におかれた下谷の家から、お増が麹町の方へ移って来たのはその年の秋の頃であった。／自由な体になってから、初めて落著いた下谷の家では、お増は春の末から暑い夏の三月を過した」とあるように、いわゆる遊女上がりで、いまは女房持ちの浅井に囲われているのが、お増である。右の岩波文庫の「あとがき」には、「人物事件共に、その頃私の妻の親類の医者の友人に当る人の、妻と妻の妹との間の恋愛を取扱ったものだが、長く裁判所の書記をしていた果に今は其の男も既に鬼籍に入っているという事である」とあり、「妻と妻の妹との間の恋愛」というのは、小説では、浅井がお増の遠縁の娘お今《いま》とも関係を結んで、悶着を起すことを指していると思われる。

　このお増とお今、そして浅井の妻お柳や、お増の友人の妾上がりのお雪など、小説に登場する女性たちの生活の起伏と視野は、「足迹」や「黴」、後の「あらくれ」などのどの作品にもまして、小さくて狭い。いいかえれば、ここにはただ、情痴にまみれた単調な生活があるばかりである。それだけにまた、「浅井を送出してから、お増はまた夜の匂のじめついているような蒲団のなかへ入って、うとうとと夢心地に、何事かを思占めながら気懈い体を横えていた。その懈さが骨の髄までも沁拡って行きそうであった。障子からさす日の光や、近所の物音――お千代婆さんの話声などの目や耳に入るのが、可恐しいようであった」（十）というお増の、全身の五感すべてが官能の名残りに酔いしれているような描写は、それまでになく「抒情的」な魅力を放ち、お増の満ち足りた（それゆえに残酷な）生の姿を、強く読者に印象づける。

　谷川徹三は、岩波文庫『あらくれ』（昭和十二年四月）の「解説」で、いかにもつまらない無意味なことを描いているように見えながら、振り返ってみるとそれらが生き生きとその人物を表しているような書き方を、「人生を襲《おそ》いとる極めて忍びやかな方法」と呼んで、それこそが、「いつの間にかかげってひやひやとした世界がそこにある」秋声の方法であることを指摘している。カビが音もなく胞子を繁殖させてはびこるように、タダレがいつの間にか体中に浸潤していくように、そうした秋声文学の「人生を襲いとる極めて忍びやかな方法」の核心をなすのが、「黴」「爛」という二つの作品なのだと思う。

一八七一年（明治四年）　一歳
一二月二三日、金沢市横山町五丁目九番地（当時・金沢県金沢町第四区横山町二番丁）に生まれる。名は末雄。六番目の子、三男であった。父雲平は、加賀藩の家老横山三左衛門の家人、徳田十右衛門（七十石）の長子。母タケは、前田家の直臣津田采女の三女で、一八六五年（慶応元年）四月、雲平の四度目の妻として入籍。最初の妻との間に長姉しづ、三度目の妻との間に長兄直松、次兄順太郎、次姉きん、同母に三姉かをりがあった。維新後、家計は困窮状態にあり、彼の誕生は、微妙な空気で迎えられた。

＊翌明治五年に改暦、一二月三日が明治六年一月一日となったため、逆算すると、秋声の誕生は、明治五年二月一日に当たるが、秋声自ら信じていたように、四年誕生とし、年齢もそれにもとづいて数えで示した。

一八七四年（明治七年）　四歳
浅野町に転居。病弱で、病院通いをつづける。

一八七九年（明治一二年）　九歳
養成小学校（現在の金沢市立馬場小学校）に入学。発育不良で一年遅れ、実姉かをりに送られて通学。一年後に泉鏡花が入学したが、知るに至らず。この頃から浅野川馬場芝居に親しむ。一二月一五日、実妹フデ誕生。
一八八三年（明治一六年）一三歳
初冬、東山一丁目一八に転居。一二月二四日、養成小学校中等科四年後期を半年遅れて卒業、二七名中五番。
一八八四年（明治一七年）一四歳
仙石町の金沢区高等小学校（現在の金沢市立小将町中学校）入学。同級に桐生政次（悠々）、三年上には佐垣帰一がいた。六月、兼六元町九に転居。
一八八五年（明治一八年）一五歳
四月、長兄直松、大阪へ出て警察官となる。
一八八六年（明治一九年）一六歳
一月、石川県専門学校に入学。この頃、東山三丁目三〇の太田方（次姉きんの婚家）に両親と妹、四人が移る。回覧雑誌に文章を寄せ、「修紫田舎源氏」「佳人之奇遇」など、やがて「浮雲」「当世書生気質」を読む。
一八八八年（明治二一年）一八歳
四月、学制改革により石川県専門学校は、第四高等中学校（旧制第四高等学校の前身）となり、補充科に入学。試験場で鏡花を見かけたが、彼は入学できず。級友の小倉正恒らと回覧雑誌をだす。英語を好み好成績。
一八九一年（明治二四年）二一歳
学業ふるわず。一〇月一九日、父雲平が脳溢血で死去、七四歳。同月、高等中学を中退。勉学意欲を持てず、長兄直松からの送金も途絶えがちとなったため。作家を志望、桐生悠々と上京を協議、葬儀のため帰省中の直松に習作「心中女」を見せ励まされる。
一八九二年（明治二五年）二二歳
三月末、桐生悠々と上京、八丁堀の大工宅の二階に。四月、尾崎紅葉を牛込の横寺町に悠々と訪ねるが、玄関番の鏡花に不在と告げられ、帰宅後、原稿を郵送。「柿も青いうちは鴉も突つき不申候」の添状とともに返される。悠々とともに軽い天然痘に罹り、床につく。五月、悠々は帰郷し復学、秋声は直松から送金を受け、大阪の直松の許へ。六月、北区天神橋筋の母方の従姉津田すがの厄介になる。同郷人の世話で「大阪新報」に小説を連載するが、難解とされ中絶。秋、直松の許に戻る。冬、市役所の臨時雇になる。

一八九三年（明治二六年）二三歳

一月と三月、投稿した「ふゞき」（筆名・啣月楼主人）が「葦分船」に掲載されるが、中断。三月、兄の下宿の女婿の世話で西成郡役所に勤務。四月、金沢に帰郷、母妹は東山の借家におり、生活は極端に苦しかった。自由党機関紙「北陸自由新聞」に出入りし、主筆渋谷黙庵を知る。この頃から秋声の筆名を使う。

一八九四年（明治二七年）二四歳

三月、母妹とともに、次兄順太郎が師事した筆匠の母親宅の二階に移る。四月、復学のため第四高等中学校の補欠入試を受けたが、一日だけで放棄、長岡の「平等新聞」の主筆に転じていた渋谷黙庵の許へ。

一八九五年（明治二八年）二五歳

一月一日、長岡を発ち、再び東京へ。「北陸自由新聞」当時の同僚窪田の世話で、神田今川小路の古道具屋に間借していた窪田の縁者の部屋に同居。二月、窪田の斡旋で、芝愛宕下の電信学校予備校に住込み、英語を教え事務をとる。四月、黙庵の紹介で新潟県選出の代議士小金井権三郎を訪ね、博文館への紹介状を貰い、同社に住込み、校正やルビ振りに従事。大橋乙羽、巌谷小波らを知る。六月、「青年文」に筆名・善罵子で投稿、田岡嶺雲を知る。同月末、博文館に出入りしていた鏡花に勧められ、紅葉を訪問、門下となる。紅葉から地方紙掲載の翻案を与えられ、初めて原稿料五円を得た。三島霜川を知る。

一八九六年（明治二九年）二六歳

一月から、「少年世界」などに童話を掲載。

七月、掌篇「厄払ひ」を「文芸倶楽部」増刊に発表。八月、「藪かうじ」を「文芸倶楽部」に発表、「めざまし草」の月評欄「雲中語」で取りあげられ、文壇的処女作となった。一一月、博文館を退社。一二月、小栗風葉の誘いを受け十千万堂塾（詩星堂とも、紅葉宅と裏つづきの家）に入り、柳川春葉を加えた三人で共同生活を始める。やがて田中凉葉、中山白峰、泉斜汀らが加わる。

一八九七年（明治三〇年）二七歳

二月、初の新聞連載小説「雪の暮」を「東京新聞」に三月まで連載。一一月、「二夜泊」を紅葉補として「女学講義」に発表。以後三二年三月までほとんど紅葉補として発表。得田麻水の名で少年向き雑文を書く。

一八九八年（明治三一年）二八歳

六月、「女教師」を「新小説」に発表。七月、紅葉の指示で、長田秋濤のコッペー「王冠」の訳を手伝う。

一八九九年（明治三二年）二九歳

二月、十千万堂塾が解散、牛込筑土の下宿に移る。六月、「河浪」を「新小説」に、一二月、「惰けもの」を「新小説」に発表。同月、紅葉の世話で読売新聞社に入り、月給二〇円、手当五円を得る。同僚に上司小剣らがいた。

一九〇〇年（明治三三年）三〇歳

八月、「雲のゆくへ」を「読売新聞」に一一月まで連載、好評を博して文壇的出世作となった。

一九〇一年（明治三四年）三一歳

三月下旬、三島霜川とその妹三人と、本郷区向ヶ岡弥生町で共同生活を始める。四月末、読売新聞社を退社。この頃、ニーチェ主義に共感。七月末、霜川との生活を解消。一二月三〇日、大阪の長兄の許へ発つ。

一九〇二年（明治三五年）三二歳

一月、京阪旅行中の紅葉を、淀屋橋の宿に訪ねる。紅葉門下の「藻社」が発会、加わる。一二月末、直松の妻八重の奨めで別府へ行き八重の叔母の世話で滞在。三月、『驕慢児』を新声社より刊行。四月、創刊した「文芸界」編集長佐々醒雪から巻頭小説の依頼があり、帰京を決心。京都で中山白峰、渋谷黙庵に会い、一八日帰京。牛込筑土の下宿に戻る。月末、小石川区表町一〇八番地（現在・文京区小石川三丁目）の家に霜川と同居、初めて一戸を構える。手伝に小沢さちを雇うが、その娘はまが出入りし、関係ができ、事実上の夫婦生活になる。はまは長野県上伊那郡の出身、一八八一年（明治一四年）四月生れ、当時は婚家を飛び出していた。八月、「春光」を「文芸界」に発表。

一九〇三年（明治三六年）　三三歳

三月、紅葉が胃癌の診断を受け、自宅で療養。医療費にと長田秋濤がユーゴー「ノートルダム・ド・パリ」の下訳を贈ったのを受け、その文飾に従事。六月末から牛込柿の木横丁の下宿紅葉館に籠る。七月、この頃、長男一穂が出生。一〇月三〇日、紅葉没、三七歳。一一月二日、盛大な葬儀に参列。

一九〇四年（明治三七年）　三四歳

三月一六日、小沢はまを婚姻入籍、同月二二日、一穂の出生届を出す。八月、本郷区森川町一番地（清水橋近く）に転居。一二月、「少華族」を「万朝報」に翌年四月まで連載、好評を得る。

一九〇五年（明治三八年）　三五歳

二月、田岡嶺雲らと雑誌「天鼓」を創刊。五月、金沢に帰省。七月、「愚物」を「新小説」に、「暗涙」を「文芸界」に発表。この頃、長女瑞子出生。九月二八日から新派が「少華族」を本郷座で上演。一二月、最初の短篇集『花たば』を日高有倫堂より刊行。

一九〇六年（明治三九年）　三六歳

四月、小石川富坂へ転居、翌月、本郷区森川

町一番地（のち一二四番地・現在は文京区本郷六丁目六番九号）へ転居。生涯の地となった。八月、長男一穂が疫痢のため一ヵ月余入院。九月、「夜航船」を「新潮」に発表。一〇月、「おのが縛」を「万朝報」に翌年一月まで連載。一二月、「奈落」を「中央新聞」に翌年四月まで連載。

一九〇七年（明治四〇年）　三七歳

三月、「焔」を「国民新聞」に八月まで連載。六月一八日、西園寺公望首相の招宴（のち雨声会）に出席。以後数年、つづけて出席した。九月、「凋落」を「読売新聞」に翌年四月まで連載。

一九〇八年（明治四一年）　三八歳

四月、「二老婆」を「中央公論」に発表。五月、風葉らとの合集『三人叢書』を東京国民書院より刊行。九月、『秋声集』を易風社より刊行。一〇月、高浜虚子の依頼で、「新世帯」を「国民新聞」に一二月まで連載。一一月、虚子の紹介で夏目漱石を知る。

一九〇九年（明治四二年）　三九歳

四月、『出産』を左久良書房より刊行。五月、「新聲」の懸賞小説の審査に従事、以後、さまざまな小説の選に当る。九月、『新世帯』を新潮社より刊行。一一月、「二十四五」を「東京毎日新聞」に翌年二月まで連載。

一九一〇年（明治四三年）　四〇歳

六月、「足跡」（のち「足迹」）を「読売新聞」に一一月まで連載。

一九一一年（明治四四年）　四一歳

一月、「信濃毎日新聞」の主筆になった桐生悠々の依頼で「罪と心」を四月まで連載。二月、『秋声叢書』を博文館より刊行。三月二五日、次女喜代子生れる。八月、「黴」を「東京朝日新聞」に一一月まで連載。自然主義文学を代表する作家として広く認められる。この年から「演芸画報」などに劇評を盛んに書き始める。
一九一二年（明治四五年・大正元年）　四二歳
一月、『黴』を新潮社より刊行。四月、『足迹』を新潮社より刊行。
一九一三年（大正二年）　四三歳
二月五日、三男三作生れる。三月、「ただれ」（のち「爛」）を「国民新聞」に六月まで連載。七月、『爛』を新潮社より刊行、一六日に神楽坂東陽軒で出版記念会を開く。
一九一四年（大正三年）　四四歳
一月九日、読売新聞社に客員として一年間復帰。紙面改革に参画。コラムなど執筆。
一九一五年（大正四年）　四五歳
一月、「あらくれ」を「読売新聞」に七月まで連載。三月二三日、四男雅彦が誕生。五月、金沢に帰省、母と会った最後となる。九月、「奔流」を「東京朝日新聞」に翌年一月まで連載。『あらくれ』を新潮社より刊行。
一九一六年（大正五年）　四六歳
七月一七日、長女瑞子が疫痢で死去、一二歳。次女喜代子、三男三作も入院。九月、瑞子の死を扱った「犠牲者」を「中央公論」に発表、里見弴の批判を受ける。一〇月二八日、母タケ、金沢市材木町五丁目――熊野文義方で死去。七八歳。
一九一七年（大正六年）　四七歳
二月、「誘惑」を「東京日日新聞」などに七月まで連載。六月、同作を新派が歌舞伎で上演。日活映画で映画化され封切（白黒 無声）。この頃から婦人雑誌などにも連載小説が増える。
一九一八年（大正七年）　四八歳
二月、『小説の作り方』を新潮社より刊行、後年まで版を重ねる。一二月二二日、三女百子生れる。
一九一九年（大正八年）　四九歳
二月、「路傍の花」が劇化され、明治座と本郷座で上演される。五月、「愛と闘」（のち

「妹思ひ」を「やまと新聞」に九月まで連載。この年、他に三篇を新聞連載。
一九二〇年（大正九年）　五〇歳
五月一二日、大阪時事新報社の懸賞小説授与式のため大阪へ行き、長兄直松を訪ねる。一〇月、「何処まで」を「時事新報」に翌年三月まで連載。一一月、『或売笑婦の話』を日本評論社より刊行。同月二三日、田山花袋・徳田秋声誕生五〇年記念祝賀会が有楽座で開かれ、記念品など贈られる。
一九二一年（大正一〇年）　五一歳
九月、松竹映画「断崖」封切。一二月三日、長兄直松、胃癌で死去、六七歳。大阪での葬儀に出席。大阪、京都に月末まで滞在。
一九二二年（大正一一年）　五二歳
この年も通俗小説を幾篇も連載。八月二三日、妻はまの父小沢孝三郎死去、七三歳。
一九二三年（大正一二年）　五三歳
一月、「二つの道」を新派が大阪浪花座で、二月、本郷座で上演。同作の松竹映画封切。三月、「新潮」の座談会「創作月評」に出席、以後、しばしば加わる。四月、同郷の島田清次郎が婦女誘拐事件を起し、援護する。五月、「無駄道」を「報知新聞」に六月まで連載。八月三〇日、姪の結婚式のため金沢へ行き、関東大震災を金沢で知る。自宅は無事。一〇月、「名古屋新聞」連載小説の打合わせのため、名古屋へ行き、桐生悠々と再会。
一九二四年（大正一三年）　五四歳
四月、山田順子が訪ねて来る。八月、「風呂桶」を「改造」に発表。病気の次兄正田順太郎を金沢に見舞う。九月二一日、妻はまの母小沢さちが秋声宅で脳溢血のため死去、七二歳。この年から、一穂の影響を受け、レコードを盛んに聞く。
一九二五年（大正一四年）　五五歳
六月、「蘇生」を伊井蓉峰一座が大阪角座で上演。七月、『二つの道』を新潮社より刊行。

一九二六年（大正一五年・昭和元年）　五六歳

一月、談話「わが文壇生活の三十年」を「新潮」に六月まで五回掲載。同月二日昼過ぎ、妻はまが脳溢血で急死、四六歳。数日後に山田順子が訪れ、急速に接近。同月一五日、小栗風葉が死去、五二歳。豊橋での葬儀に参列。妻の命日にちなんで「二日会」が発足。三月、順子が作中に顔を出す「神経衰弱」を「中央公論」に、以後、順子ものと呼ばれる短篇を次々と発表。六月と七月の二回、順子の郷里本荘を訪ねる。

一九二七年（昭和二年）　五七歳

四月、順子が逗子海岸に転居、慶応大生との結婚が報じられる。五月、別棟の書斎が完成。八月、順子が秋声宅に入り、結婚が報じられる。一〇月、順子が秋声宅を出、結婚披露を取りやめる。一二月大晦日の夜、再び秋声宅に泊まっていた順子親子を追い出し、一応の終止符を打つ。ただし、以後もしばらく断続的に交渉は続く。

一九二八年（昭和三年）　五八歳

一一月、現代日本文学全集第十八篇『徳田秋声集』を改造社より刊行。

一九二九年（昭和四年）　五九歳

二月、三男三作がカリエスで入院。

一九三〇年（昭和五年）　六〇歳

二月、第二回普通選挙で石川県第一区の社会民衆党候補となるよう要請され、帰郷したが、党本部の了解が得られず、次兄正田順太郎の説得もあり、断念。三月、ダンスを始める。飯田橋国際社交クラブの玉置真吉について毎日練習。創作の筆をほとんど執らず。

一九三一年（昭和六年）　六一歳

五月三一日、三作が死去。一九歳。夏、白山の芸者、小林政子を知る。一一月三日、還暦の祝賀会が東京会館で開かれる。

一九三二年（昭和七年）　六二歳
五月三日、秋声会発足。七月、秋声会機関誌「あらくれ」を創刊する。自宅を発行所に、一穂が編集人となる。夏、小林政子と暮らし始める。八月二五日、次姉太田きん死去、七一歳、金沢へ。秋、自宅庭にアパートを建てる。

一九三三年（昭和八年）　六三歳
三月、「町の踊り場」を「経済往来」に発表、好評を得、創作活動に復帰。三〇日、竣工したアパートで泉鏡花の弟斜汀が急死、五四歳。これをきっかけに、長年、不和であった鏡花と和解。七月一〇日、学芸自由同盟が発足、会長に就任。一二月、小林政子、白山に戻り、芸者屋富田を開業。以後、そこで過ごすことが多くなる。

一九三四年（昭和九年）　六四歳
一月、文芸懇話会が発足、会員に。三月七日、三島霜川が死去、五九歳。四月、「一つの好み」を「中央公論」に発表、小林政子を扱った最初の作品となる。一〇月、正宗白鳥の批判に答えて、「文芸雑感――白鳥氏へのお願ひ」を「新潮」に。金沢へ次兄正田順太郎を見舞う。

一九三五年（昭和一〇年）　六五歳
七月、「仮装人物」を「経済往来」に一三年八月まで、断続的に連載を始める。

一九三六年（昭和一一年）　六六歳
二月二六日、二・二六事件の当日、次女喜代子が寺崎浩と結婚式を挙げる。四月、『思ひ出るまゝ』を文学界社より刊行。一〇日、頸動脈中層炎で倒れ、「都新聞」に連載中の「巷塵」中絶。七月、健康回復、執筆を再開。中央公論社刊『勲章』で第二回文芸懇話会賞。八月二六日、次兄正田順太郎死去、七八歳。九月、『文壇出世作全集』の印税を贈られる。一〇月、『秋声全集』（全一五巻）非凡閣刊の刊行始まる。翌年一二月完結。一二月、「勲章」を新派が新橋演舞場で上演。
一九三七年（昭和一二年）六七歳
六月、帝国芸術院会員になる。
一九三八年（昭和一三年）六八歳
一月、「光を追うて」を「婦人之友」に一二月まで連載。七月、随筆集『灰皿』を砂子屋書房より刊行。一二月五日、長男一穂が池尻政子と結婚。
一九三九年（昭和一四年）六九歳
三月、中央公論社刊『仮装人物』により第一回菊池寛賞。『光を追うて』を新潮社より刊行。九月七日、泉鏡花死去、六七歳。
一九四〇年（昭和一五年）七〇歳
一月、小林政子の抱える妓をめぐる調停裁判に同行。一〇月一七日、実姉依田かをり死去、七五歳。
一九四一年（昭和一六年）七一歳
一月、「喰はれた芸術」を「中央公論」に発表、最後の短篇になる。六月、「縮図」を「都新聞」に連載開始。『西の旅』を豊国社より刊行、発売禁止となる。九月一〇日、桐生悠々が死去、六九歳。一五日、情報局の干渉により「縮図」の連載中絶。一二月八日、白山の芸者屋の二階で大東亜戦争が始まったのを知る。
一九四二年（昭和一七年）七二歳
二月、石川県文化振興会顧問として金沢へ行き、講演。五月一四日、実妹家門フデ死去、六四歳。二六日、日本文学報国会が結成され、小説部会長に就任。八月一六日、三代名作全集『徳田秋声集』のあとがきを徹夜で執筆、吐血。九月、三代名作全集『徳田秋声集』を河出書房より刊行。一二月、島崎藤村とともに多年の業績により野間賞を受ける。
一九四三年（昭和一八年）七三歳
五月、三女百子が猪口富士男と福井で結婚式、健康すぐれず欠席。七月一一日夜半から鼻血が出、三日つづき、病床に伏せる。随想「病床にて」を口述、ゲラに手を加えたのが絶筆となる。八月、東大病院に入院、肋膜癌と診断される。一〇月二三日、自宅に戻る。一一月一八日午前四時二五分永眠。二一日、青山斎場で日本文学報国会小説部会葬として葬儀。葬儀委員長は菊池寛、中村武羅夫。

（松本　徹・編）

本書は『秋聲全集』第三巻（一九三六年一〇月非凡閣刊の復刻版、一九九〇年二月臨川書店刊）を底本とし、新漢字、新仮名遣いに改め、多少ルビを調整しました。なお作中にある表現で、今日から見れば明らかに不適切なものもありますが、作品の発表された時代背景、文学的価値などを考慮し、そのままとしました。よろしくご理解のほどお願いいたします。

黴《かび》爛《ただれ》

徳田《とくだ》秋声《しゅうせい》

二〇一七年四月一〇日第一刷発行
二〇二三年一月二四日第三刷発行

発行者——鈴木章一
発行所——株式会社　講談社
東京都文京区音羽2・12・21　〒112-8001
電話　編集（03）5395・3513
　　　販売（03）5395・5817
　　　業務（03）5395・3615

デザイン——菊地信義
印刷——株式会社KPSプロダクツ
製本——株式会社国宝社
本文データ制作——講談社デジタル製作
2017, Printed in Japan
定価はカバーに表示してあります。

講談社
文芸文庫

ISBN978-4-06-290342-4

講談社文芸文庫

▶解=解説 案=作家案内 人=人と作品 年=年譜を示す。 2022年12月現在

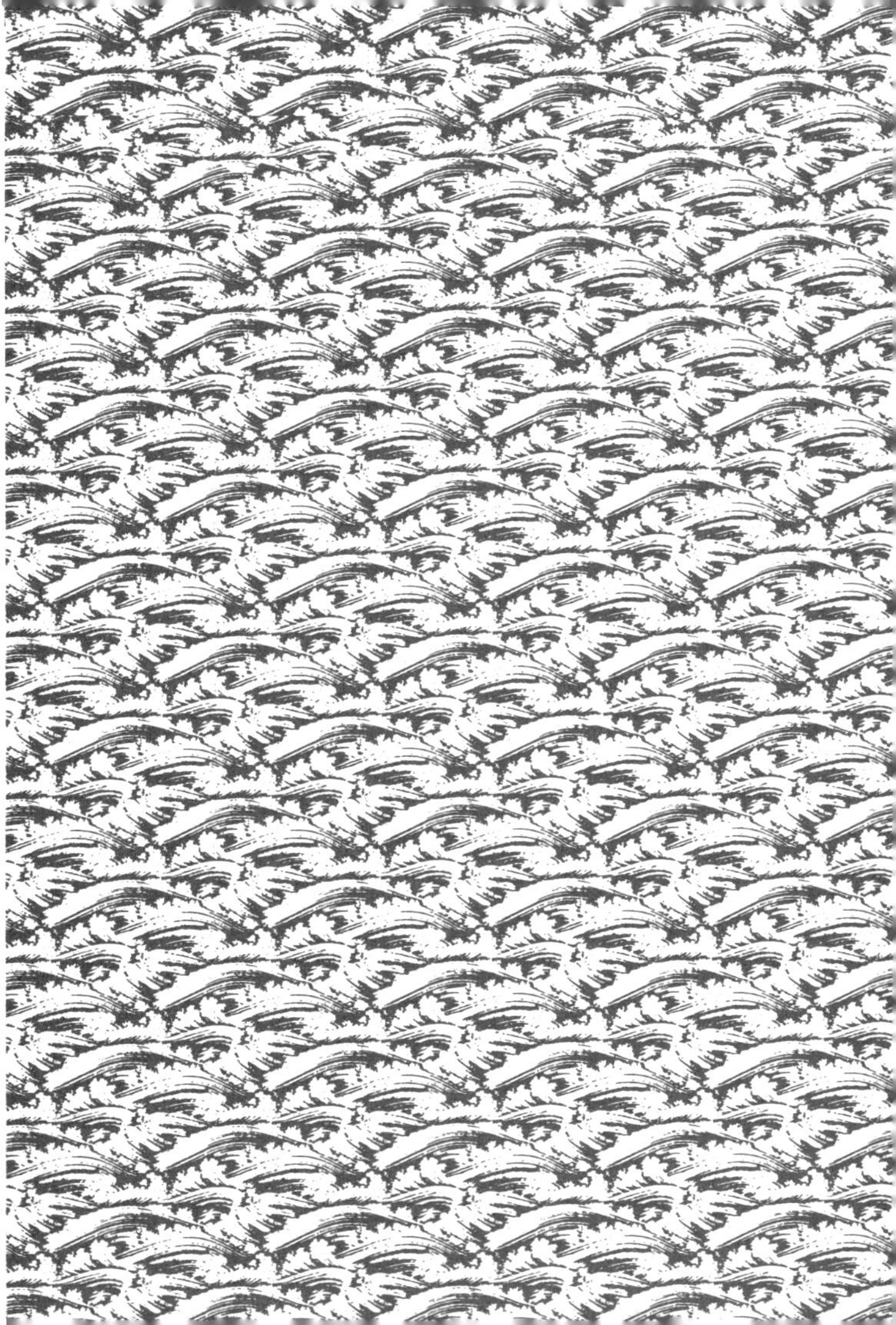